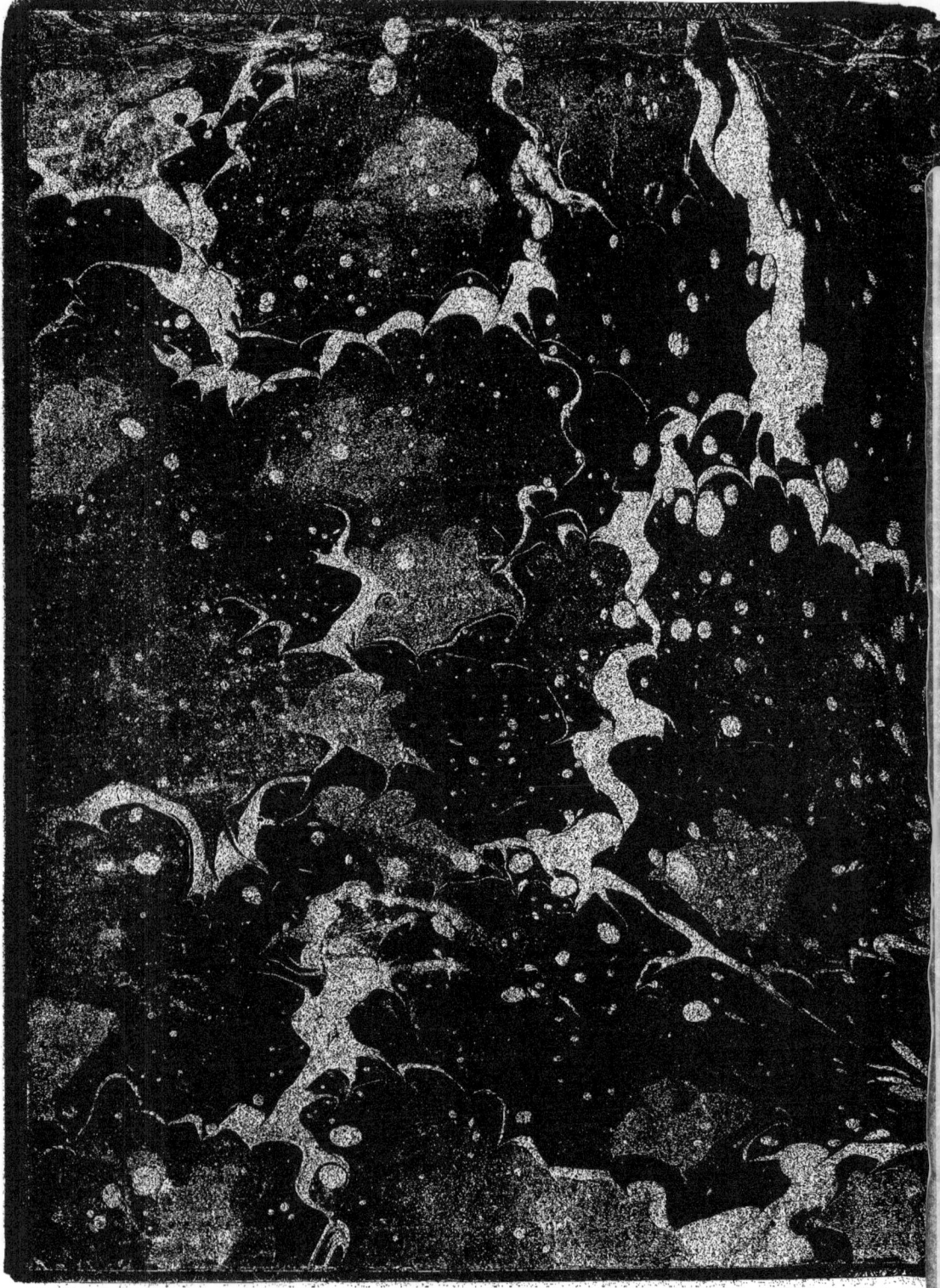

ŒUVRES

DE

MOLIERE.

TOME QUATRIÉME.

ŒUVRES

DE

MOLIERE.

NOUVELLE ÉDITION.

TOME QUATRIÉME.

A PARIS.

M. DCC. XXXIV.

AVEC PRIVILEGE DU ROY.

PIECES CONTENUËS
dans ce quatriéme tome.

Inv. et dessiné par F. Boucher.   Gravé par Lau: Cars.

LE MEDECIN MALGRÉ LUY *Page 20.*

LE
MÉDECIN
MALGRÉ LUI,
COMÉDIE.

2

ACTEURS.

GÉRONTE. pere de Lucinde.

LUCINDE, fille de Géronte.

LÉANDRE, amant de Lucinde.

SGANARELLE, mari de Martine, domeſtique de Géronte.

MARTINE, femme de Sganarelle.

M. ROBERT, voiſin de Sganarelle.

VALERE, domeſtique de Géronte.

LUCAS, mari de Jacqueline.

JACQUELINE, nourrice chez Géronte, & femme de Lucas.

THIBAUT, pere de Perrin, ⎫
PERRIN, fils de Thibaut, ⎬ payſans.

La ſcene eſt à la campagne.

LE MÉDECIN
MALGRÉ LUI,
COMÉDIE.

ACTE PREMIER.
SCENE PREMIERE.

SGANARELLE, MARTINE.

SGANARELLE.

On, je te dis que je n'en veux rien faire ; & que c'est à moi de parler, & d'être le maître.

MARTINE.

Et je te dis, moi, que je veux que tu vives à ma fantaisie ; & que je ne me suis point mariée avec toi pour souffrir tes fredaines.

SGANARELLE.

Oh! La grande fatigue que d'avoir une femme, & qu'Ariſtote a bien raiſon, quand il dit qu'une femme eſt pire qu'un démon!

MARTINE.

Voyez un peu l'habile homme, avec ſon benêt d'Ariſtote.

SGANARELLE.

Oui, habile homme. Trouve-moi un faiſeur de fagots qui ſçache, comme moi, raiſonner des choſes; qui ait ſervi ſix ans un fameux médecin, & qui ait ſçû, dans ſon jeune âge, ſon rudiment par cœur.

MARTINE.

Peſte du fou fieffé!

SGANARELLE.

Peſte de la carogne!

MARTINE.

Que maudit ſoit l'heure & le jour, où je m'aviſai d'aller dire oui!

SGANARELLE.

Que maudit ſoit le bec-cornu de notaire qui me fit ſigner ma ruine!

MARTINE.

C'eſt bien à toi, vrayment, à te plaindre de cette affaire. Devrois-tu être un ſeul moment ſans rendre graces au Ciel de m'avoir pour ta femme, & méritois-tu d'épouſer une perſonne comme moi?

SGANARELLE.

Il eſt vray que tu me fis trop d'honneur, & que j'eus lieu

de me louer la premiere nuit de nos nôces. Hé, morbleu, ne me fais point parler là-deſſus. Je dirois de certaines choſes ....

MARTINE.

Quoi ? Que dirois-tu ?

SGANARELLE.

Baſte, laiſſons-là ce chapitre. Il ſuffit que nous ſçavons ce que nous ſçavons, & que tu fus bien heureuſe de me trouver.

MARTINE.

Qu'appelles-tu bien heureuſe de te trouver ? Un homme qui me réduit à l'hôpital, un débauché, un traître qui me mange tout ce que j'ai !

SGANARELLE.

Tu as menti, j'en bois une partie.

MARTINE.

Qui me vend, piéce à piéce, tout ce qui eſt dans le logis!

SGANARELLE.

C'eſt vivre de ménage.

MARTINE.

Qui m'a ôté juſqu'au lit que j'avois !

SGANARELLE.

Tu t'en léveras plus matin.

MARTINE.

Enfin, qui ne laiſſe aucun meuble dans toute la maiſon!

SGANARELLE.

On en déménage plus aiſément.

MARTINE.

Et qui, du matin jufqu'au foir, ne fait que jouer & que boire !

SGANARELLE.

C'eft pour ne me point ennuyer.

MARTINE.

Et que veux-tu, pendant ce tems, que je faffe avec ma famille ?

SGANARELLE.

Tout ce qu'il te plaira.

MARTINE.

J'ai quatre pauvres petits enfans fur les bras ....

SGANARELLE.

Mets-les à terre.

MARTINE.

Qui me demandent à toute heure du pain.

SGANARELLE.

Donne-leur le fouet. Quand j'ai bien bû & bien mangé, je veux que tout le monde foit faoul dans ma maifon.

MARTINE.

Et tu prétends, yvrogne, que les chofes aillent toujours de même ?

SGANARELLE.

Ma femme, allons tout doucement, s'il vous plaît.

MARTINE.

Que j'endure éternellement tes infolences & tes débauches?

SGANARELLE.

Ne nous emportons point, ma femme.

MARTINE.

Et que je ne fçache pas trouver le moyen de te ranger à ton devoir?

SGANARELLE.

Ma femme, vous fçavez que je n'ai pas l'ame endurante, & que j'ai le bras affez bon.

MARTINE.

Je me moque de tes menaces.

SGANARELLE.

Ma petite femme, ma mie, votre peau vous demange à votre ordinaire.

MARTINE.

Je te montrerai bien que je ne te crains nullement.

SGANARELLE.

Ma chére moitié, vous avez envie de me dérober quelque chofe.

MARTINE.

Crois-tu que je m'épouvante de tes paroles?

SGANARELLE.

Doux objet de mes vœux, je vous frotterai les oreilles.

MARTINE.

Yvrogne que tu es!

SGANARELLE.

Je vous battrai.

MARTINE.

Sac à vin.

SGANARELLE.

Je vous rofferai.

MARTINE.

Infame.

SGANARELLE.

Je vous étrillerai.

MARTINE.

Traître, infolent, trompeur, lâche, coquin, pendard,
gueux, belître, fripon, maraud, voleur....

SGANARELLE.

Ah! Vous en voulez donc?

[Sganarelle prend un bâton, & bat fa femme.]

MARTINE *criant.*

Ah, ah, ah, ah!

SGANARELLE.

Voilà le vray moyen de vous appaifer.

SCENE II.

M. ROBERT, SGANARELLE, MARTINE.

M. ROBERT.

HOlà, holà, holà. Fi. Qu'eft-ce-ci? Quelle infamie!
Pefte foit le coquin, de battre ainfi fa femme.

MARTINE *à m. Robert.*

Et je veux qu'il me batte, moi.

M. ROBERT.

Ah! J'y confens de tout mon cœur.

MARTINE.

MARTINE.

De quoi vous mêlez-vous?

M. ROBERT.

J'ai tort.

MARTINE.

Eſt-ce-là votre affaire?

M. ROBERT.

Vous avez raiſon.

MARTINE.

Voyez un peu cet impertinent, qui veut empêcher les maris
de battre leurs femmes!

M. ROBERT.

Je me rétracte.

MARTINE.

Qu'avez-vous à voir là-deſſus?

M. ROBERT.

Rien.

MARTINE.

Eſt-ce à vous d'y mettre le néz?

M. ROBERT.

Non.

MARTINE.

Mêlez-vous de vos affaires.

M. ROBERT.

Je ne dis plus mot.

MARTINE.

Il me plaît d'être battuë.

Tome IV.   B

M. ROBERT.

D'accord.

MARTINE.

Ce n'eft pas à vos dépens.

M. ROBERT.

Il eft vray.

MARTINE.

Et vous étes un fot, de venir vous fourrer où vous n'avez
que faire.

[*Elle lui donne un foufflet.*]

M. ROBERT *à Sganarelle.*

Compere, je vous demande pardon de tout mon cœur.
Faites, roffez, battez, comme il faut, votre femme; je vous
aiderai, fi vous le voulez.

SGANARELLE.

Il ne me plaît pas, moi.

M. ROBERT.

Ah! C'eft une autre chofe.

SGANARELLE.

Je la veux battre, fi je le veux; & ne la veux pas battre,
fi je ne le veux pas.

M. ROBERT.

Fort bien.

SGANARELLE.

C'eft ma femme, & non pas la vôtre.

M. ROBERT.

Sans doute.

SGANARELLE.

Vous n'avez rien à me commander.

M. ROBERT.

D'accord.

SGANARELLE.

Je n'ai que faire de votre aide.

M. ROBERT.

Très-volontiers.

SGANARELLE.

Et vous étes un impertinent, de vous ingérer des affaires d'autrui. Apprenez que Ciceron dit qu'entre l'arbre & le doigt, il ne faut point mettre l'écorce.

[*Il bat m. Robert, & le chaſſe.*]

SCENE III.

SGANARELLE, MARTINE.

SGANARELLE.

Oh çà, faiſons la paix nous deux. Touche là.

MARTINE.

Oui, après m'avoir ainſi battuë?

SGANARELLE.

Cela n'eſt rien. Touche.

MARTINE.

Je ne veux pas.

SGANARELLE.

Hé?

B ij

MARTINE.

Non.

SGANARELLE.

Ma petite femme.

MARTINE.

Point.

SGANARELLE.

Allons, te dis-je.

MARTINE.

Je n'en ferai rien.

SGANARELLE.

Vien, vien, vien.

MARTINE.

Non, je veux être en colére.

SGANARELLE.

Fi, c'est une bagatelle. Allons, allons.

MARTINE.

Laisse-moi là.

SGANARELLE.

Touche, te dis-je.

MARTINE.

Tu m'as trop maltraitée.

SGANARELLE.

Hé bien, va, je te demande pardon, mets-là ta main.

MARTINE.

[bas à part.]

Je te pardonne ; mais tu le payeras.

SGANARELLE.

Tu es une folle de prendre garde à cela. Ce sont petites
choses qui sont de tems en tems néceffaires dans l'amitié, &
cinq ou six coups de bâton, entre gens qui s'aiment, ne
font que ragaillardir l'affection. Va, je m'en vais au bois,
& je te promets aujourd'hui plus d'un cent de fagots.

SCENE IV.

MARTINE *feule.*

VA, quelque mine que je fasse, je n'oublierai pas mon
reffentiment; & je brûle en moi-même de trouver
les moyens de te punir des coups que tu m'as donnés. Je
fçais bien qu'une femme a toujours dans les mains de quoi
fe venger d'un mari; mais c'eft une punition trop délicate
pour mon pendard. Je veux une vengeance qui fe fasse un
peu mieux fentir, & ce n'eft pas contentement pour l'injure
que j'ai reçûë.

SCENE V.

VALERE, LUCAS, MARTINE.

LUCAS *à Valere, fans voir Martine.*

PArguenne, j'avons pris là tous deux une guéble de
commiffion, & je ne fçais pas, moi, ce que je penfons
attraper.

VALERE *à Lucas, sans voir Martine.*

Que veux-tu, mon pauvre nourricier ? Il faut bien obéïr à notre maître ; & puis, nous avons intérêt, l'un & l'autre, à la santé de sa fille, notre maîtresse ; & sans doute son mariage, différé par sa maladie, nous vaudra quelque récompense. Horace, qui est libéral, a bonne part aux prétentions qu'on peut avoir sur sa personne ; &, quoiqu'elle ait fait voir de l'amitié pour un certain Léandre, tu sçais bien que son pere n'a jamais voulu consentir à le recevoir pour son gendre.

MARTINE *rêvant à part, se croyant seule.*

Ne puis-je point trouver quelque invention pour me venger ?

LUCAS *à Valere.*

Mais quelle fantaisie s'est-il bouté là dans la tête, puisque tous les médecins y avont perdu leur latin ?

VALERE *à Lucas.*

On trouve quelquefois à force de chercher, ce qu'on ne trouve pas d'abord ; & souvent, en de simples lieux....

MARTINE *se croyant toujours seule.*

Oui, il faut que je m'en venge à quelque prix que ce soit. Ces coups de bâton me reviennent au cœur ; je ne sçaurois les digérer, &... [*heurtant Valere & Lucas.*] Ah ! Messieurs, je vous demande pardon ; je ne vous voyois pas, & cherchois dans ma tête quelque chose qui m'embarrasse.

VALERE.

Chacun a ses soins dans le monde ; & nous cherchons aussi ce que nous voudrions bien trouver.

MARTINE.

Seroit-ce quelque chofe où je vous pûffe aider?

VALERE.

Cela fe pourroit faire ; & nous tâchons de rencontrer quelque habile homme, quelque médecin particulier, qui pût donner quelque foulagement à la fille de notre maître, attaquée d'une maladie qui lui a ôté tout d'un coup l'ufage de la langue. Plufieurs médecins ont déjà épuifé toute leur fcience après elle ; mais on trouve, par fois, des gens avec des fecrets admirables, de certains remédes particuliers, qui font le plus fouvent ce que les autres n'ont fçû faire, & c'eft là ce que nous cherchons.

MARTINE *bas à part.*

Ah! Que le Ciel m'infpire une admirable invention pour me venger de mon pendard! [*haut.*] Vous ne pouviez jamais vous mieux adreffer pour rencontrer ce que vous cherchez ; & nous avons un homme, le plus merveilleux homme du monde, pour les maladies défefpérées.

VALERE.

Hé, de grace, où pouvons-nous le rencontrer?

MARTINE.

Vous le trouverez maintenant, vers ce petit lieu que voilà, qui s'amufe à couper du bois.

LUCAS.

Un médecin qui coupe du bois?

VALERE.

Qui s'amufe à cucillir des fimples, voulez-vous dire?

MARTINE.

Non. C'eſt un homme extraordinaire, qui ſe plaît à cela, fantaſque, bizarre, quinteux, & que vous ne prendriez jamais pour ce qu'il eſt. Il va vétu d'une façon extravagante, affecte quelquefois de paroître ignorant, tient ſa ſcience renfermée, & ne fuit rien tant, tous les jours, que d'exercer les merveilleux talens qu'il a eus du Ciel pour la médecine.

VALERE.

C'eſt une choſe admirable que tous les grands hommes ont toujours du caprice, quelque petit grain de folie mêlé à leur ſcience.

MARTINE.

La folie de celui-ci eſt plus grande qu'on ne peut croire; car elle va par fois juſqu'à vouloir être battu pour demeurer d'accord de ſa capacité, & je vous donne avis que vous n'en viendrez pas à bout, qu'il n'avouera jamais qu'il eſt médecin, s'il ſe le met en fantaiſie, que vous ne preniez chacun un bâton, & ne le réduiſiez, à force de coups, à vous confeſſer à la fin ce qu'il vous cachera d'abord. C'eſt ainſi que nous en uſons, quand nous avons beſoin de lui.

VALERE.

Voilà une étrange folie.

MARTINE.

Il eſt vray; mais, après cela, vous verrez qu'il fait des merveilles.

VALERE.

Comment s'appelle-t-il?

MARTINE.

MARTINE.

Il s'appelle Sganarelle ; mais il eſt aiſé à connoître. C'eſt un homme qui a une large barbe noire, & qui porte une fraiſe, avec un habit jaune & vert.

LUCAS.

Un habit jaune & vart ! C'eſt donc le médecin des parroquets ?

VALERE.

Mais eſt-il bien vray qu'il ſoit auſſi habile que vous le dites ?

MARTINE.

Comment ? C'eſt un homme qui fait des miracles. Il y a ſix mois qu'une femme fut abandonnée de tous les autres médecins, on la tenoit morte il y avoit déjà ſix heures, & l'on ſe diſpoſoit à l'enſévelir, lorſqu'on y fit venir de force l'homme dont nous parlons. Il lui mit, l'ayant vûë, une petite goutte de je ne ſçais quoi dans la bouche ; &, dans le même inſtant, elle ſe leva de ſon lit, & ſe mit auſſi-tôt à ſe promener dans ſa chambre, comme ſi de rien n'eût été.

LUCAS.

Ah !

VALERE.

Il falloit que ce fût quelque goutte d'or potable.

MARTINE.

Cela pourroit bien être. Il n'y a pas trois ſemaines encore, qu'un jeune enfant de douze ans tomba du haut du clocher en bas, & ſe briſa, ſur le pavé, la tête, les bras & les jambes.

Tome IV. C

On n'y eut pas plûtôt amené notre homme, qu'il le frotta par tout le corps d'un certain onguent qu'il sçait faire, & l'enfant aussi-tôt se leva sur ses piéds, & courut jouer à la fossette.

LUCAS.

Ah!

VALERE.

Il faut que cet homme-là ait la médecine universelle.

MARTINE.

Qui en doute?

LUCAS.

Têtegué, vlà justement l'homme qu'il nous faut. Allons vîte le charcher.

VALERE.

Nous vous remercions du plaisir que vous nous faites.

MARTINE.

Mais souvenez-vous bien, au moins, de l'avertissement que je vous ai donné.

LUCAS.

Hé! Morguenne, laissez-nous faire. S'il ne tient qu'à battre, la vache est à nous.

VALERE *à Lucas.*

Nous sommes bien heureux d'avoir fait cette rencontre; & j'en conçois, pour moi, la meilleure espérance du monde.

D'Alembert, dans son éloge de Rose-Toussaint, président de la
Chambre des comptes et de l'Académie française, raconte que ce
magistrat s'amusa à traduire en latin la chanson bachique de
Sganarelle, et soutint, dans une réunion d'académiciens, que
Molière n'était qu'un plagiaire, qui avait traduit une vieille chanson
tirée de l'anthologie. Molière se défendait _mordicus_ du plagiat dont
on l'accusait quand le Président se mit à chanter, sur l'air de la chanson
de Sganarelle, les paroles suivantes :

> Quàm dulces,
> amphora amœna,
> Quàm dulces
> Sunt tuæ voces !
> Dùm fundis merum in calices !
> Vtinam semper esses plena !
> ah ! cara mea lagena,
> Vacua cur jaces ?

« L'étonnement fut grand parmi les auditeurs, dit d'Alembert, mais
le Président avoua sa petite espièglerie, et les ris succédèrent et Molière
y prit une large part. »

SCENE VI.

SGANARELLE, VALERE, LUCAS.

LA, la, la. *SGANARELLE chantant derriére le théatre.*

VALERE.

J'entends quelqu'un qui chante, & qui coupe du bois.

SGANARELLE entrant fur le théatre avec une bouteille à fa main, fans appercevoir Valere ni Lucas.

La, la, la.... Ma foi, c'eſt aſſez travaillé pour boire un coup. Prenons un peu d'haleine.

[après avoir bû.]

Voilà du bois qui eſt ſalé comme tous les diables.

[Il chante.]　　　*Qu'ils ſont doux,*

　　　　　Bouteille jolie,

　　　　　Qu'ils ſont doux,

　　　　Vos petits glou-gloux!

　　Mais mon fort feroit bien des jaloux,

　　Si vous étiez toujours remplie.

　　　Ah! Bouteille ma mie,

　　　Pourquoi vous vuidez-vous?

Allons, morbleu, il ne faut point engendrer de mélancolie.

VALERE *bas à Lucas.*

Le voilà lui-même.

LUCAS *bas à Valere.*

Je penſe que vous dites vray, & que j'avons bouté le néz deſſus.

VALERE.

Voyons de près.

SGANARELLE *embrassant sa bouteille.*

Ah ! Ma petite friponne, que je t'aime ! Mon petit bou-
chon.

[*Il chante.*]   [*Appercevant Valere & Lucas qui*
l'examinent, il baisse sa voix.]

Mais mon sort ... seroit bien ... des jaloux,

Si...

[*Voyant qu'on l'examine de plus près.*]

Que diable ! A qui en veulent ces gens-là ?

VALERE *à Lucas.*

C'est lui assûrément.

LUCAS *à Valere.*

Le vlà tout craché comme on nous l'a défiguré.

Sganarelle pose la bouteille à terre ; & Valere se baissant pour le sa-
luer, comme il croit que c'est à dessein de la prendre, il la met de l'autre
côté ; Lucas faisant la même chose que Valere, Sganarelle reprend
sa bouteille, & la tient contre son estomach, avec divers gestes,
qui font un jeu de théatre.

SGANARELLE *à part.*

Ils consultent en me regardant. Quel dessein auroient-ils ?

VALERE.

Monsieur, n'est-ce pas vous qui vous appellez Sganarelle ?

SGANARELLE.

Hé ? Quoi ?

VALERE,

Je vous demande si ce n'est pas vous qui se nomme Sganarelle ?

SGANARELLE *se tournant vers Valere , puis vers Lucas.*

Oui, & non, selon ce que vous lui voulez.

VALERE.

Nous ne voulons que lui faire toutes les civilités que nous pourrons.

SGANARELLE.

En ce cas, c'est moi qui se nomme Sganarelle.

VALERE.

Monsieur, nous sommes ravis de vous voir. On nous a adressés à vous pour ce que nous cherchons ; & nous venons implorer votre aide, dont nous avons besoin.

SGANARELLE.

Si c'est quelque chose, Messieurs, qui dépende de mon petit négoce, je suis tout prêt à vous rendre service.

VALERE.

Monsieur, c'est trop de grace que vous nous faites ; mais, Monsieur, couvrez-vous, s'il vous plaît, le soleil pourroit vous incommoder.

LUCAS.

Monsieur, boutez dessus.

SGANARELLE *à part.*

Voici des gens bien pleins de cérémonie. [*Il se couvre.*]

VALERE.

Monsieur, il ne faut pas trouver étrange que nous venions à vous ; les habiles gens sont toujours recherchés, & nous sommes instruits de votre capacité.

SGANARELLE.

Il est vray, Messieurs, que je suis le premier homme du

monde pour faire des fagots.

VALERE.

Ah ! Monfieur . . . .

SGANARELLE.

Je n'y épargne aucune chofe, & les fais d'une façon qu'il n'y a rien a redire.

VALERE.

Monfieur, ce n'eft pas cela dont il eft queftion.

SGANARELLE.

Mais auffi je les vends cent dix fols le cent.

VALERE.

Ne parlons point de cela, s'il vous plaît.

SGANARELLE.

Je vous promets que je ne fçaurois les donner à moins.

VALERE.

Monfieur, nous fçavons les chofes.

SGANARELLE.

Si vous fçavez les chofes , vous fçavez que je les vends cela.

VALERE.

Monfieur, c'eft fe moquer que . . . .

SGANARELLE.

Je ne me moque point, je n'en puis rien rabattre.

VALERE.

Parlons d'autre façon, de grace.

SGANARELLE.

Vous en pourrez trouver autre part à moins, il y a fagots & fagots ; mais, pour ceux que je fais . . . .

VALERE.

Hé, Monfieur, laiffons-là ce difcours.

SGANARELLE.

Je vous jure que vous ne les auriez pas, s'il s'en falloit un double.

VALERE.

Hé ! Fi.

SGANARELLE.

Non, en confcience, vous en payerez cela. Je vous parle fincérement, & ne fuis pas homme à furfaire.

VALERE.

Faut-il, Monfieur, qu'une perfonne comme vous s'amufe à ces groffiéres feintes, s'abaiffe à parler de la forte ? Qu'un homme fi fçavant, un fameux médecin comme vous étes, veuille fe déguifer aux yeux du monde, & tenir enterrés les beaux talens qu'il a ?

SGANARELLE *à part.*

Il eft fou.

VALERE.

De grace, Monfieur, ne diffimulez point avec nous.

SGANARELLE.

Comment ?

LUCAS.

Tout ce tripotage ne fart de rian ; je fçavons ç'en que je fçavons.

SGANARELLE.

Quoi donc, que voulez-vous dire ? Pour qui me prenez-vous ?

VALERE.

Pour ce que vous étes, pour un grand médecin.

SGANARELLE.

Médecin vous-même ; je ne le fuis point, & je ne l'ai jamais été.

VALERE.

[*bas.*]   [*haut.*]

Voilà fa folie qui le tient. Monfieur, ne veuillez point nier les chofes davantage ; & n'en venons point, s'il vous plaît, à de fâcheufes extrémités.

SGANARELLE.

A quoi donc ?

VALERE.

A de certaines chofes dont nous ferions marris.

SGANARELLE.

Parbleu, venez-en à tout ce qu'il vous plaira ; je ne fuis point médecin, & ne fçais ce que vous me voulez dire.

VALERE.

[*bas.*]   [*haut.*]

Je vois bien qu'il fe faut fervir du reméde. Monfieur, encore un coup, je vous prie d'avouer ce que vous étes.

LUCAS.

Hé, têtegué, ne lantiponez point davantage, & confeffez à la franquette que v'sétes médecin.

SGANARELLE *à part.*

J'enrage.

VALERE.

A quoi bon nier ce qu'on fçait ?

LUCAS.

LUCAS.

Pourquoi toutes ces fraimes là ? A quoi eſt-ce que ça vous ſart ?

SGANARELLE.

Meſſieurs, en un mot, autant qu'en deux mille, je vous dis que je ne ſuis point médecin.

VALERE.

Vous n'êtes point médecin ?

SGANARELLE.

Non.

LUCAS.

V'n'êtes pas médecin ?

SGANARELLE.

Non, vous dis-je.

VALERE.

Puiſque vous le voulez, il faut bien s'y réſoudre.

[*Ils prennent chacun un bâton, & le frappent.*]

SGANARELLE.

Ah, ah, ab ! Meſſieurs, je ſuis tout ce qu'il vous plaira.

VALERE.

Pourquoi, Monſieur, nous obligez-vous à cette violence?

LUCAS.

A quoi bon nous bailler la peine de vous battre?

VALERE.

Je vous aſſûre que j'en ai tous les regrets du monde.

LUCAS.

Par ma figué, j'en ſis fâché franchement.

Tome IV. D

SGANARELLE.

Que diable eſt ce-ci, Meſſieurs ? De grace, eſt-ce pour rire, ou ſi tous deux vous extravaguez, de vouloir que je ſois médecin ?

VALERE.

Quoi ! Vous ne vous rendez pas encore, & vous vous défendez d'être médecin ?

SGANARELLE.

Diable emporte, ſi je le ſuis.

LUCAS.

Il n'eſt pas vray que vous ſayez médecin ?

SGANARELLE.

[Ils recommencent à le battre.]

Non, la peſte m'étouffe. Ah, ah ! Hé bien, Meſſieurs, oui, puiſque vous le voulez, je ſuis médecin, je ſuis médecin ; apoticaire encore, ſi vous le trouvez bon. J'aime mieux conſentir à tout, que de me faire aſſommer.

VALERE.

Ah ! Voilà qui va bien, Monſieur ; je ſuis ravi de vous voir raiſonnable.

LUCAS.

Vous me boutez la joye au cœur, quand je vous vois parler comme ça.

VALERE.

Je vous demande pardon de toute mon ame.

LUCAS.

Je vous demandons excuſé de la liberté que j'avons priſe.

SGANARELLE *à part.*

Ouais! Seroit-ce bien moi qui me tromperois, & ferois-je devenu médecin fans m'en être apperçû?

VALERE.

Monfieur, vous ne vous repentirez pas de nous montrer ce que vous étes, & vous verrez, affûrément, que vous en ferez fatisfait.

SGANARELLE.

Mais, Meffieurs, dites-moi, ne vous trompez-vous point vous-mêmes? Eft-il bien affûré que je fois médecin?

LUCAS.

Oui, par ma figué.

SGANARELLE.

Tout de bon?

VALERE.

Sans doute.

SGANARELLE.

Diable emporte, fi je le fçavois.

VALERE.

Comment! Vous étes le plus habile médecin du monde.

SGANARELLE.

Ah! Ah!

LUCAS.

Un médecin qui a gari je ne fçais combien de maladies.

SGANARELLE.

Tudieu!

VALERE.

Une femme étoit tenuë pour morte il y avoit fix heures ;

D ij

elle étoit prête à enfevelir, lors qu'avec une goutte de quelque chofe, vous la fites revenir, & marcher d'abord par la
chambre.

SGANARELLE.

Pefte!

LUCAS.

Un petit enfant de douze ans fe laiffit choir du haut d'un
clocher, de quoi il eut la tête, les jambes, & les bras caffés;
& vous, avec je ne fçais quel onguent, vous fites qu'auffi-
tôt il fe relevit fur fes piéds, & s'en fut jouer à la foffette.

SGANARELLE.

Diantre!

VALERE.

Enfin, Monfieur, vous aurez contentement avec nous ; &
vous gagnerez ce que vous voudrez, en vous laiffant conduire où nous prétendons vous mener.

SGANARELLE,

Je gagnerai ce que je voudrai?

VALERE.

Oui.

SGANARELLE.

Ah ! Je fuis médecin fans contredit. Je l'avois oublié, mais
je m'en reffouviens. De quoi eft-il queftion ? Où faut-il fe
tranfporter ?

VALERE.

Nous vous conduirons. Il eft queftion d'aller voir une fille
qui a perdu la parole.

SGANARELLE.

Ma foi, je ne l'ai pas trouvée.

VALERE *bas à Lucas.*

Il aime à rire. [*à Sganarelle.*] Allons, Monſieur.

SGANARELLE.

Sans une robe de médecin?

VALERE.

Nous en prendrons une.

SGANARELLE *préſentant ſa bouteille à Valere.*

Tenez cela, vous. Voilà où je mets mes juleps.

[*Puis ſe tournant vers Lucas en crachant.*]

Vous, marchez là-deſſus, par ordonnance du médecin.

LUCAS.

Palſanguenne, vlà un médecin qui me plaît; je penſe qu'il réuſſira, car il eſt bouffon.

Fin du premier Acte.

Blondel inven. Joullain sculpsit.

ACTE SECOND.

SCENE PREMIERE.

GERONTE, VALERE, LUCAS, JACQUELINE.

VALERE.

Uı, Monſieur , je crois que vous ſerez ſatisfait ; & nous vous avons amené le plus grand médecin du monde.

LUCAS.

Oh, morguenne, il faut tirer l'échelle après ceti-là ; & tous les autres ne ſont pas daignes de li déchauſſer ſes ſouliés.

VALERE.

C'eſt un homme qui a fait des cures merveilleuſes.

LUCAS.

Qui a gari des gens qui étiant morts.

VALERE.

Il eſt un peu capricieux , comme je vous ai dit ; &, par fois, il a des momens où ſon eſprit s'échape, & ne paroît pas ce qu'il eſt.

LUCAS.

Oui, il aime à bouffonner ; & l'an diroit par fois, ne v'sen déplaife, qu'il a quelque petit coup de hache à la tête.

VALERE.

Mais, dans le fond, il eft toute fcience ; &, bien fouvent, il dit des chofes tout-à-fait relevées.

LUCAS.

Quand il s'y boute, il parle tout fin drait comme s'il lifoit dans un livre.

VALERE.

Sa réputation s'eft déjà répanduë ici ; & tout le monde vient à lui.

GERONTE.

Je meurs d'envie de le voir ; faites-le-moi vîte venir.

VALERE.

Je le vais querir.

SCENE II.

GERONTE, JACQUELINE, LUCAS.

JACQUELINE..

PAr ma fi, Monfieu, ceti-ci fera juftement ce qu'ant fait les autres. Je penfe que ce fera queuffi queumi ; & la meilleure médeçaine que l'an pourroit bailler à votre fille, ce feroit, felon moi, un biau & bon mari, pour qui elle eût de l'amiquié.

GERONTE.

Ouais, nourrice ma mie! Vous vous mêlez de bien des choses.

LUCAS.

Taisez-vous, notre minagere Jacquelaine ; ce n'est pas à vous à bouter là votre néz.

JACQUELINE.

Je vous dis & vous douze, que tous ces médecins n'y feront rian que de liau claire ; que votre fille a besoin d'autre chose que de ribarbe & de séné, & qu'un mari est un emplâtre qui garit tous les maux des filles.

GERONTE.

Est-elle en état maintenant qu'on s'en voulût charger avec l'infirmité qu'elle a ? Et, lorsque j'ai été dans le dessein de la marier, ne s'est-elle pas opposée à mes volontés?

JACQUELINE.

Je le crois bian, vous li vouliez bailler eun homme qu'alle n'aime point. Que ne preniais-vous ce monsieu Liandre qui li touchoit au cœur? Alle auroit été fort obéïssante ; & je m'en vas gager qu'il la prendroit li, comme alle est, si vous la li vouliais donner.

GERONTE.

Ce Léandre n'est pas ce qu'il lui faut ; il n'a pas du bien comme l'autre.

JACQUELINE.

Il a eun oncle qui est si riche, dont il est hériquié.

GERONTE.

Tous ces biens à venir me semblent autant de chansons. Il
n'est

n'eſt rien tel que ce qu'on tient ; & l'on court grand riſque de s'abuſer , lorſque l'on compte ſur le bien qu'un autre vous garde. La mort n'a pas toujours les oreilles ouvertes aux vœux & aux priéres de meſſieurs les héritiers ; & l'on a le tems d'avoir les dents longues , lorſqu'on attend , pour vivre, le trépas de quelqu'un.

JACQUELINE.

Enfin, j'ai toujours oüi dire qu'en mariage, comme ailleurs, contentement paſſe richeſſe. Les peres & les meres ont cette maudite coutume , de demander toujours qu'a-t'il & qu'a-t'elle ? Et le compere Piarre a marié ſa fille Simonette au gros Thomas pour un quarquié de vaigne qu'il avoit davan-tage que le jeune Robin où alle avoit bouté ſon amiquié ; & vlà que la pauvre criature en eſt devenuë jaune comme eun coin , & n'a point profité tout depuis ce tems-là .C'eſt un bel exemple pour vous, Monſieu ; on n'a que ſon plaiſir en ce monde , & j'aimerois mieux bailler à ma fille eun bon mari qui li fût agriable , que toutes les rentes de la Biauſſe.

GERONTE.

Peſte ! Madame la nourrice, comme vous dégoiſez ! Taiſez-vous , je vous prie, vous prenez trop de ſoin , & vous échauffez votre lait.

LUCAS *frappant, à chaque phraſe qu'il dit, ſur l'épaule de Géronte.*

Morgué, tai-toi, t'es eune impartinante. Monſieu n'a que faire de tes diſcours, & il ſçait ce qu'il a à faire. Mêle-toi de donner à teter à ton enfant, ſans tant faire la raiſonneuſe. Monſieu eſt le pere de ſa fille ; & il eſt bon & ſage pour voir ce qui li faut.

Tome IV. E

GERONTE.

Tout doux. Oh ! Tout doux.

LUCAS *frappant encore sur l'épaule de Géronte.*

Monsieu, je veux un peu la mortifier, & li apprendre le respect qu'alle vous doit.

GERONTE.

Oui ; mais ces gestes ne font pas nécessaires.

SCENE III.

VALERE, SGANARELLE, GERONTE, LUCAS, JACQUELINE.

VALERE.

MOnsieur, préparez-vous. Voici notre médecin qui entre.

GERONTE *à Sganarelle.*

Monsieur, je suis ravi de vous voir chez moi, & nous avons grand besoin de vous.

SGANARELLE *en robe de médecin, avec un chapeau des plus pointus.*

Hippocrate dit ... que nous nous couvrions tous deux.

GERONTE.

Hippocrate dit cela ?

SGANARELLE.

Oui.

GERONTE.

Dans quel chapitre, s'il vous plaît ?

SGANARELLE.

Dans fon chapitre .... des chapeaux.

GERONTE.

Puis qu'Hippocrate le dit, il le faut faire.

SGANARELLE.

Monfieur le médecin, ayant appris les merveilleufes chofes...

GERONTE.

A qui parlez-vous, de grace ?

SGANARELLE.

A vous.

GERONTE.

Je ne fuis pas médecin.

SGANARELLE.

Vous n'étes pas médecin ?

GERONTE.

Non vrayment.

SGANARELLE.

Tout de bon ?

GERONTE.

Tout de bon.

[Sganarelle prend un bâton & frappe Géronte.]

Ah, ah, ah !

SGANARELLE.

Vous étes médecin maintenant, je n'ai jamais eu d'autres licences.

GERONTE *à Valere.*

Quel diable d'homme m'avez-vous là amené ?

VALERE.

Je vous ai bien dit que c'étoit un médecin goguenard.

GERONTE.

Oui ; mais je l'envoyerois promener avec ſes goguenarderies.

LUCAS.

Ne prenez pas garde à ça , Monſieu, ce n'eſt que pour rire.

GERONTE.

Cette raillerie ne me plaît pas.

SGANARELLE.

Monſieur , je vous demande pardon de la liberté que j'ai priſe.

GERONTE.

Monſieur, je ſuis votre ſerviteur.

SGANARELLE.

Je ſuis fâché . . . .

GERONTE.

Cela n'eſt rien.

SGANARELLE.

Des coups de bâton . . . .

GERONTE.

Il n'y a pas de mal.

SGANARELLE.

Que j'ai eu l'honneur de vous donner.

GERONTE.

Ne parlons plus de cela. Monſieur, j'ai une fille qui eſt tombée dans une étrange maladie.

SGANARELLE.

Je ſuis ravi , Monſieur, que votre fille ait beſoin de moi ; & je ſouhaiterois de tout mon cœur, que vous en euſſiez beſoin auffi, vous, & toute vôtre famille, pour vous témoigner l'envie que j'ai de vous fervir.

GERONTE.

Je vous fuis obligé de ces fentimens.

SGANARELLE.

Je vous affûre que c'eft du meilleur de mon ame que je vous parle.

GERONTE.

C'eft trop d'honneur que vous me faites . . . .

SGANARELLE.

Comment s'appelle votre fille ?

GERONTE.

Lucinde.

SGANARELLE.

Lucinde! Ah! Beau nom à médicamenter! Lucinde!

GERONTE.

Je m'en vais voir un peu ce qu'elle fait.

SGANARELLE.

Qui eft cette grande femme là ?

GERONTE.

C'eft la nourrice d'un petit enfant que j'ai.

SCENE IV.

SGANARELLE, JACQUELINE, LUCAS.

SGANARELLE.

[à part.]

PEſte ! Le joli meuble que voilà ! Ah ! Nourrice, charmante nourrice, ma médecine eſt la très-humble eſclave de votre nourricerie, & je voudrois bien être le petit
poupon fortuné qui tetât le lait de vos bonnes graces.

[Il lui porte la main ſur le ſein.]

Tous mes remédes, toute ma ſcience, toute ma capacité
eſt à votre ſervice ; & ....

LUCAS.

Avec votre permiſſion, monſieu le médecin, laiſſez-là ma
femme, je vous prie.

SGANARELLE.

Quoi ! Elle eſt votre femme ?

LUCAS.

Oui.

SGANARELLE.

Ah ! Vrayment je ne ſçavois pas cela, & je m'en réjouis
pour l'amour de l'un & de l'autre.

*[Il fait ſemblant de vouloir embraſſer Lucas, & embraſſe
la nourrice.]*

LUCAS *tirant Sganarelle, & ſe remettant entre lui & ſa femme.*
Tout doucement, s'il vous plaît.

SGANARELLE.

Je vous affûre que je fuis ravi que vous foyez unis enfemble.
Je la félicite d'avoir un mari comme vous ; & je vous félicite, vous, d'avoir une femme fi belle, fi fage, & fi bien
faite comme elle eft.

[*Il fait encore femblant d'embraffer Lucas, qui lui tend les bras ;
Sganarelle paffe deffous & embraffe encore la nourrice.*]

LUCAS *le tirant encore.*

Hé, têtigué, point tant de complimens, je vous fupplie.

SGANARELLE.

Ne voulez-vous pas que je me réjouiffe avec vous d'un fi
bel affemblage ?

LUCAS.

Avec moi, tant qu'il vous plaira ; mais, avec ma femme,
tréve de farimonie.

SGANARELLE.

Je prends part également au bonheur de tous deux. Et, fi
je vous embraffe pour vous témoigner ma joye, je l'embraffe
de même pour lui en témoigner auffi.

[*Il continuë le même jeu.*]

LUCAS *le tirant pour la troifiéme fois.*

Ah ! Vartigué, monfieu le médecin, que de lantiponages !

SCENE V.

GERONTE, SGANARELLE, LUCAS, JACQUELINE.

GERONTE.

MOnfieur, voici tout-à-l'heure ma fille qu'on va vous amener.

SGANARELLE.

Je l'attends, Monfieur, avec toute la médecine.

GERONTE.

Où eft-elle?

SGANARELLE *fe touchant le front.*

Là dedans.

GERONTE.

Fort bien.

SGANARELLE.

Mais comme je m'intéreffe à toute votre famille, il faut que j'effaye un peu le lait de votre nourrice, & que je vifite fon fein.

[*Il s'approche de Jacqueline.*]

LUCAS *le tirant, & lui faifant faire la pirouette.*

Nanain, nanain, je n'avons que faire de ça.

SGANARELLE.

C'eft l'office du médecin, de voir les tetons des nourrices.

LUCAS.

Il gnia office qui quienne, je fis votte farviteur.

SGANARELLE.

SGANARELLE.

As-tu bien la hardieſſe de t'oppoſer au médecin ? Hors de là.

L U C A S.

Je me moque de ça.

S G A N A R E L L E *en le regardant de travers.*

Je te donnerai la fiévre.

J A C Q U E L I N E *prenant Lucas par le bras, &*
lui faiſant faire auſſi la pirouette.

Ote-toi de là auſſi. Eſt-ce que je ne ſis pas aſſez grande pour
mé défendre moi-même, s'il me fait queuque choſe qui ne
ſoit pas à faire ?

L U C A S.

Je ne veux pas qu'il te tâte, moi.

S G A N A R E L L E.

Fi le vilain, qui eſt jaloux de ſa femme.

G E R O N T E.

Voici ma fille.

S C E N E   V I.

LUCINDE, GERONTE, SGANARELLE, V A L E R E , L U C A S , J A C Q U E L I N E.

SGANARELLE.

E St-ce là la malade ?

G E R O N T E.

Oui. Je n'ai qu'elle de fille, & j'aurois tous les regrets du
monde, ſi elle venoit à mourir.

Tome IV. F

SGANARELLE.

Qu'elle s'en garde bien. Il ne faut pas qu'elle meure sans l'ordonnance du médecin.

GERONTE.

Allons, un siége.

SGANARELLE *assis entre Géronte & Lucinde.*

Voilà une malade qui n'est pas tant dégoutante, & je tiens qu'un homme bien sain s'en accommoderoit assez.

GERONTE.

Vous l'avez fait rire, Monsieur.

SGANARELLE.

Tant mieux, lorsque le médecin fait rire le malade, c'est
[*à Lucinde.*]
le meilleur signe du monde. Hé bien, de quoi est-il question? Qu'avez-vous? Quel est le mal que vous sentez?

LUCINDE *portant sa main à sa bouche, à sa tête, &*
sous son menton.

Han, hi, hon, han.

SGANARELLE.

Hé? Que dites-vous?

LUCINDE *continuant les mêmes gestes.*

Han, hi, hon, han, han, hi, hon.

SGANARELLE.

Quoi?

LUCINDE.

Han, hi, hon.

SGANARELLE.

Han, hi, hon, han, ha. Je ne vous entends point. Quel

diable de langage eft-ce là?

GERONTE.

Monfieur, c'eft là fa maladie. Elle eft devenuë muette, fans que jufqu'ici on en ait pû fçavoir la caufe, & c'eft un accident qui a fait reculer fon mariage.

SGANARELLE.

Et pourquoi?

GERONTE.

Celui qu'elle doit époufer, veut attendre fa guérifon, pour conclure les chofes.

SGANARELLE.

Et qui eft ce fot là, qui ne veut pas que fa femme foit muette? Plût à Dieu que la mienne eût cette maladie! Je me garderois bien de la vouloir guérir.

GERONTE.

Enfin, Monfieur, nous vous prions d'employer tous vos foins, pour la foulager de fon mal.

SGANARELLE.

Ah! Ne vous mettez pas en peine. Dites-moi un peu, ce mal l'oppreffe-t-il beaucoup?

GERONTE.

Oui, Monfieur.

SGANARELLE.

Tant mieux. Sent-elle de grandes douleurs?

GERONTE.

Fort grandes.

SGANARELLE.

C'eft fort bien fait. Va-t-elle où vous fçavez?

F ij

GERONTE.

Oui.

SGANARELLE.

Copieufement?

GERONTE.

Je n'entends rien à cela.

SGANARELLE.

La matiére eft-elle louable?

GERONTE.

Je ne me connois pas à ces chofes.

[*à Lucinde.*] SGANARELLE. [*à Géronte.*]

Donnez-moi votre bras. Voilà un pous qui marque que votre fille eft muette.

GERONTE.

Hé, oui, Monfieur, c'eft là fon mal, vous l'avez trouvé tout du premier coup. *(il venoit de dire lui-même qu'elle étoit muette)*

SGANARELLE.

Ah, ah!

JACQUELINE.

Voyez comme il a deviné fa maladie.

SGANARELLE.

Nous autres grands médecins, nous connoiffons d'abord les chofes. Un ignorant auroit été embarraffé, & vous eût été dire, c'eft ceci, c'eft cela; mais moi, je touche au but du premier coup, & je vous apprends que votre fille eft muette.

GERONTE.

Oui; mais je voudrois bien que vous me pûffiez dire d'où cela vient.

SGANARELLE.

Il n'eft rien de plus aifé. Cela vient de ce qu'elle a perdu la parole.

GERONTE.

Fort bien ; mais la caufe, s'il vous plaît, qui fait qu'elle a perdu la parole ?

SGANARELLE.

Tous nos meilleurs auteurs vous diront que c'eft l'empê-chement de l'action de fa langue.

GERONTE.

Mais encore, vos fentimens fur cet empêchement de l'action de fa langue ?

SGANARELLE.

Ariftote, là-deffus, dit..... de fort belles chofes.

GERONTE.

Je le crois.

SGANARELLE.

Ah ! C'étoit un grand homme !

GERONTE.

Sans doute.

SGANARELLE.

Grand homme tout-à-fait ; un homme qui étoit plus grand
[*levant fon bras depuis le coude.*]
que moi de tout cela. Pour revenir donc à notre raifonne-ment, je tiens que cet empêchement de l'action de fa lan-gue eft caufé par de certaines humeurs, qu'entre nous autres fçavans, nous appellons humeurs peccantes ; c'eft à dire....
humeurs peccantes ; d'autant que les vapeurs formées par

les exhalaifons des influences, qui s'élevent dans la région des maladies, venant... pour ainfi dire... à... Entendez-vous le latin?

GERONTE.

En aucune façon.

SGANARELLE *fe levant brufquement.*

Vous n'entendez point le latin?

GERONTE.

Non.

SGANARELLE *avec entoufiafme.*

Cabricias arci thuram, catalamus, fingulariter, nominativo, hæc mufa, la mufe, *bonus, bona, bonum, Deus fanctus, eft ne oratio latinas? Etiam,* oui. *Quare,* pourquoi? *Quia fubftantivo, & adjectivum, concordat in generi, numerum, & cafus.*

GERONTE.

Ah! Que n'ai-je étudié?

JACQUELINE.

L'habile homme que vlà!

LUCAS.

Oui, ça eft fi biau, que je n'y entends goutte.

SGANARELLE.

Or ces vapeurs, dont je vous parle, venant à paffer, du côté gauche où eft le foye, au côté droit où eft le cœur, il fe trouve que le poulmon, que nous appellons en latin, *armyan,* ayant communication avec le cerveau, que nous nommons en grec, *nafmus,* par le moyen de la veine cave, que nous appellons en hebreu, *cubile,* rencontre en fon chemin lef-

dites vapeurs qui rempliffent les ventricules de l'omoplate;
& parce que lefdites vapeurs.... comprenez bien ce rai-
fonnement, je vous prie, & parce que lefdites vapeurs ont
certaine malignité....Ecoutez bien ceci, je vous conjure.

GERONTE.

Oui.

SGANARELLE.

Ont une certaine malignité qui eft caufée.... Soyez attentif,
s'il vous plaît.

GERONTE.

Je le fuis.

SGANARELLE.

Qui eft caufée par l'acreté des humeurs engendrées dans la
concavité du diaphragme, il arrive que ces vapeurs......
Offabandus, nequei, nequer, potarium, quipfa milus. Voilà
juftement ce qui fait que votre fille eft muette.

JACQUELINE.

Ah! Que ça eft bian dit, notte homme!

LUCAS.

Que n'ai-je la langue auffi bian penduë?

GERONTE.

On ne peut pas mieux raifonner, fans doute. Il n'y a qu'une
feule chofe qui m'a choqué; c'eft l'endroit du foye & du
cœur. Il me femble que vous les placez autrement qu'ils ne
font, que le cœur eft du côté gauche, & le foye du côté
droit.

SGANARELLE.

Oui, cela étoit autrefois ainfi; mais nous avons changé

tout cela, & nous faiſons maintenant la médecine d'une méthode toute nouvelle.

GERONTE.

C'eſt ce que je ne ſçavois pas ; & je vous demande pardon de mon ignorance.

SGANARELLE.

Il n'y a point de mal ; & vous n'étes pas obligé d'être auſſi habile que nous.

GERONTE.

Aſſûrément ; mais, Monſieur, que croyez-vous qu'il faille faire à cette maladie ?

SGANARELLE.

Ce que je crois qu'il faille faire?

GERONTE.

Oui.

SGANARELLE.

Mon avis eſt qu'on la remette ſur ſon lit, & qu'on lui faſſe prendre, pour reméde, quantité de pain trempé dans le vin.

GERONTE.

Pourquoi cela, Monſieur ?

SGANARELLE.

Parce qu'il y a dans le vin & le pain mêlés enſemble, une vertu ſympatique qui fait parler. Ne voyez-vous pas bien qu'on ne donne autre choſe aux perroquets, & qu'ils apprennent à parler en mangeant de cela ?

GERONTE.

Cela eſt vray. Ah le grand homme! Vîte, quantité de pain & de vin.

SGA-

SGANARELLE.

Je reviendrai voir, sur le soir, en quel état elle sera.

SCENE VII.

GERONTE, SGANARELLE, JACQUELINE.

SGANARELLE.

[*à Jacqueline.*]   [*à Geronte.*]

Doucement, vous. Monsieur, voilà une nourrice à laquelle il faut que je fasse quelques petits remédes.

JACQUELINE.

Qui? Moi? Je me porte le mieux du monde.

SGANARELLE.

Tant pis, nourrice, tant pis. Cette grande santé est à craindre, & il ne sera pas mauvais de vous faire quelque petite saignée amiable, de vous donner quelque petit cliftére dulcifiant.

GERONTE.

Mais, Monsieur, voilà une mode que je ne comprends point. Pourquoi s'aller faire saigner, quand on n'a point de maladie?

SGANARELLE.

Il n'importe, la mode en est salutaire; &, comme on boit pour la soif à venir, il faut se faire aussi saigner pour la maladie à venir.

Tome IV.   G

JACQUELINE *en s'en allant.*

Ma fi, je me moque de ça, & je ne veux point faire de mon corps une boutique d'apoticaire.

SGANARELLE.

Vous étes rétive aux remedes ; mais nous fçaurons vous foumettre à la raifon.

SCENE VIII.

GERONTE, SGANARELLE.

SGANARELLE.

JE vous donne le bon jour.

GERONTE.

Attendez un peu, s'il vous plaît.

SGANARELLE.

Que voulez-vous faire ?

GERONTE.

Vous donner de l'argent, Monfieur.

SGANARELLE *tendant fa main par derriére,*
tandis que Géronte ouvre fa bourfe.

Je n'en prendrai pas, Monfieur.

GERONTE.

Monfieur.

SGANARELLE.

Point du tout.

GERONTE.

Un petit moment.

SGANARELLE.

En aucune façon.

GERONTE.

De grace.

SGANARELLE.

Vous vous moquez.

GERONTE.

Voilà qui est fait.

SGANARELLE.

Je n'en ferai rien.

GERONTE.

Hé!

SGANARELLE.

Ce n'est pas l'argent qui me fait agir.

GERONTE.

Je le crois.

SGANARELLE *après avoir pris l'argent.*

Cela est-il de poids?

GERONTE.

Oui, Monsieur.

SGANARELLE.

Je ne suis pas un médecin mercenaire.

GERONTE.

Je le sçais bien.

SGANARELLE.

L'interêt ne me gouverne point.

GERONTE.

Je n'ai pas cette pensée.

SGANARELLE *seul, regardant l'argent qu'il a reçû.*

Ma foi, cela ne va pas mal ; & , pourvû que...

SCENE IX.

LEANDRE, SGANARELLE.

LEANDRE.

MOnsieur, il y a long-tems que je vous attends ; & je viens implorer votre assistance.

SGANARELLE *lui tâtant le pous.*

Voilà un pous qui est fort mauvais.

LEANDRE.

Je ne suis point malade, Monsieur ; & ce n'est pas pour cela que je viens à vous.

SGANARELLE.

Si vous n'êtes pas malade, que diable ne le dites-vous donc ?

LEANDRE.

Non. Pour vous dire la chose en deux mots, je m'appelle Léandre qui suis amoureux de Lucinde que vous venez de visiter ; & , comme par la mauvaise humeur de son pere, toute sorte d'accès m'est fermé auprès d'elle, je me hazarde à vous prier de vouloir servir mon amour , & de me donner lieu d'exécuter un stratagême que j'ai trouvé, pour lui pouvoir dire deux mots, d'où dépendent absolument mon bonheur & ma vie.

SGANARELLE.

Pour qui me prenez-vous ? Comment ? Oser vous adresser

à moi pour vous fervir dans votre amour, & vouloir ravaler la dignité de médecin à des emplois de cette nature ?

LEANDRE.

Monfieur, ne faites point de bruit.

SGANARELLE *en le faifant reculer.*

J'en veux faire, moi. Vous étes un impertinent.

LEANDRE.

Hé! Monfieur, doucement.

SGANARELLE.

Un mal-avifé.

LEANDRE.

De grace.

SGANARELLE.

Je vous apprendrai que je ne fuis point homme à cela ; &
que c'eft une infolence extrême ....

LEANDRE *tirant une bourfe.*

Monfieur.

SGANARELLE.

[recevant la bourfe.]

De vouloir m'employer .... Je ne parle pas pour vous, car
vous étes honnête homme, & je ferois ravi de vous rendre
fervice. Mais il y a de certains impertinens au monde, qui
viennent prendre les gens pour ce qu'ils ne font pas ; & je
vous avouë que cela me met en colére.

LEANDRE.

Je vous demande pardon, Monfieur, de la liberté que ....

SGANARELLE.

Vous vous moquez. De quoi eft-il queftion?

LEANDRE.

Vous sçaurez donc, Monsieur, que cette maladie que vous
voulez guérir, est une feinte maladie. Les médecins ont
raisonné là-dessus comme il faut ; & ils n'ont pas manqué
de dire que cela procédoit, qui du cerveau, qui des entrail-
les, qui de la rate, qui du foye ; mais il est certain que
l'amour en est la véritable cause, & que Lucinde n'a trouvé
cette maladie, que pour se délivrer d'un mariage dont elle
étoit importunée. Mais, de crainte qu'on ne nous voye ensemble, retirons-nous d'ici ; & je vous dirai, en marchant,
ce que je souhaite de vous.

SGANARELLE.

Allons, Monsieur. Vous m'avez donné pour votre amour
une tendresse qui n'est pas concevable ; & j'y perdrai toute
ma médecine, ou la malade crévera, ou bien elle sera à
vous.

Fin du second Acte.

Blondel. inuenit   Joubain. sculpsit

ACTE TROISIÉME.

SCENE PREMIERE.

LEANDRE, SGANARELLE.

LEANDRE.

L me semble que je ne suis pas mal ainsi, pour un apoticaire ; &, comme le pere ne m'a guéres vû, ce changement d'habit & de perruque est assez capable, je crois, de me déguiser à ses yeux.

SGANARELLE.

Sans doute.

LEANDRE.

Tout ce que je souhaiterois, seroit de sçavoir cinq ou six grands mots de médecine, pour parer mon discours, & me donner l'air d'habile homme.

SGANARELLE.

Allez, allez, tout cela n'est pas nécessaire ; il suffit de l'habit, & je n'en sçais pas plus que vous.

LEANDRE.

Comment ?

SGANARELLE.

Diable emporte, fi j'entends rien en médecine. Vous étes
honnête homme, & je veux bien me confier à vous, comme vous vous confiez à moi.

LEANDRE.

Quoi ? Vous n'étes pas effectivement . . . .

SGANARELLE.

Non, vous dis-je, ils m'ont fait médecin malgré mes dents.
Je ne m'étois jamais mêlé d'être fi fçavant que cela ; & toutes mes études n'ont été que jufqu'en fixiéme. Je ne fçais
point fur quoi cette imagination leur eft venuë ; mais, quand
j'ai vû qu'à toute force ils vouloient que je fuffe médecin,
je me fuis réfolu de l'être aux dépens de qui il appartien-
dra. Cependant vous ne fçauriez croire comment l'erreur
s'eft répanduë, & de quelle façon chacun eft endiablé à me
croire habile homme. On me vient chercher de tous côtés ;
&, fi les chofes vont toujours de même, je fuis d'avis de
m'en tenir toute ma vie à la médecine. Je trouve que c'eft
le métier le meilleur de tous ; car, foit qu'on faffe bien, ou
foit qu'on faffe mal, on eft toujours payé de même forte. La
méchante befogne ne retombe jamais fur notre dos, & nous
taillons comme il nous plaît fur l'étoffe où nous travaillons.
Un cordonnier, en faifant des fouliers, ne fçauroit gâter un
morceau de cuir, qu'il n'en paye les pots caffés ; mais ici
l'on peut gâter un homme, fans qu'il en coûte rien. Les bé-
vûës ne font point pour nous ; & c'eft toujours la faute de
celui qui meurt. Enfin, le bon de cette profeffion eft qu'il
y a, parmi les morts, une honnêteté, une difcrétion la plus

grande

grande du monde; jamais on n'en voit fe plaindre du médecin qui l'a tué.

LEANDRE.

Il eft vray que les morts font fort honnêtes gens fur cette
matiére.

SGANARELLE *voyant des hommes qui viennent à lui.*

Voilà des gens qui ont la mine de me venir confulter.

[*à Léandre.*]

Allez toujours m'attendre auprès du logis de votre maî-
trefle.

SCENE II.

THIBAUT, PERRIN, SGANARELLE.

THIBAUT.

MOnfieu, je venons vous charcher, mon fils Perrin
& moi.

SGANARELLE.

Qu'y a-t-il?

THIBAUT.

Sa pauvre mere, qui a pour nom Parette, eft dans un lit
malade il y a fix mois.

SGANARELLE *tendant la main, comme pour recevoir de l'argent.*

Que voulez-vous que j'y faffe?

THIBAUT.

Je voudrions, Monfieu, que vous nous baillifliez queuque
petite drôlerie pour la garir.

Tome IV. H

SGANARELLE.

Il faut voir. De quoi eſt-ce qu'elle eſt malade ?

THIBAUT.

Alle eſt malade d'hypocriſie, Monſieu.

SGANARELLE.

D'hypocriſie ?

THIBAUT.

Oui, c'eſt-à-dire, qu'alle eſt enflée par tout, & l'an dit que c'eſt quantité de ſérioſités qu'alle a dans le corps, & que ſon foye, ſon ventre, ou ſa rate, comme vous voudrais l'appeller, au glieu de faire du ſang, ne fait plus que de liau. Alle a, de deux jours l'un, la fiévre quotiguenne, avec des laſſitudes & des douleurs dans les muſles des jambes. On entend dans ſa gorge des fleumes qui ſont tout prêts à l'étouffer ; & par fois il li prend des ſincoles & des converſions, que je crayons qu'alle eſt paſſée. J'avons dans notre village un apoticaire, révérence parler, qui li a donné je ne ſçais combien d'hiſtoires, & il m'en coûte plus d'eune douzaine de bons écus en lavemens, ne vs'en déplaiſe, en apoſtumes qu'on li a fait prendre, en infections de jacinthe, & en portions cordales. Mais tout ça, comme dit l'autre, n'a été que de l'onguent miton-mitaine. Il veloit li bailler d'eune certaine drogue que l'on appelle du vin ametile ; mais j'ai-ſ-eu peur franchement que ça l'envoyît à *patres*, & l'an dit que ces gros médecins tuent je ne ſçais combien de monde avec cette invention là.

SGANARELLE *tendant toujours la main.*

Venons au fait, mon ami, venons au fait.

THIBAUT.

Le fait eft, Monfieu, que je venons vous prier de nous dire ce qu'il faut que je faffions.

SGANARELLE.

Je ne vous entends point du tout.

PERRIN.

Monfieu, ma mere eft malade, & vlà deux écus que je vous apportons, pour nous bailler queuque reméde.

SGANARELLE.

Ah! Je vous entends, vous. Voilà un garçon qui parle clairement, & qui s'explique comme il faut. Vous dites que votre mere eft malade d'hydropifie, qu'elle eft enflée par tout le corps, qu'elle a la fiévre, avec des douleurs dans les jambes, & qu'il lui prend par fois des fincopes & des convulfions, c'eft-à-dire, des évanouiffemens.

PERRIN.

Hé oui, Monfieu, c'eft juftement ça.

SGANARELLE.

J'ai compris d'abord vos paroles. Vous avez un pere qui ne fçait ce qu'il dit. Maintenant, vous me demandez un reméde?

PERRIN.

Oui, Monfieu.

SGANARELLE.

Un reméde pour la guérir?

H ij

PERRIN.

C'eft comme je l'entendons.

SGANARELLE.

Tenez, voilà un morceau de fromage qu'il faut que vous lui faffiez prendre.

PERRIN.

Du fromage, Monfieu?

SGANARELLE.

Oui, c'eft un fromage préparé, où il entre de l'or, du corail, & des perles, & quantité d'autres chofes précieufes.

PERRIN.

Monfieu, je vous fommes bien obligés ; & j'allons li faire prendre ça tout-à-l'heure.

SGANARELLE.

Allez. Si elle meurt, ne manquez pas de la faire enterrer du mieux que vous pourrez.

SCENE III.

JACQUELINE, SGANARELLE, LUCAS, *dans le fond du théatre.*

SGANARELLE.

VOici la belle nourrice. Ah ! Nourrice de mon cœur, je fuis ravi de cette rencontre ; & votre vûë eft la rhubarbe, la caffe, & le féné, qui purgent toute la mélancolie de mon ame.

JACQUELINE.

Par ma figué, Monfieu le médecin, ça eft trop bian dit
pour moi, & je n'entends rien à tout votre latin.

SGANARELLE.

Devenez malade, nourrice, je vous prie, devenez malade
pour l'amour de moi. J'aurois toutes les joyes du monde
de vous guérir.

JACQUELINE.

Je fis votre farvanté, j'aime bian mieux qu'an ne me gariffe
pas.

SGANARELLE.

Que je vous plains, belle nourrice, d'avoir un mari jaloux
& fâcheux, comme celui que vous avez!

JACQUELINE.

Que vlez-vous, Monfieu? C'eft pour la pénitence de mes fautes; & là où la chévre eft liée, il faut bian qu'alle y broute.

SGANARELLE.

Comment? Un ruftre comme cela? Un homme qui vous
obferve toujours, & ne veut pas que perfonne vous parle?

JACQUELINE.

Hélas! Vous n'avez rien vû encore; & ce n'eft qu'un petit
échantillon de fa mauvaife himeur.

SGANARELLE.

Eft-il poffible, & qu'un homme ait l'ame affez baffe pour
maltraiter une perfonne comme vous? Ah! Que j'en fçais,
belle nourrice, & qui ne font pas loin d'ici, qui fe tien-
droient heureux de baifer feulement les petits bouts de vos
petons! Pourquoi faut-il qu'une perfonne fi bien faite, foit

tombée en de pareilles mains, & qu'un franc animal, un brutal, un ſtupide , un ſot … Pardonnez-moi, nourrice, ſi je parle ainſi de votre mari.

JACQUELINE.

Hé , Monſieu , je ſçais bian qu'il mérite tous ces noms-là.

SGANARELLE.

Oui, ſans doute, nourrice, il les mérite ; & il mériteroit encore que vous lui miſſiez quelque choſe ſur la tête, pour le punir des ſoupçons qu'il a.

JACQUELINE.

Il eſt bien vray que, ſi je n'avois devant les yeux que ſon intérêt, il pourroit m'obliger à queuque étrange choſe.

SGANARELLE.

Ma foi, vous ne feriez pas mal de vous venger de lui avec quelqu'un. C'eſt un homme, je vous le dis, qui mérite bien cela ; & , ſi j'étois aſſez heureux, belle nourrice, pour être choiſi pour … *Dans le tems que Sganarelle tend les bras pour embraſſer Jacqueline , Lucas paſſe ſa tête par deſſous, & ſe met entre eux deux. Sganarelle & Jacqueline regardent Lucas , & ſortent chacun de leur côté.*

SCENE IV.

GERONTE, LUCAS.

GERONTE.

Holà , Lucas, n'as-tu point vû ici notre médecin?

LUCAS

Et oui de par tous les diantres, je l'ai vû & ma femme auſſi.

GERONTE.

Où eft-ce donc qu'il peut être?

LUCAS.

Je ne fçais ; mais je voudrois qu'il fût à tous les diables.

GERONTE.

Va-t-en voir un peu ce que fait ma fille.

SCENE V.

SGANARELLE, LEANDRE, GERONTE.

GERONTE.

AH! Monfieur, je demandois où vous étiez.

SGANARELLE

Je m'étois amufé dans votre cour à expulfer le fuperflu de la boiffon. Comment fe porte la malade ?

GERONTE.

Un peu plus mal, depuis votre remede.

SGANARELLE.

Tant mieux. C'eft figne qu'il opére.

GERONTE.

Oui ; mais, en opérant, je crains qu'il ne l'étouffe.

SGANARELLE.

Ne vous mettez pas en peine ; j'ai des remédes qui fe mo-quent de tout, & je l'attends à l'agonie.

GERONTE *montrant Leandre.*

Qui eft cet homme-là que vous amenez ?

SGANARELLE *faisant des signes avec la main,*
pour montrer que c'est un Apoticaire.

C'est...

GERONTE.

Quoi?

SGANARELLE.

Celui...

GERONTE.

Hé?

SGANARELLE.

Qui...

GERONTE.

Je vous entends.

SGANARELLE.

Votre fille en aura besoin.

SCENE VI.

LUCINDE, GERONTE, LEANDRE, JACQUELINE, SGANARELLE.

JACQUELINE.

Monsieu, vlà votre fille qui veut un peu marcher.

SGANARELLE.

[à Léandre.]

Cela lui fera du bien. Allez-vous-en, monsieur l'apoticaire, tâter un peu son pous, afin que je raisonne tantôt avec
vous de sa maladie.

Sganarelle

[*Sganarelle tire Geronte dans un coin du théatre, & lui passe un bras sur les épaules pour l'empêcher de tourner la tête du côté où sont Léandre & Lucinde.*]

Monsieur, c'est une grande & subtile question, entre les docteurs, de sçavoir si les femmes sont plus faciles à guérir que les hommes. Je vous prie d'écouter ceci, s'il vous plaît. Les uns disent que non, les autres disent que oui ; & moi je dis que oui & non ; d'autant que l'incongruité des humeurs opaques, qui se rencontrent au tempérament naturel des femmes, étant cause que la partie brutale veut toujours prendre empire sur la sensitive, on voit que l'inégalité de leurs opinions dépend du mouvement oblique du cercle de la lune, & comme le soleil qui darde ses rayons sur la concavité de la terre, trouve...

LUCINDE *à Léandre.*

Non, je ne suis point du tout capable de changer de sentiment.

GERONTE.

Voilà ma fille qui parle ! O grande vertu du reméde ! O admirable médecin ! Que je vous suis obligé, Monsieur, de cette guérison merveilleuse, & que puis-je faire pour vous, après un tel service ?

SGANARELLE *se promenant sur le théatre, & s'éventant avec son chapeau.*

Voilà une maladie qui m'a bien donné de la peine !

LUCINDE.

Oui, mon pere, j'ai recouvré la parole ; mais je l'ai recouvrée pour vous dire, que je n'aurai jamais d'autre époux

que Léandre , & que c'eſt inutilement que vous voulez me
donner Horace.

GERONTE.

Mais...

LUCINDE

Rien n'eſt capable d'ébranler la réſolution que j'ai priſe.

GERONTE.

Quoi!...

LUCINDE.

Vous m'oppoſerez en vain de belles raiſons.

GERONTE.

Si...

LUCINDE.

Tous vos diſcours ne ſerviront de rien.

GERONTE.

Je...

LUCINDE.

C'eſt une choſe où je ſuis déterminée.

GERONTE.

Mais...

LUCINDE.

Il n'eſt puiſſance paternelle, qui me puiſſe obliger à me marier malgré moi.

GERONTE.

J'ai...

LUCINDE.

Vous avez beau faire tous vos efforts.

GÉRONTE.

Il...

LUCINDE.

Mon cœur ne fçauroit fe foumettre à cette tyrannie.

GERONTE.

La...

LUCINDE.

Et je me jetterai plutôt dans un couvent, que d'époufer un
homme que je n'aime point.

GERONTE.

Mais...

LUCINDE.

Non. En aucune façon. Point d'affaires. Vous perdez le tems.
Je n'en ferai rien. Cela eft réfolu.

GERONTE.

Ah! Quelle impétuofité de paroles! Il n'y a pas moyen d'y
[à Sganarelle.]
réfifter. Monfieur, je vous prie de la faire redevenir muette.

SGANARELLE.

C'eft une chofe qui m'eft impoffible. Tout ce que je puis faire
pour votre fervice, eft de vous rendre fourd, fi vous voulez.

GERONTE.

[à Lucinde.]
Je vous remercie. Penfes-tu donc...

LUCINDE.

Non, toutes vos raifons ne gagneront rien fur mon ame.

GERONTE,

Tu épouferas Horace dès ce foir.

I ij

LUCINDE.

J'épouferai plutôt la mort.

SGANARELLE à *Geronte*.

Mon Dieu, arrêtez-vous, laiffez-moi médicamenter cette affaire. C'eft une maladie qui la tient; & je fçais le reméde qu'il y faut apporter.

GERONTE.

Seroit-il poffible, Monfieur, que vous puiffiez auffi guérir cette maladie d'efprit?

SGANARELLE.

Oui, laiffez-moi faire, j'ai des remédes pour tout; & notre apoticaire nous fervira pour cette cure. [à *Léandre.*] Un mot. Vous voyez que l'ardeur qu'elle a pour ce Léandre, eft tout-à-fait contraire aux volontés du pere, qu'il n'y a point de tems à perdre, que les humeurs font fort aigries, & qu'il eft néceffaire de trouver promtement un reméde à ce mal qui pourroit empirer par le retardement. Pour moi, je n'y en vois qu'un feul, qui eft une prife de fuite purgative, que vous mêlerez, comme il faut, avec deux dragmes de matrimonium en pilulles. Peut-être fera-t-elle quelque difficulté à prendre ce reméde; mais, comme vous êtes habile homme dans votre métier, c'eft à vous de l'y réfoudre, & de lui faire avaler la chofe du mieux que vous pourrez. Allez-vous-en lui faire faire un petit tour de jardin, afin de préparer les humeurs tandis que j'entretiendrai ici fon pere; mais, fur tout, ne perdez point de tems. Au reméde, vîte, au reméde fpécifique.

SCENE VII.

GERONTE, SGANARELLE.

GERONTE.

Quelles drogues, Monsieur, sont celles que vous venez de dire? Il me semble que je ne les ai jamais oüi nommer.

SGANARELLE.

Ce sont drogues dont on se sert dans les nécessités urgentes.

GERONTE.

Avez-vous jamais vû une insolence pareille à la sienne?

SGANARELLE.

Les filles sont quelquefois un peu têtuës.

GERONTE.

Vous ne sçauriez croire comme elle est affolée de ce Léandre.

SGANARELLE.

La chaleur du sang fait cela dans les jeunes esprits.

GERONTE

Pour moi, dès que j'ai eu découvert la violence de cet amour, j'ai sçû tenir toujours ma fille renfermée.

SGANARELLE.

Vous avez fait sagement.

GERONTE.

Et j'ai bien empêché qu'ils n'ayent eu communication ensemble.

SGANARELLE.

Fort bien.

GERONTE.

Il feroit arrivé quelque folie, fi j'avois fouffert qu'ils fe fuf-
fent vûs.

SGANARELLE.

Sans doute.

GERONTE.

Et je crois qu'elle auroit été fille à s'en aller avec lui.

SGANARELLE.

C'eft prudemment raifonné.

GERONTE.

On m'avertit qu'il fait tous fes efforts pour lui parler.

SGANARELLE.

Quel drôle!

GERONTE.

Mais il perdra fon tems.

SGANARELLE.

Ah, ah!

GERONTE.

Et j'empêcherai bien qu'il ne la voye.

SGANARELLE.

Il n'a pas à faire à un fot, & vous fçavez des rubriques qu'il
ne fçait pas. Plus fin que vous n'eft pas bête.

SCENE VIII.

LUCAS, GERONTE, SGANARELLE.

LUCAS.

AH palsanguenne, Monsieu, veci bian du tintamarre ; votre fille s'en est enfuie avec son Liandre. C'étoit lui qui étoit l'apoticaire ; & vlà monsieu le médecin qui a fait cette belle opération-là.

GERONTE.

Comment! M'assassiner de la façon ? Allons, un commissaire, & qu'on empêche qu'il ne sorte. Ah ! Traître, je vous ferai punir par la justice.

LUCAS.

Ah ! par ma fi, monsieu le médecin, vous serez pendu ; ne bougez de-là seulement.

SCENE IX.

MARTINE, SGANARELLE, LUCAS.

MARTINE à Lucas.

AH, mon Dieu ! Que j'ai eu de peine à trouver ce logis ! Dites-moi un peu des nouvelles du médecin que je vous ai donné.

LUCAS.

Le vlà qui va être pendu.

MARTINE.

Quoi ! Mon mari pendu ? Hélas ! Et qu'a-t-il fait pour cela ?

LUCAS.

Il a fait enlever la fille de notre maître.

MARTINE.

Hélas ! Mon cher mari, est-il bien vray qu'on te va pendre ?

SGANARELLE.

Tu vois. Ah !

MARTINE.

Faut-il que tu te laisses mourir en présence de tant de gens ?

SGANARELLE.

Que veux-tu que j'y fasse ?

MARTINE.

Encore si tu avois achevé de couper notre bois, je prendrois quelque consolation.

SGANARELLE.

Retire-toi de là, tu me fends le cœur.

MARTINE.

Non ; je veux demeurer pour t'encourager à la mort ; & je ne te quitterai point que je ne t'aye vû pendu.

SGANARELLE.

Ah !

SCENE

SCENE X.

GERONTE, SGANARELLE, MARTINE.

GERONTE *à Sganarelle.*

LE commiſſaire viendra bientôt ; & l'on s'en va vous mettre en lieu où l'on me répondra de vous.

SGANARELLE *à genoux.*

Hélas! Cela ne ſe peut-il point changer en quelques coups de bâton?

GERONTE.

Non, non, la juſtice en ordonnera. Mais que vois-je?

SCENE DERNIERE.

GERONTE, LEANDRE, LUCINDE, SGANARELLE, LUCAS, JACQUELINE.

LEANDRE.

MOnſieur, je viens faire paroître Léandre à vos yeux, & remettre Lucinde en votre pouvoir. Nous avons eu deſſein de prendre la fuite tous deux, & de nous aller marier enſemble ; mais cette entrepriſe a fait place à un procédé plus honnête. Je ne prétends point vous voler votre fille, & ce n'eſt que de votre main que je veux la rece-

Tome IV.   K

voir. Ce que je vous dirai, Monſieur, c'eſt que je viens, tout-à-l'heure, de recevoir des lettres, par où j'apprends que mon oncle eſt mort, & que je ſuis héritier de tous ſes biens.

GERONTE.

Monſieur, votre vertu m'eſt tout-à-fait conſidérable ; & je vous donne ma fille avec la plus grande joye du monde.

SGANARELLE à part.

La médecine l'a échapé belle.

MARTINE.

Puiſque tu ne ſeras point pendu, rends-moi grace d'être médecin ; car c'eſt moi qui t'ai procuré cet honneur.

SGANARELLE.

Oui ? C'eſt toi qui m'as procuré je ne ſçais combien de coups de bâton?

LEANDRE à Sganarelle.

L'effet en eſt trop beau, pour en garder du reſſentiment.

SGANARELLE.

[à Martine.]

Soit. Je te pardonne ces coups de bâton, en faveur de la dignité où tu m'as élevé ; mais prépare toi déformais à vivre dans un grand reſpect, avec un homme de ma conféquence, & ſonge que la colére d'un médecin eſt plus à craindre qu'on ne peut croire.

FIN.

Inv. et dessiné par F. Boucher.

Gravé par Lau. Cars.

MELICERTE

MÉLICERTE,

PASTORALE HÉROÏQUE.

ACTEURS.

MÉLICERTE, bergere.

DAPHNÉ, bergere.

EROXENE, bergere.

MIRTIL, amant de Mélicerte.

ACANTE, amant de Daphné.

TIRENE, amant d'Eroxene.

LICARSIS, pâtre, crû pere de Mirtil.

CORINE, confidente de Mélicerte.

NICANDRE, berger.

MOPSE, berger, crû oncle de Mélicerte.

La scene est en Thessalie, dans la vallée de Tempé.

MÉLICERTE,

PASTORALE HÉROÏQUE.

ACTE PREMIER.

SCENE PREMIERE.

DAPHNE, EROXENE, ACANTE, TIRENE.

ACANTE.

H ! Charmante Daphné.

TIRENE.

Trop aimable Eroxène.

DAPHNE.

Acante, laisse-moi.

EROXENE.

Ne me sui point, Tirène.

ACANTE *à Daphné.*

Pourquoi me chasses-tu?

TIRENE *à Eroxène.*

Pourquoi fuis-tu mes pas?

DAPHNE *à Acante.*

Tu me plais loin de moi.

EROXENE *à Tirène.*

Je m'aime où tu n'es pas.

ACANTE.

Ne cesseras-tu point cette rigueur mortelle?

TIRENE.

Ne cesseras-tu point de m'être si cruelle?

DAPHNE.

Ne cesseras-tu point tes inutiles vœux?

EROXENE.

Ne cesseras-tu point de m'être si fâcheux?

ACANTE.

Si tu n'en prends pitié, je succombe à ma peine.

TIRENE.

Si tu ne me secours, ma mort est trop certaine.

DAPHNE.

Si tu ne veux partir, je quitterai ce lieu.

EROXENE.

Si tu veux demeurer, je te vais dire adieu.

ACANTE.

Hé bien, en m'éloignant, je te vais satisfaire.

TIRENE.

Mon départ va t'ôter ce qui peut te déplaire.

ACANTE.

Généreuse Eroxène, en faveur de mes feux,
Daigne au moins, par pitié, lui dire un mot ou deux.
TIRENE.

Obligeante Daphné, parle à cette inhumaine;
Et sçache d'où, pour moi, procéde tant de haine.

SCENE II.

DAPHNE, EROXENE.

EROXENE.

ACante a du mérite, & t'aime tendrement;
D'où vient que tu lui fais un si dur traitement?
DAPHNE.

Tirène vaut beaucoup, & languit pour tes charmes;
D'où vient que, sans pitié, tu vois couler ses larmes?
EROXENE.

Puisque j'ai fait ici la demande avant toi,
La raison te condamne a répondre avant moi.
DAPHNE.

Pour tous les soins d'Acante on me voit inflexible,
Parce qu'à d'autres vœux je me trouve sensible.
EROXENE.

Je ne fais pour Tirène éclater que rigueur,
Parce qu'un autre choix est maître de mon cœur.

DAPHNE.

Puis-je fçavoir de toi ce choix qu'on te voit taire?

EROXENE.

Oui, fi tu veux du tien m'apprendre le myſtére.

DAPHNE.

Sans te nommer celui qu'amour m'a fait choifir,
Je puis facilement contenter ton défir;
Et, de la main d'Atis, ce peintre inimitable,
J'en garde, dans ma poche, un portrait admirable,
Qui, juſqu'au moindre trait, lui reſſemble fi fort,
Qu'il eſt fûr que tes yeux le connoîtront d'abord.

EROXENE.

Je puis te contenter par une même voye,
Et payer ton fecret en pareille monnoye.
J'ai, de la main auſſi de ce peintre fameux,
Un aimable portrait de l'objet de mes vœux,
Si plein de tous fes traits & de fa grace extrême,
Que tu pourras d'abord te le nommer toi-même.

DAPHNE.

La boëte que le peintre a fait faire pour moi,
Eſt tout-à-fait femblable à celle que je voi.

EROXENE.

Il eſt vray, l'une à l'autre entiérement reſſemble;
Et, certe, il faut qu'Atis les ait fait faire enſemble.

DAPHNE.

Faiſons en même tems, par un peu de couleurs,
Confidence à nos yeux du fecret de nos cœurs.

EROXENE.

EROXENE.

Voyons à qui plus vîte entendra ce langage,
Et qui parle le mieux de l'un ou l'autre ouvrage.

DAPHNE.

La méprife eft plaifante, & tu te brouilles bien ;
Au lieu de ton portrait, tu m'as rendu le mien.

EROXENE.

Il eft vray ; je ne fçais comme j'ai fait la chofe.

DAPHNE.

Donne. De cette erreur ta rêverie eft caufe.

EROXENE.

Que veut dire ceci ? Nous nous joüons je croi.
Tu fais, de ces portraits, même chofe que moi.

DAPHNE.

Certes, c'eft pour en rire, & tu peux me le rendre.

EROXENE *mettant les deux portraits l'un à côté de l'autre.*

Voici le vray moyen de ne fe point méprendre.

DAPHNE.

De mes fens prévenus eft-ce une illufion ?

EROXENE.

Mon ame fur mes yeux fait-elle impreffion ?

DAPHNE.

Mirtil, à mes regards, s'offre dans cet ouvrage.

EROXENE.

De Mirtil, dans ces traits, je rencontre l'image.

Tome IV.   L

DAPHNE.

C'eſt le jeune Mirtil qui fait naître mes feux.

EROXENE.

C'eſt au jeune Mirtil que tendent tous mes vœux.

DAPHNE.

Je venois aujourd'hui te prier de lui dire
Les ſoins que, pour ſon ſort, ſon mérite m'inſpire.

EROXENE.

Je venois te chercher pour ſervir mon ardeur,
Dans le deſſein que j'ai de m'aſſûrer ſon cœur.

DAPHNE.

Cette ardeur qu'il t'inſpire eſt-elle ſi puiſſante ?

EROXENE.

L'aimes-tu d'une amour qui ſoit ſi violente ?

DAPHNE.

Il n'eſt point de froideur qu'il ne puiſſe enflammer ,
Et ſa grace naiſſante a dequoi tout charmer.

EROXENE.

Il n'eſt Nymphe en l'aimant qui ne ſe tint heureuſe ,
Et Diane, ſans honte, en ſeroit amoureuſe.

DAPHNE.

Rien que ſon air charmant ne me touche aujourd'hui ;
Et, ſi j'avois cent cœurs, ils ſeroient tous pour lui.

EROXENE.

Il efface à mes yeux tout ce qu'on voit paroître ;
Et, ſi j'avois un ſceptre, il en ſeroit le maître.

DAPHNE.

Ce feroit donc en vain qu'à chacune, en ce jour,
On nous voudroit, du fein, arracher cet amour.
Nos ames, dans leurs vœux, font trop bien affermies,
Né tâchons, s'il fe peut, qu'à demeurer amies;
Et puifqu'en même tems, pour le même fujet,
Nous avons, toutes deux, formé même projet,
Mettons dans ce débat la franchife en ufage,
Ne prenons l'une & l'autre aucun lâche avantage;
Et courons nous ouvrir enfemble à Licarfis,
Des tendres fentimens où nous jette fon fils.

EROXENE.

J'ai peine à concevoir, tant la furprife eft forte,
Comme un tel fils eft né d'un pere de la forte;
Et fa taille, fon air, fa parole & fes yeux,
Feroient croire qu'il eft iffu du fang des Dieux;
Mais enfin, j'y foufcris, courons trouver ce pere,
Allons-lui de nos cœurs découvrir le myftére,
Et confentons qu'après, Mirtil, entre nous deux,
Décide, par fon choix, ce combat de nos vœux.

DAPHNE.

Soit. Je vois Licarfis avec Mopfe & Nicandre,
Ils pourront le quitter, cachons-nous pour attendre.

SCENE III.

LICARSIS, MOPSE, NICANDRE.

NICANDRE *à Licarſis.*

DI-nous donc ta nouvelle.

LICARSIS.

Ah ! Que vous me preſſez !
Cela ne ſe dit pas comme vous le penſez.

MOPSE.

Que de ſottes façons, & que de badinage !
Ménalque pour chanter n'en fait pas davantage.

LICARSIS.

Parmi les curieux des affaires d'Etat,
Une nouvelle à dire eſt d'un puiſſant éclat.
Je me veux mettre un peu ſur l'homme d'importance,
Et jouir quelque tems de votre impatience.

NICANDRE.

Veux-tu, par tes délais, nous fatiguer tous deux ?

MOPSE.

Prends-tu quelque plaiſir à te rendre fâcheux ?

NICANDRE.

De grace, parle, & mets ces mines en arriére.

LICARSIS.

Priez-moi donc tous deux de la bonne maniére,
Et me dites chacun quel don vous me ferez,
Pour obtenir de moi ce que vous déſirez.

MOPSE.

La pefte foit du fat! Laiffons-le là , Nicandre,
Il brûle de parler, bien plus que nous d'entendre.
Sa nouvelle lui péfe , il veut s'en décharger;
Et, ne l'écouter pas, eft le faire enrager.

LICARSIS.

Hé?

NICANDRE.

Te voilà puni de tes façons de faire.

LICARSIS.

Je m'en vais vous le dire, écoutez.

MOPSE.

Point d'affaire.

LICARSIS.

Quoi? Vous ne voulez pas m'entendre?

NICANDRE.

Non.

LICARSIS.

Hé bien ,

Je ne dirai donc mot , & vous ne fçaurez rien.

MOPSE.

Soit.

LICARSIS.

Vous ne fçaurez pas qu'avec magnificence
Le Roi vient d'honorer Tempé de fa préfence;
Qu'il entra dans Lariffe hier fur le haut du jour;
Qu'à l'aife je l'y vis avec toute fa cour;

Que ces bois vont jouir aujourd'hui de fa vûë,
Et qu'on raifonne fort touchant cette venuë.

NICANDRE.

Nous n'avons pas envie auffi de rien fçavoir.

LICARSIS.

Je vis cent chofes là, raviffantes à voir.
Ce ne font que feigneurs, qui, des piéds à la tête,
Sont brillans & parés comme au jour d'une fête,
Ils furprennent la vûë ; & nos prés, au printems,
Avec toutes leurs fleurs, font bien moins éclatans.
Pour le Prince, entre tous fans peine on le remarque,
Et, d'une ftade loin, il fent fon grand monarque ;
Dans toute fa perfonne, il a je ne fçais quoi,
Qui d'abord fait juger que c'eft un maître Roi.
Il le fait d'une grace à nulle autre feconde,
Et cela, fans mentir, lui fiéd le mieux du monde.
On ne croiroit jamais comme, de toutes parts,
Toute fa cour s'empreffe à chercher fes regards,
Ce font autour de lui confufions plaifantes ;
Et l'on diroit d'un tas de mouches reluifantes,
Qui fuivent en tous lieux un doux rayon de miel.
Enfin, l'on ne voit rien de fi beau fous le Ciel,
Et la fête de Pan, parmi nous fi chérie,
Auprès de ce fpectacle, eft une gueuferie.
Mais, puifque, fur le fier, vous vous tenez fi bien,
Je garde ma nouvelle, & ne veux dire rien.

MOPSE.

Et nous ne te voulons aucunement entendre.

LICARSIS.

Allez vous promener.

MOPSE.

Va-t-en te faire pendre.

SCENE IV.

EROXENE, DAPHNE, LICARSIS.

LICARSIS *se croyant seul.*

C'Eſt de cette façon que l'on punit les gens,
Quand ils font les benêts & les impertinens.

DAPHNE.

Le Ciel tienne, Paſteur, vos brebis toujours ſaines.

EROXENE.

Cérés tienne de grains vos granges toujours pleines.

LICARSIS.

Et le grand Pan vous donne à chacune un époux,
Qui vous aime beaucoup, & ſoit digne de vous.

DAPHNE.

Ah! Licarſis, nos vœux à même but aſpirent.

EROXENE.

C'eſt pour le même objet que nos deux cœurs ſoupirent.

DAPHNE.

Et l'amour, cet enfant qui cauſe nos langueurs,
A pris chez vous le trait dont il bleſſe nos cœurs.

EROXENE.

Et nous venons ici chercher votre alliance,
Et voir qui de nous deux aura la préference.

LICARSIS.

Nymphes...

DAPHNE.

Pour ce bien seul, nous poussons des soupirs.

LICARSIS.

Je suis...

EROXENE

A ce bonheur tendent tous nos désirs.

DAPHNE.

C'est un peu librement exprimer sa pensée.

LICARSIS.

Pourquoi ?

EROXENE.

La bienséance y semble un peu blessée.

LICARSIS.

Ah! Point.

DAPHNE.

Mais, quand le cœur brûle d'un noble feu,
On peut, sans nulle honte, en faire un libre aveu.

LICARSIS.

Je....

EROXENE.

Cette liberté nous peut être permise,
Et du choix de nos cœurs la beauté l'autorise.

LICARSIS.

LICARSIS.

C'eft bleffer ma pudeur que me flater ainfi.

EROXENE.

Non, non, n'affectez point de modeftie ici.

DAPHNE.

Enfin, tout notre bien eft en votre puiffance.

EROXENE.

C'eft de vous que dépend notre unique efpérance.

DAPHNE.

Trouverons-nous en vous quelques difficultés?

LICARSIS.

Ah!

EROXENE.

Nos vœux, dites-moi, feront-ils réjettés?

LICARSIS.

Non, j'ai reçû du Ciel une ame peu cruelle,
Je tiens de feu ma femme; & je me fens, comme elle,
Pour les défirs d'autrui beaucoup d'humanité,
Et je ne fuis point homme à garder de fierté.

DAPHNE.

Accordez donc Mirtil à notre amoureux zéle.

EROXENE.

Et fouffrez que fon choix régle notre querelle.

LICARSIS.

Mirtil?

Tome IV.   M

DAPHNE.

Oui. C'eſt Mirtil que, de vous, nous voulons.

EROXENE.

De qui penſez-vous donc qu'ici nous vous parlons?

LICARSIS.

Je ne ſçais ; mais Mirtil n'eſt guéres dans un âge
Qui ſoit propre à ranger au joug du mariage.

DAPHNE.

Son mérite naiſſant peut frapper d'autres yeux ;
Et l'on veut s'engager un bien ſi précieux,
Prévenir d'autres cœurs, & braver la fortune,
Sous les fermes liens d'une chaîne commune.

EROXENE.

Comme, par ſon eſprit & ſes autres brillans,
Il rompt l'ordre commun & devance le tems,
Notre flâme pour lui veut en faire de même,
Et régler tous ſes vœux ſur ſon mérite extrême.

LICARSIS.

Il eſt vray qu'à ſon âge il ſurprend quelquefois ;
Et cet athénien, qui fut chez moi vingt mois,
Qui, le trouvant joli, ſe mit en fantaiſie
De lui remplir l'eſprit de ſa philoſophie,
Sur de certains diſcours l'a rendu ſi profond,
Que, tout grand que je ſuis, ſouvent il me confond.
Mais, avec tout cela, ce n'eſt encor qu'enfance,
Et ſon fait eſt mêlé de beaucoup d'innocence.

DAPHNE.

Il n'eſt point tant enfant, qu'à le voir chaque jour,
Je ne le croye atteint déjà d'un peu d'amour;
Et plus d'une avanture à mes yeux s'eſt offerte,
Où j'ai connu qu'il ſuit la jeune Mélicerte.

EROXENE.

Ils pourroient bien s'aimer; & je vois...

LICARSIS.

Franc abus.

Pour elle, paſſe encore, elle a deux ans de plus,
Et deux ans, dans ſon ſexe, eſt une grande avance.
Mais, pour lui, le jeu ſeul l'occupe tout, je penſe,
Et les petits déſirs de ſe voir ajuſté
Ainſi que les bergers de haute qualité.

DAPHNE.

Enfin, nous déſirons, par le nœud d'hyménée,
Attacher ſa fortune à notre deſtinée.

EROXENE.

Nous voulons, l'une & l'autre, avec pareille ardeur,
Nous aſſûrer de loin l'empire de ſon cœur.

LICARSIS.

Je m'en tiens honoré plus qu'on ne ſçauroit croire.
Je ſuis un pauvre pâtre; & ce m'eſt trop de gloire,
Que deux nymphes, d'un rang le plus haut du pays,
Diſputent à ſe faire un époux de mon fils.
Puiſqu'il vous plaît qu'ainſi la choſe s'éxécute,
Je conſens que ſon choix régle votre diſpute,

M ij

Et celle qu'à l'écart laiſſera cet arrêt,
Pourra, pour ſon recours, m'épouſer, s'il lui plaît.
C'eſt toujours même ſang, & preſque même choſe.
Mais le voici. Souffrez qu'un peu je le diſpoſe,
Il tient quelque moineau qu'il a pris fraîchement;
Et voilà ſes amours & ſon attachement.

SCENE V.

EROXENE, DAPHNE & LICARSIS,
dans le fond du théatre, MIRTIL.

MIRTIL *ſe croyant ſeul, & tenant un moineau dans une cage.*

Innocente petite bête,
Qui, contre ce qui vous arrête,
Vous débattez tant à mes yeux,
De votre liberté ne plaignez point la perte;
Votre deſtin eſt glorieux,
Je vous ai pris pour Mélicerte.

Elle vous baiſera, vous prenant dans ſa main;
Et, de vous mettre en ſon ſein,
Elle vous fera la grace.
Eſt-il un ſort au monde & plus doux & plus beau?
Et qui des rois, hélas! heureux petit moineau,
Ne voudroit être en votre place?

LICARSIS.

Mirtil, Mirtil, un mot. Laissons-là ces joyaux,
Il s'agit d'autre chose ici que de moineaux.
Ces deux nymphes, Mirtil, à la fois te prétendent,
Et tout jeune, déjà pour époux te demandent.
Je dois, par un hymen, t'engager à leurs vœux,
Et c'est toi que l'on veut qui choisisse des deux.

MIRTIL.

Ces nymphes?

LICARSIS.

Oui. Des deux, tu peux en choisir une.
Voi quel est ton bonheur, & bénis la fortune.

MIRTIL.

Ce choix qui m'est offert, peut-il m'être un bonheur,
S'il n'est aucunement souhaité de mon cœur?

LICARSIS.

Enfin qu'on le reçoive; & que, sans se confondre,
A l'honneur qu'elles font, on songe à bien répondre.

EROXENE.

Malgré cette fierté qui régne parmi nous,
Deux nymphes, ô Mirtil, viennent s'offrir à vous;
Et, de vos qualités, les merveilles écloses,
Font que nous renversons ici l'ordre des choses.

DAPHNE.

Nous vous laissons, Mirtil, pour l'avis le meilleur,
Consulter, sur ce choix, vos yeux & votre cœur;
Et nous n'en voulons point prévenir les suffrages
Par un récit paré de tous nos avantages.

MIRTIL.

C'eft me faire un honneur dont l'éclat me furprend;
Mais cet honneur pour moi, je l'avouë, eft trop grand.
A vos rares bontés, il faut que je m'oppofe,
Pour mériter ce fort, je fuis trop peu de chofe;
Et je ferois fâché, quels qu'en foient les appas,
Qu'on vous blâmât pour moi de faire un choix trop bas.

EROXENE.

Contentez nos défirs, quoiqu'on en puiffe croire;
Et ne vous chargez point du foin de notre gloire.

DAPHNE.

Non, ne defcendez point dans ces humilités,
Et laiffez-nous juger ce que vous méritez.

MIRTIL.

Le choix qui m'eft offert s'oppofe à votre attente,
Et peut feul empêcher que mon cœur vous contente.
Le moyen de choifir de deux grandes beautés,
Egales en naiffance & rares qualités?
Rejetter l'une ou l'autre eft un crime effroyable;
Et n'en choifir aucune eft bien plus raifonnable.

EROXENE.

Mais, en faifant refus de répondre à nos vœux,
Au lieu d'une, Mirtil, vous en outragez deux.

DAPHNE.

Puifque nous confentons à l'arrêt qu'on peut rendre,
Ces raifons ne font rien à vouloir s'en défendre.

MIRTIL.

Hé bien, fi ces raifons nè vous fatisfont pas,
Celle-ci le fera. J'aime d'autres appas;
Et je fens bien qu'un cœur, qu'un bel objet engage,
Eft infenfible & fourd à tout autre avantage.

LICARSIS.

Comment donc! Qu'eft ceci? Qui l'eût pû préfumer?
Et fçavez-vous, morveux, ce que c'eft que d'aimer?

MIRTIL.

Sans fçavoir ce que c'eft, mon cœur a fçû le faire.

LICARSIS.

Mais cet amour me choque, & n'eft pas néceffaire.

MIRTIL.

Vous ne deviez donc pas, fi cela vous déplaît,
Me faire un cœur fenfible & tendre comme il eft.

LICARSIS.

Mais ce cœur que j'ai fait, me doit obéiffance.

MIRTIL.

Oui, lorfque d'obéïr il eft en fa puiffance.

LICARSIS.

Mais enfin, fans mon ordre, il ne doit point aimer.

MIRTIL.

Que n'empêchiez-vous donc que l'on pût le charmer?

LICARSIS.

Hé bien, je vous défends que cela continuë.

MIRTIL.

La défenfe, j'ai peur, fera trop tard venuë.

LICARSIS.

Quoi! Les peres n'ont pas des droits fupérieurs?

MIRTIL.

Les Dieux, qui font bien plus, ne forcent point les cœurs.

LICARSIS.

Les Dieux.... Paix, petit fot. Cette philofophie
Me....

DAPHNE.

Ne vous mettez point en courroux, je vous prie.

LICARSIS.

Non, je veux qu'il fe donne à l'une pour époux,
Où je vais lui donner le fouet tout devant vous.
Ah, ah! Je vous ferai fentir que je fuis pere.

DAPHNE.

Traitons, de grace, ici les chofes fans colére.

EROXENE.

Peut-on fçavoir de vous cet objet fi charmant
Dont la beauté, Mirtil, vous a fait fon amant?

MIRTIL.

Mélicerte, Madame. Elle en peut faire d'autres.

EROXENE.

Vous comparez, Mirtil, fes qualités aux nôtres?

DAPHNE.

Le choix d'elle & de nous eft affez inégal.

MIRTIL.

Nymphes, au nom des Dieux, n'en dites point de mal.
Daignez confidérer, de grace, que je l'aime,
Et ne me jettez point dans un défordre extrême.

Si

Si j'outrage, en l'aimant, vos céleſtes attraits,
Elle n'a point de part au crime que je fais ;
C'eſt de moi, s'il vous plaît, que vient toute l'offenſe.
Il eſt vray, d'elle à vous, je ſçais la différence ;
Mais, par ſa deſtinée, on ſe trouve enchaîné,
Et je ſens bien enfin que le Ciel m'a donné
Pour vous tout le reſpect, Nymphes, imaginable ;
Pour elle tout l'amour dont une ame eſt capable.
Je vois, à la rougeur qui vient de vous ſaiſir,
Que ce que je vous dis ne vous fait pas plaiſir.
Si vous parlez, mon cœur appréhende d'entendre
Ce qui peut le bleſſer par l'endroit le plus tendre ;
Et, pour me dérober à de ſemblables coups,
Nymphes, j'aime bien mieux prendre congé de vous.

LICARSIS.

Mirtil, holà, Mirtil. Veux-tu revenir, traître ?
Il fuit ; mais on verra qui de nous eſt le maître.
Ne vous effrayez point de tous ces vains tranſports,
Vous l'aurez pour époux, j'en réponds corps pour corps.

Fin du premier Acte.

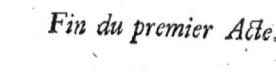

ACTE SECOND.

SCENE PREMIERE.

MELICERTE, CORINE.

MELICERTE.

H ! Corine, tu viens de l'apprendre de Stelle,
Et c'eſt de Licarſis qu'elle tient la nouvelle ?
####### CORINE.
Oui.

MELICERTE.
Que les qualités dont Mirtil eſt orné,
Ont ſçû toucher d'amour Eroxène & Daphné ?
####### CORINE.

Oui.

MELICERTE.
Que pour l'obtenir leur ardeur eſt ſi grande,
Q'enſemble elles en ont déjà fait la demande ?
Et que, dans ce débat, elles ont fait deſſein
De paſſer, dès cette heure, à recevoir ſa main ?
Ah ! Que tes mots ont peine à ſortir de ta bouche,
Et que c'eſt foiblement que mon ſouci te touche !

CORINE.

Mais quoi? Que voulez-vous? C'eſt là la vérité,
Et vous redites tout, comme je l'ai conté.

MELICERTE.

Mais comment Licarſis reçoit-il cette affaire?

CORINE.

Comme un honneur, je crois, qui doit beaucoup lui plaire.

MELICERTE.

Et ne vois-tu pas bien, toi qui ſçais mon ardeur,
Qu'avec ces mots, hélas! tu me perces le cœur?

CORINE.

Comment?

MELICERTE.

Me mettre aux yeux que le ſort implacable,
Auprès d'elles, me rend trop peu conſidérable,
Et qu'à moi, par leur rang, on les va préférer,
N'eſt-ce pas une idée à me déſeſpérer?

CORINE.

Mais quoi! Je vous réponds, & dis ce que je penſe.

MELICERTE.

Ah! Tu me fais mourir par ton indifférence.
Mais, di, quels ſentimens Mirtil a-t-il fait voir?

CORINE.

Je ne ſçais.

MELICERTE.

Et c'eſt là ce qu'il falloit ſçavoir,
Cruelle.

CORINE.

En vérité, je ne fçais comment faire ;
Et, de tous les côtés, je trouve à vous déplaire.

MELICERTE.

C'eft que tu n'entres point dans tous les mouvemens
D'un cœur, hélas! rempli de tendres fentimens.
Va-t-en, laiffe-moi feule, en cette folitude,
Paffer quelques momens de mon inquiétude.

SCENE II.

MELICERTE *feule.*

Vous le voyez, mon cœur, ce que c'eft que d'aimer,
Et Bélife avoit fçû trop bien m'en informer.
Cette charmante mere, avant fa deftinée,
Me difoit une fois fur le bord du Pénée,
Ma fille, fonge à toi, l'amour aux jeunes cœurs
Se préfente toujours entouré de douceurs,
D'abord il n'offre aux yeux que chofes agréables ;
Mais il traîne après lui des troubles effroyables,
Et, fi tu veux paffer tes jours dans quelque paix,
Toujours, comme d'un mal, défend-toi de fes traits.
De ces leçons, mon cœur, je m'étois fouvenuë ;
Et, quand Mirtil venoit à s'offrir à ma vûë,
Qu'il jouoit avec moi, qu'il me rendoit des foins,
Je vous difois toujours de vous y plaire moins.
Vous ne me crûtes point ; & votre complaifance
Se vit bientôt changée en trop de bienveillance,

Dans ce naissant amour qui flatoit vos désirs,
Vous ne vous figuriez que joye & que plaisirs ;
Cependant vous voyez la cruelle disgrace,
Dont, en ce triste jour, le destin vous menace,
Et la peine mortelle où vous voilà réduit.
Ah, mon cœur ! Ah, mon cœur ! Je vous l'avois bien dit.
Mais tenons, s'il se peut, notre douleur couverte.
Voici...

SCENE III.

MIRTIL, MELICERTE.

MIRTIL.

J'Ai fait tantôt, charmante Mélicerte,
Un petit prisonnier que je garde pour vous,
Et dont, peut-être un jour, je deviendrai jaloux.
C'est un jeune moineau, qu'avec un soin extrême
Je veux, pour vous l'offrir, apprivoiser moi-même.
Le présent n'est pas grand ; mais les Divinités
Ne jettent leurs regards que sur les volontés.
C'est le cœur qui fait tout, & jamais la richesse
Des présens que... Mais, Ciel ! D'où vient cette tristesse ?
Qu'avez-vous, Mélicerte, & quel sombre chagrin
Se voit dans vos beaux yeux répandu ce matin ?
Vous ne répondez point ? Et ce morne silence
Redouble encor ma peine & mon impatience.

Parlez. De quel ennui reſſentez-vous les coups ?
Qu'eſt-ce donc?

MELICERTE.

Ce n'eſt rien.

MIRTIL.

Ce n'eſt rien, dites-vous ?

Et je vois cependant vos yeux couverts de larmes.
Cela s'accorde-t-il, beauté pleine de charmes?
Ah! Ne me faites point un ſecret dont je meurs,
Et m'expliquez, hélas ! ce que diſent ces pleurs.

MELICERTE.

Rien ne me ſerviroit de vous le faire entendre.

MIRTIL.

Devez-vous rien avoir que je ne doive apprendre ?
Et ne bleſſez-vous pas notre amour aujourd'hui,
De vouloir me voler ma part de votre ennui ?
Ah! Ne le cachez point à l'ardeur qui m'inſpire.

MELICERTE.

Hé bien, Mirtil, hé bien, il faut donc vous le dire.
J'ai ſçû que, par un choix plein de gloire pour vous,
Eroxène & Daphné vous veulent pour époux;
Et je vous avouerai que j'ai cette foibleſſe
De n'avoir pû, Mirtil, le ſçavoir ſans triſteſſe,
Sans accuſer du ſort la rigoureuſe loi
Qui les rend, dans leurs vœux, préférables à moi.

MIRTIL.

Et vous pouvez l'avoir cette injuſte triſteſſe?
Vous pouvez ſoupçonner mon amour de foibleſſe ?

Et croire qu'engagé par des charmes si doux,
Je puisse être jamais à quelqu'autre qu'à vous ?
Que je puisse accepter une autre main offerte ?
Hé ! Que vous ai-je fait, cruelle Mélicerte,
Pour traiter ma tendresse avec tant de rigueur,
Et faire un jugement si mauvais de mon cœur ?
Quoi ! Faut-il que de lui, vous ayez quelque crainte !
Je suis bien malheureux de souffrir cette atteinte ;
Et que me sert d'aimer comme je fais, hélas !
Si vous êtes si prête à ne le croire pas ?

MELICERTE.

Je pourrois moins, Mirtil, redouter ces rivales,
Si les choses étoient, de part & d'autre, égales ;
Et, dans un rang pareil, j'oserois espérer
Que peut-être l'amour me feroit préférer ;
Mais l'inégalité de bien & de naissance,
Qui peut, d'elles à moi, faire la différence...

MIRTIL.

Ah ! Leur rang de mon cœur ne viendra point à bout,
Et vos divins appas vous tiennent lieu de tout.
Je vous aime, il suffit ; &, dans votre personne,
Je vois rang, biens, trésors, Etats, scéptre, couronne ;
Et, des rois les plus grands m'offrît-on le pouvoir,
Je n'y changerois pas le bien de vous avoir.
C'est une vérité toute sincére & pure,
Et, pouvoir en douter, est me faire une injure.

MELICERTE.

Hé bien, je crois, Mirtil, puifque vous le voulez,
Que vos vœux, par leur rang, ne font point ébranlés,
Et que, bien qu'elles foient nobles, riches & belles,
Votre cœur m'aime affez pour me mieux aimer qu'elles;
Mais ce n'eft pas l'amour dont vous fuivrez la voix,
Votre pere, Mirtil, réglera votre choix;
Et, de même qu'à vous, je ne lui fuis pas chére,
Pour préférer à tout une fimple bergére.

MIRTIL.

Non, chere Melicerte, il n'eft pere ni Dieux
Qui me puiffent forcer à quitter vos beaux yeux;
Et toujours de mes vœux, reine comme vous étes....

MELICERTE.

Ah! Mirtil, prenez garde à ce qu'ici vous faites.
N'allez point préfenter un efpoir à mon cœur,
Qu'il recevroit peut-être avec trop de douceur,
Et qui, tombant après comme un éclair qui paffe,
Me rendroit plus cruel le coup de ma difgrace.

MIRTIL.

Quoi! Faut-il des fermens appeller le fecours,
Lorfque l'on vous promet de vous aimer toujours?
Que vous vous faites tort par de telles alarmes,
Et connoiffez bien peu le pouvoir de vos charmes!
Hé bien, puifqu'il le faut, je jure par les Dieux,
Et, fi ce n'eft affez, je jure par vos yeux,
Qu'on me tuera plûtôt que je vous abandonne.
Recevez-en ici la foi que je vous donne;

Et

Et fouffrez que ma bouche, avec raviffement,
Sur cette belle main, en figne le ferment.

MELICERTE.

Ah! Mirtil, levez-vous, de peur qu'on ne vous voye.

MIRTIL.

Eft-il rien.... Mais, ô Ciel! on vient troubler ma joye.

SCENE IV.

LICARSIS, MIRTIL, MELICERTE.

LICARSIS.

NE vous contraignez pas pour moi.

MELICERTE à part.

Quel fort fâcheux!

LICARSIS.

Cela ne va pas mal, continuez tous deux.
Pefte, mon petit fils, que vous avez l'air tendre,
Et qu'en maître déjà vous fçavez vous y prendre!
Vous a-t-il, ce fçavant qu'Athènes exila,
Dans fa philofophie appris ces chofes-là?
Et vous, qui lui donnez de fi douce maniére
Votre main à baifer, la gentille bergere,
L'honneur vous apprend-il ces mignardes douceurs
Par qui vous débauchez ainfi les jeunes cœurs?

MIRTIL.

Ah! Quittez de ces mots l'outrageante baffeffe,
Et ne m'accablez point d'un difcours qui la bleffe.

Tome IV. O

MELICERTE,
LICARSIS.
Je veux lui parler, moi. Toutes ces amitiés....

MIRTIL.
Je ne fouffrirai point que vous la maltraitiez.
A du refpect pour vous la naiffance m'engage ;
Mais je fçaurai, fur moi, vous punir de l'outrage.
Oui, j'attefte le Ciel que, fi, contre mes vœux,
Vous lui dites encor le moindre mot fâcheux,
Je vais, avec ce fer qui m'en fera juftice,
Au milieu de mon fein, vous chercher un fupplice ;
Et, par mon fang verfé, lui marquer, promptement,
L'éclatant défaveu de votre emportement.

MELICERTE.
Non, non, ne croyez pas qu'avec art je l'enflamme,
Et que mon deffein foit de féduire fon ame.
S'il s'attache à me voir, & me veut quelque bien,
C'eft de fon mouvement, je ne l'y force en rien.
Ce n'eft pas que mon cœur veuille ici fe défendre
De répondre à fes vœux d'une ardeur affez tendre,
Je l'aime, je l'avoue, autant qu'on puiffe aimer.
Mais cet amour n'a rien qui vous doive allarmer ;
Et, pour vous arracher toute injufte créance,
Je vous promets ici d'éviter fa préfence,
De faire place au choix où vous vous réfoudrez,
Et ne fouffrir fes vœux que quand vous le voudrez.

SCENE V.

LICARSIS, MIRTIL.

MIRTIL.

HE bien, vous triomphez avec cette retraite,
Et, dans ces mots, votre ame a ce qu'elle souhaite;
Mais apprenez qu'en vain vous vous réjouissez,
Que vous serez trompé dans ce que vous pensez;
Et qu'avec tous vos soins, toute votre puissance,
Vous ne gagnerez rien sur ma persévérance.

LICARSIS.

Comment? A quel orgueil, fripon, vous vois-je aller?
Est-ce de la façon que l'on me doit parler?

MIRTIL.

Oui, j'ai tort, il est vray, mon transport n'est pas sage.
Pour rentrer au devoir, je change de langage;
Et je vous prie ici, mon pere, au nom des Dieux,
Et par tout ce qui peut vous être précieux,
De ne vous point servir, dans cette conjoncture,
Des fiers droits que sur moi vous donne la nature.
Ne m'empoisonnez point vos bienfaits les plus doux.
Le jour est un présent que j'ai reçû de vous;
Mais de quoi vous ferai-je aujourd'hui redevable,
Si vous me l'allez rendre, hélas, insupportable?
Il est, sans Mélicerte, un supplice à mes yeux;
Sans ses divins appas, rien ne m'est précieux,

O ij

Ils font tout mon bonheur, & tout e mon envie ;
Et, fi vous me l'ôtez, vous m'arraehez la vie.

LICARSIS *à part.*

Aux douleurs de fon ame il me fait prendre part.
Qui l'auroit jamais crû de ce petit pendart ?
Quel amour, quels tranfports, quels difcours pour fon âge !
J'en fuis confus, & fens que cet amour m'engage.

MIRTIL *fe jettant aux genoux de Licarfis.*

Voyez, me voulez-vous ordonner de mourir ?
Vous n'avez qu'à parler, je fuis prêt d'obéïr.

LICARSIS *à part.*

Je n'y puis plus tenir, il m'arrache des larmes,
Et ces tendres propos me font rendre les armes.

MIRTIL.

Que fi, dans votre cœur, un refte d'amitié
Vous peut de mon deftin donner quelque pitié,
Accordez Mélicerte à mon ardente envie,
Et vous ferez bien plus que me donner la vie.

LICARSIS.

Léve-toi.

MIRTIL.

Serez-vous fenfible à mes foupirs ?

LICARSIS.

Oui.

MIRTIL.

J'obtiendrai de vous l'objet de mes défirs ?

LICARSIS.

Oui.

MIRTIL.

Vous ferez pour moi que fon oncle l'oblige
A me donner fa main ?

LICARSIS.

Oui; léve-toi, te dis-je.

MIRTIL.

O pere, le meilleur qui jamais ait été,
Que je baife vos mains, après tant de bonté.

LICARSIS.

Ah ! Que pour fes enfans un pere a de foiblesse !
Peut-on rien refufer à leurs mots de tendresse ?
Et ne fe fent-on pas certains mouvemens doux,
Quand on vient à fonger que cela fort de vous?

MIRTIL.

Me tiendrez-vous au moins la parole avancée ?
Ne changerez-vous point, dites-moi, de penfée?

LICARSIS.

Non.

MIRTIL.

Me permettez-vous de vous défobéïr,
Si de ces fentimens on vous fait revenir ?
Prononcez le mot.

LICARSIS.

Oui. Ah ! Nature, nature !
Je m'en vais trouver Mopfe, & lui faire ouverture
De l'amour que fa niéce & toi vous vous portez.

MIRTIL.

Ah ! Que ne dois-je point à vos rares bontés!

[*feul.*]

Quelle heureufe nouvelle à dire à Mélicerte !
Je n'accepterois pas une couronne offerte,
Pour le plaifir que j'ai de courir lui porter
Ce merveilleux fuccès qui la doit contenter.

SCENE VI.

ACANTE, TIRENE, MIRTIL.

ACANTE.

AH ! Mirtil, vous avez du Ciel reçû des charmes,
Qui nous ont préparé des matiéres de larmes ;
Et leur naiffant éclat, fatal à nos ardeurs,
De ce que nous aimons, nous enléve les cœurs.

TIRENE.

Peut-on fçavoir, Mirtil, vers qui de ces deux belles,
Vous tournerez ce choix dont courent les nouvelles?
Et fur qui doit de nous tomber ce coup affreux
Dont fe voit foudroyé tout l'efpoir de nos vœux ?

ACANTE.

Ne faites point languir deux amans davantage,
Et nous dites quel fort votre cœur nous partage.

TIRENE.

Il vaut mieux, quand on craint ces malheurs éclatans,
En mourir tout d'un coup, que traîner fi long-tems.

MIRTIL.

Rendez, nobles bergers, le calme à votre flâme,
La belle Mélicerte a captivé mon ame.

Auprès de cet objet, mon fort eft affez doux,

Pour ne pas confentir à rien prendre fur vous;

Et, fi vos vœux enfin n'ont que les miens à craindre,

Vous n'aurez, l'un ni l'autre, aucun lieu de vous plaindre.

ACANTE.

Ah! Mirtil, fe peut-il que deux triftes amans....

TIRENE.

Eft-il vray que le Ciel fenfible à nos tourmens......

MIRTIL.

Oui, content de mes fers comme d'une victoire,

Je me fuis excufé de ce choix plein de gloire;

J'ai de mon pere encor changé les volontés,

Et l'ai fait confentir à mes félicités.

ACANTE à Tirène.

Ah! Que cette avanture eft un charmant miracle,

Et qu'à notre pourfuite elle ôte un grand obftacle!

TIRENE à Acante.

Elle peut renvoyer ces nymphes à nos vœux,

Et nous donner moyen d'être contens tous deux.

SCENE VII.

NICANDRE, MIRTIL, ACANTE, TIRENE.

NICANDRE.

Sçavez-vous en quel lieu Mélicerte est cachée?

MIRTIL.

Comment?

NICANDRE.

En diligence, elle est par tout cherchée.

MIRTIL.

Et pourquoi?

NICANDRE.

Nous allons perdre cette beauté.
C'est pour elle qu'ici le Roi s'est transporté;
Avec un grand seigneur on dit qu'il la marie.

MIRTIL.

O Ciel! Expliquez-moi ce discours, je vous prie.

NICANDRE.

Ce sont des incidens grands & mystérieux.
Oui, le Roy vient chercher Mélicerte en ces lieux;
Et l'on dit qu'autrefois feu Bélise sa mere,
Dont tout Tempé croyoit que Mopse étoit le frere...
Mais je me suis chargé de la chercher par tout,
Vous sçaurez tout cela tantôt, de bout en bout.

MIRTIL.

MIRTIL.
Ah! Dieux, quelle rigueur ! Hé, Nicandre, Nicandre.
ACANTE.
Suivons aussi ses pas , afin de tout apprendre.

Fin du second Acte.

AVERTISSEMENT.

IL n'y avoit de Mélicerte que deux actes de faits, lors-que le Roi la demanda. Sa Majesté en ayant été satis-faite pour la fête où elle fut représentée, l'auteur ne l'a point finie.

Cette pastorale héroïque , qui formoit la troisiéme entrée du ballet des Muses, dansé par sa Majesté le 2. Décembre 1666. dans le château de saint Germain en Laye, fut suivie d'une pastorale comique, espéce d'impromptu mêlé de sce-nes récitées, & de scenes en musique, avec des divertisse-mens & des entrées de ballet.

Il y a apparence que les paroles chantées, qui font partie de l'action, font de Moliere, ainsi que l'invention du sujet, & les dialogues récités.

Comme cette derniere piéce n'a j'amais été imprimée dans le recueil des œuvres de Moliere, on a jugé à propos, pour rendre l'édition plus complette, de l'imprimer en l'état où elle est, quoiqu'il ne nous en reste que le nom des acteurs, l'ordre des scenes, avec les paroles qui se chantoient.

Tome IV. P

PASTORALE

COMIQUE.

ACTEURS.

ACTEVRS DE LA PASTORALE.

IRIS, bergére.

LYCAS, riche pasteur, amant d'Iris.

FILENE, riche pasteur, amant d'Iris.

CORIDON, berger, confident de Lycas, amant d'Iris.

UN PASTRE, ami de Filéne.

UN BERGER.

ACTEURS DU BALLET.

MAGICIENS, dansans.

MAGICIENS, chantans.

DEMONS, dansans.

PAYSANS.

UNE ÉGYPTIENNE, chantante & dansante.

ÉGYPTIENS, dansans.

La scene est en Thessalie, dans un hameau de la vallée de Tempé.

PASTORALE
COMIQUE.

SCENE PREMIERE.
LYCAS, CORIDON.

SCENE II.

LYCAS, MAGICIENS *chantans & danſans*, DEMONS.

PREMIERE ENTRÉE DE BALLET.

[*Deux magiciens commencent, en danſant, un enchantement pour embellir Lycas, ils frappent la terre avec leurs baguettes, & en font ſortir ſix démons qui ſe joignent à eux. Trois magiciens ſortent auſſi de deſſous terre.*]

TROIS MAGICIENS CHANTANS.

Deeſſe des appas,
Ne nous refuſe pas
La grace qu'implorent nos bouches.
Nous t'en prions par tes rubans,
Par tes boucles de diamans,
Ton rouge, ta poudre, tes mouches,
Ton maſque, ta coëffe, & tes gants.

UN MAGICIEN *seul.*

O toi, qui peux rendre agréables
Les visages les plus malfaits,
Répand, Vénus, de tes attraits
Deux ou trois dozes charitables
Sur ce museau tondu tout frais.

LES TROIS MAGICIENS CHANTANS.

Déesse des appas,
Ne nous refuse pas
La grace qu'implorent nos bouches.
Nous t'en prions par tes rubans,
Par tes boucles de diamans,
Ton rouge, ta poudre, tes mouches,
Ton masque, ta coëffe, & tes gants.

II. ENTRÉE DE BALLET.

[*Les six démons dansans habillent Lycas d'une maniére ridicule &
bizarre.*]

LES TROIS MAGICIENS CHANTANS.

Ah ! Qu'il est beau,
Le jouvenceau !
Ah! Qu'il est beau ! Ah ! Qu'il est beau !
Qu'il va faire mourir de belles !
Auprès de lui, les plus cruelles
Ne pourront tenir dans leur peau.
Ah! Qu'il est beau,
Le jouvenceau !

Ah! Qu'il eſt beau! Ah! Qu'il eſt beau!

Ho, ho, ho, ho, ho, ho, ho, ho!

III. ENTRÉE DE BALLET.

[Les magiciens & les démons continuent leurs danſes , tandis que les trois magiciens chantans continuent à ſe moquer de Lycas.]

LES TROIS MAGICIENS CHANTANS.

Qu'il eſt joli,

Gentil, poli!

Qu'il eſt joli! Qu'il eſt joli!

Eſt-il des yeux qu'il ne raviſſe ?

Il paſſe en beauté feu Narciſſe ,

Qui fut un blondin accompli.

Qu'il eſt joli ,

Gentil, poli!

Qu'il eſt joli! Qu'il eſt joli!

Hi, hi, hi, hi, hi, hi, hi, hi!

[Les trois magiciens chantans s'enfoncent dans la terre , & les magiciens danſans diſparoiſſent.]

SCENE III.

LYCAS, FILENE.

FILENE *ſans voir Lycas , chante.*

PAiſſez, cheres brebis, les herbettes naiſſantes ,

Ces prés & ces ruiſſeaux ont de quoi vous charmer ;

Mais, ſi vous déſirez vivre toujours contentes ,

Petites innocentes,
Gardez-vous bien d'aimer.

LYCAS *fans voir Filéne.*

[*Ce pafteur voulant faire des vers pour fa maîtreſſe, prononce le nom d'Iris aſſez haut, pour que Filéne l'entende.*]

FILENE *à Lycas.*

Eſt-ce toi que j'entends, témeraire ? Eſt-ce-toi,
Qui nommes la beauté qui me tient fous fa loi ?

LYCAS.

Oui, c'eſt moi; oui, c'eſt moi.

FILENE.

Ofes-tu bien, en aucune façon,
Proférer ce beau nom ?

LYCAS.

Hé, pourquoi non ? Hé, pourquoi non ?

FILENE.

Iris charme mon ame;
Et qui pour elle aura
Le moindre brin de flâme,
Il s'en repentira.

LYCAS.

Je me moque de cela,
Je me moque de cela.

FILENE.

Je t'étranglerai, mangerai,
Si tu nommes jamais ma belle.
Ce que je dis, je le ferai,
Je t'étranglerai, mangerai,

Il

Il suffit que j'en ai juré ;
Quand les Dieux prendroient ta querelle,
Je t'étranglerai, mangerai,
Si tu nommes jamais ma belle.

LYCAS.

Bagatelle, bagatelle.

SCENE IV.

IRIS, LYCAS.

SCENE V.

LYCAS, UN PASTRE.

Le Pâtre apporte à Lycas un cartel de la part de Filéne.

SCENE VI.

LYCAS, CORIDON.

SCENE VII.

FILENE, LYCAS.

FILENE *chante.*

A Rrête, malheureux,
Tourne, tourne visage ;
Et voyons qui des deux
Obtiendra l'avantage.

Tome IV. Q

LYCAS.

[*Lycas héfite à fe battre.*]

FILENE.

C'eft par trop difcourir,
Allons, il faut mourir.

SCENE VIII.

FILENE, LYCAS, PAYSANS.

[*Les payfans viennent pour féparer Filéne & Lycas.*]

IV. ENTRÉE DE BALLET.

[*Les payfans prennent querelle, en voulant féparer les deux paf-
teurs, & danfent en fe battant.*]

SCENE IX.

CORIDON, LYCAS, FILENE, PAYSANS.

[*Coridon, par fes difcours, trouve moyen d'appaifer la querelle des
payfans.*]

V. ENTRÉE DE BALLET.

[*Les payfans réconciliés danfent enfemble.*]

SCENE X.

CORIDON, LYCAS, FILENE.

SCENE XI.

IRIS, CORIDON.

SCENE XII.

FILENE, LYCAS, IRIS, CORIDON.

[*Lycas & Filéne , amans de la bergére, la preſſent de décider lequel d'eux deux aura la préférence.*]

FILENE *à Iris.*

N'Attendez pas qu'ici je me vante moi-même,
  Pour le choix que vous balancez ;
  Vous avez des yeux , je vous aime ,
   C'eſt vous en dire aſſez.

[*La bergere décide en faveur de Coridon.*]

SCENE XIII.

FILENE, LYCAS.

FILENE *chante.*

HElas ! Peut-on ſentir de plus vive douleur ?
  Nous préférer un ſcrvile paſteur !
   O Ciel !

Q ij

LYCAS *chante.*

O fort!

FILENE.

Quelle rigueur!

LYCAS.

Quel coup!

FILENE.

Quoy! Tant de pleurs,

LYCAS.

Tant de perseverance,

FILENE.

Tant de langueur,

LYCAS.

Tant de fouffrance,

FILENE.

Tant de vœux,

LYCAS.

Tant de foins,

FILENE.

Tant d'ardeur,

LYCAS.

Tant d'amour,

FILENE.

Avec tant de mépris font traités en ce jour!
Ah! Cruelle.

LYCAS.

Cœur dur.

FILENE.

Tigreffe.

LYCAS.

Inexorable.

FILENE.

Inhumaine.

LYCAS.

Infenfible.

FILENE.

Ingrate.

LYCAS.

Impitoyable.

FILENE.

Tu veux donc nous faire mourir ?
Il te faut contenter.

LYCAS.

Il te faut obéïr.

FILENE *tirant fon javelot.*

Mourons, Lycas.

LYCAS *tirant fon javelot.*

Mourons, Filene.

FILENE.

Avec ce fer, finiffons notre peine.

LYCAS.

Pouffe.

FILENE.

Ferme.

LYCAS.

Courage.

FILENE.

Allons, va le premier.

LYCAS.

Non, je veux marcher le dernier.

FILENE.

Puisque même malheur aujourd'hui nous assemble.

Allons, partons ensemble.

SCENE XIV.

UN BERGER, LYCAS, FILENE.

LE BERGER *chante.*

A H! Quelle folie,
De quitter la vie
Pour une beauté,
Dont on est rebuté!
On peut, pour un objet aimable,
Dont le cœur nous est favorable,
Vouloir perdre la clarté;
Mais quitter la vie
Pour une beauté,
Dont on est rebuté,
Ah! Quelle folie!

SCENE DERNIERE.

UNE EGYPTIENNE, EGYPTIENS
dansans.

L'EGYPTIENNE.

D'Un pauvre cœur,
Soulagez le martyre;
D'un pauvre cœur,
Soulagez la douleur.
J'ay beau vous dire
Ma vive ardeur,
Je vous vois rire
De ma langueur;
Ah! Cruelle, j'expire
Sous tant de rigueur.
D'un pauvre cœur,
Soulagez le martyre;
D'un pauvre cœur,
Soulagez la douleur.

VI. ET DERNIERE ENTRÉE
DE BALLET.

[*Douze égyptiens, dont quatre jouent de la guittare, quatre des castagnettes, quatre des gnacares, dansont avec l'égyptienne, aux chansons qu'elle chante.*]

L'EGYPTIENNE.

Croyez-moi, hâtons-nous, ma Silvie,
Ufons bien des momens précieux ;
Contentons ici notre envie,
De nos ans le feu nous y convie,
Nous ne fçaurions, vous & moi faire mieux.
Quand l'hiver a glacé nos guerets
Le printems vient reprendre fa place,
Et ramene à nos champs leurs attraits ;
Mais, hélas ! Quand l'âge nous glace,
Nos beaux jours ne reviennent jamais.

Ne cherchons tous les jours qu'à nous plaire,
Soyons y l'un & l'autre empreffés ;
Du plaifir faifons notre affaire,
Des chagrins fongeons à nous défaire,
Il vient un tems où l'on en prend affez.

Quand l'hiver a glacé nos guerets,
Le printems vient reprendre fa place,
Et ramene à nos champs leurs attraits ;
Mais, hélas! Quand l'âge nous glace,
Nos beaux jours ne reviennent jamais.

FIN.

NOMS

NOMS DE CEUX QUI RECITOIENT,
chantoient & danſoient dans la paſtorale.

Iris, *mademoiſelle de Brie.* Lycas, *le ſieur Moliere.* Filene, *le ſieur Eſtival.* Coridon, *le ſieur la Grange.* Un berger, *le ſieur Blondel.* Un pâtre, *le ſieur Châteauneuf.*

Magiciens danſans, *les ſieurs la Pierre, Favier.* Magiciens chantans, *les ſieurs le Gros, Don, Gaye.* Démons danſans, *les ſieurs Chicanneau, Bonard, Noblet le cadet, Arnald, Mayeu, Foignard.*

Payſans, *les ſieurs Dolivet, Deſonets, du Pron, la Pierre, Mercier, Peſan, le Roy.*

Egyptienne danſante & chantante, *le ſieur Noblet l'aîné.* Egyptiens danſans. Quatre jouant de la guittare, *les ſieurs Lulli, Beauchamp, Chicanneau, Vaignart.* Quatre jouant des caſtagnettes, *les ſieurs Favier, Bonard, Saint André, Arnald.* Quatre jouant des gnacares, *les ſieurs la Mare, des Airs ſecond, du Feu, Peſan.*

Inv. et dessiné par F. Boucher.

Gravé par Laur. Cars.

LE SICILIEN.
ou
La mour Peintre.

Page 150

LE SICILIEN,

ou

L'AMOUR

PEINTRE,

COMEDIE-BALLET.

ACTEURS.

ACTEURS DE LA COMÉDIE.

DOM PÉDRE, gentilhomme ficilien.

ADRASTE, gentilhomme françois, amant d'Ifidore.

ISIDORE, grecque, efclave de Dom Pédre.

CLIMENE, fœur d'Adrafte.

UN SENATEUR.

HALI, turc, efclave d'Adrafte.

DEUX LAQUAIS.

ACTEURS DU BALLET.

MUSICIENS.

ESCLAVE chantant.

ESCLAVES danfans.

MAURES & MAURESQUES danfans.

La fcene eft à Meffine, dans une place publique.

LE SICILIEN,

OU

L'AMOUR PEINTRE,

COMÉDIE-BALLET.

SCENE PREMIERE.

HALI, MUSICIENS.

HALI *aux musiciens.*

Hut. N'avancez pas davantage, & demeurez dans cet endroit, jusqu'à ce que je vous appelle.

SCENE II.

HALI *seul.*

IL fait noir comme dans un four. Le Ciel s'eft habillé ce foir en fcaramouche , & je ne vois pas une étoile qui montre le bout de fon néz. Sotte condition que celle d'un efclave, de ne vivre jamais pour foi, & d'être toûjours tout entier aux paffions d'un maître , de n'être reglé que par fes humeurs , & de fe voir réduit à faire fes propres affaires de tous les foucis qu'il peut prendre ! Le mien me fait ici épou-fer fes inquiétudes ; & , parce qu'il eft amoureux, il faut que , nuit & jour , je n'aye aucun repos. Mais voici des flambeaux , & fans doute , c'eft lui.

SCENE III.

ADRASTE, DEUX LAQUAIS
portant chacun un flambeau , HALI.

ADRASTE.

ES-ce toi, Hali?

HALI.

Et qui pourroit-ce être que moi, à ces heures de nuit ? Hors vous & moi, Monfieur, je ne crois pas que perfonne s'avife de courir maintenant les ruës.

ADRASTE.

Auffi ne crois-je pas qu'on puiffe voir perfonne qui fente

dans fon cœur la peine que je fens. Car, enfin, ce n'eft
rien d'avoir à combattre l'indifférence, ou les rigueurs d'u-
ne beauté qu'on aime, on a toujours au moins le plaifir de la
plainte, & la liberté des foupirs; mais ne pouvoir trouver
aucune occafion de parler à ce qu'on adore, ne pouvoir fçavoir d'une belle, fi l'amour qu'infpirent fes yeux, eft pour
lui plaire ou lui déplaire, c'eft la plus fâcheufe, à mon gré,
de toutes les inquiétudes; & c'eft où me réduit l'incommode jaloux qui veille, avec tant de fouci, fur ma charmante
grecque, & ne fait pas un pas fans la traîner à fes côtés.

HALI.

Mais il eft, en amour, plufieurs façons de fe parler; & il
me femble, à moi, que vos yeux & les fiens, depuis près
de deux mois, fe font dit bien des chofes.

ADRASTE.

Il eft vray qu'elle & moi fouvent nous nous fommes parlé des yeux; mais comment reconnoître que chacun, de
notre côté, nous ayons, comme il faut, expliqué ce langage? Et que fçais-je, après tout, fi elle entend bien tout
ce que mes regards lui difent, & fi les fiens me difent ce
que je crois par fois entendre?

HALI.

Il faut chercher quelque moyen de fe parler/d'autre maniére.

ADRASTE.

As-tu-là tes muficiens?

HALI.

Oui.

ADRASTE.

Fai les approcher. [*feul.*] Je veux, jufques au jour, les faire ici chanter, & voir fi leur mufique n'obligera point cette belle à paroître à quelque fenêtre.

SCENE IV.

ADRASTE, HALI, MUSICIENS.

HALI.

LEs voici. Que chanteront-ils ?

ADRASTE.

Ce qu'ils jugeront de meilleur.

HALI.

Il faut qu'ils chantent un trio qu'ils me chantérent l'autre jour.

ADRASTE.

Non. Ce n'eft pas ce qu'il me faut.

HALI.

Ah! Monfieur, c'eft du beau bécare.

ADRASTE.

Que diantre veux-tu dire avec ton beau bécare ?

HALI.

Monfieur, je tiens pour le bécare. Vous fçavez que je m'y connois. Le bécare me charme; hors du bécare, point de falut en harmonie. Ecoutez un peu ce trio.

ADRASTE.

Non. Je veux quelque chofe de tendre & de paffionné,

quelque

quelque chofe qui m'entretienne dans une douce rêverie.

HALI.

Je vois bien que vous êtes pour le bémol; mais il y a moyen de nous contenter l'un & l'autre. Il faut qu'ils vous chantent une certaine fcene d'une petite comédie que je leur ai vû effayer. Ce font deux bergers amoureux, tout remplis de langueur, qui, fur bémol, viennent féparément faire leurs plaintes dans un bois, puis fe découvrent, l'un à l'autre, la cruauté de leurs maîtreffes; & là-deffus, vient un berger joyeux avec un bécare admirable, qui fe moque de leur foibleffe.

ADRASTE.

J'y confens. Voyons ce que c'eft.

HALI.

Voici, tout jufte, un lieu propre à fervir de fcene; & voilà deux flambeaux pour éclairer la comédie.

ADRASTE.

Place-toi contre ce logis, afin qu'au moindre bruit que l'on fera dedans, je faffe cacher les lumiéres.

LE SICILIEN,
FRAGMENT DE COMÉDIE,
Chanté & accompagné par les musiciens qu'Hali a amenés,

SCENE PREMIERE.
PHILENE, TIRCIS.

I. MUSICIEN *représentant Philéne.*

SI, *du triste récit de mon inquiétude,*
Je trouble le repos de votre solitude,
Rochers, ne soyez point fâchés;
Quand vous sçaurez l'excès de mes peines secrettes,
Tout rochers que vous étes,
Vous en serez touchés.

II. MUSICIEN *représentant Tircis.*

Les oiseaux réjouis, dès que le jour s'avance,
Recommencent leurs chants dans ces vastes forêts;
Et moi, j'y recommence
Mes soupirs languissans, & mes tristes regrets.
Ah! Mon cher Philéne.

PHILENE.

Ah! Mon cher Tircis.

TIRCIS.

Que je sens de peine!

PHILENE.

Que j'ai de soucis!

TIRCIS.

Toujours sourde à mes vœux est l'ingrate Climéne.

PHILENE.

Cloris n'a point, pour moi, de regards adoucis.

TOUS DEUX ENSEMBLE.

O loi trop inhumaine !
Amour, si tu ne peux les contraindre d'aimer,
Pourquoi leur laisses-tu le pouvoir de charmer ?

SCENE II.

PHILENE, TIRCIS, UN PASTRE.

III. MUSICIEN *représentant un pâtre.*

Pauvres amans, quelle erreur
D'adorer des inhumaines !
Jamais les ames bien saines
Ne se payent de rigueur ;
Et les faveurs sont les chaînes
Qui doivent lier un cœur.

On voit cent belles ici,
Auprès de qui je m'empresse ;
A leur vouer ma tendresse,
Je mets mon plus doux souci ;
Mais, lorsque l'on est tigresse,
Ma foi, je suis tigre aussi.

PHILENE ET TIRCIS ENSEMBLE.

Heureux, hélas ! qui peut aimer ainsi.

HALI.

Monsieur, je viens d'ouir quelque bruit au dedans.

ADRASTE.

Qu'on se retire vîte, & qu'on éteigne les flambeaux.

S ij

SCENE IV.

D. PEDRE, ADRASTE, HALI.

D. PEDRE *fortant de fa maifon en bonnet de nuit,
& en robe de chambre, avec une épée fous fon bras.*

Il y a quelque tems que j'entends chanter à ma porte ;
& , fans doute, cela ne fe fait pas pour rien. Il faut que,
dans l'obfcurité, je tâche à découvrir quelles gens ce peuvent être.

ADRASTE.

Hali.

HALI.

Quoy ?

ADRASTE.

N'entends-tu plus rien ?

HALI.

Non.

[*D. Pédre eft derriére eux qui les écoute.*]

ADRASTE.

Quoi ! Tous nos efforts ne pourront obtenir que je parle
un moment à cette aimable grecque, & ce jaloux maudit,
ce traître de ficilien me fermera toujours tout accès auprès d'elle ?

HALI.

Je voudrois, de bon cœur, que le diable l'eût emporté,
pour la fatigue qu'il nous donne, le fâcheux , le bourreau

qu'il eft. Ah ! Si nous le tenions ici , que je prendrois de joye à venger, fur fon dos, tous les pas inutiles que fa jaloufie nous fait faire !

ADRASTE.

Si faut-il bien, pourtant, trouver quelque moyen, quelque invention , quelque rufe, pour attraper notre brutal. J'y fuis trop engagé, pour en avoir le démenti ; & , quand j'y devrois employer....

HALI.

Monfieur, je ne fçais pas ce que cela veut dire, mais la porte eft ouverte ; & , fi vous le voulez, j'entrerai doucecement, pour découvrir d'où cela vient.

[*D. Pédre fe retire fur fa porte.*]

ADRASTE.

Oui , fai ; mais fans faire de bruit. Je ne m'éloigne pas de toi. Plût au Ciel, que ce fût la charmante Ifidore !

D. PEDRE *donnant un foufflet à Hali.*

Qui va là ?

HALI *rendant le foufflet à D. Pédre.*

Ami.

D. PEDRE.

Holà , Francifque , Dominique , Simon, Martin , Pierre , Thomas, Georges, Charles , Barthélemi. Allons, promtement , mon épée , ma rondache , ma halebarde , mes piftolets, mes moufquetons , mes fufils. Vîte , dépechez. Allons , tuë , point de quartier.

SCENE V.

ADRASTE, HALI.

ADRASTE.

JE n'entends remuer perfonne. Hali, Hali.

HALI *caché dans un coin.*

Monfieur.

ADRASTE.

Où donc te caches-tu ?

HALI.

Ces gens font-ils fortis ?

ADRASTE.

Non. Perfonne ne bouge.

HALI *fortant d'où il étoit caché.*

S'ils viennent, ils feront frottés.

ADRASTE.

Quoi! Tous nos foins feront donc inutiles, & toujours ce fâcheux jaloux fe moquera de nos deffeins ?

HALI.

Non. Le courroux du point d'honneur me prend, il ne fera pas dit qu'on triomphe de mon adreffe ; ma qualité de fourbe s'indigne de tous ces obftacles, & je prétends faire éclater les talens que j'ay eûs du Ciel.

ADRASTE.

Je voudrois feulement que, par quelque moyen, par un billet, par quelque bouche, elle fût avertie des fentimens qu'on a pour elle , & fçavoir les fiens là-deffus. Après , on peut trouver facilement les moyens...

HALI.

Laiffez-moi faire feulement. J'en effayeray tant de toutes les maniéres , que quelque chofe enfin nous pourra réuffir. Allons , le jour paroît ; je vais chercher mes gens , & venir attendre , en ce lieu , que notre jaloux forte.

SCENE VI.

D. PEDRE, ISIDORE.

ISIDORE.

JE ne fçais pas quel plaifir vous prenez à me réveiller fi matin. Cela s'ajufte affez mal , ce me femble , au deffein que vous avez pris de me faire peindre aujourd'huy ; & ce n'eft guéres pour avoir le teint frais , & les yeux brillans , que fe lever ainfi dès la pointe du jour.

D. PEDRE.

J'ai une affaire qui m'oblige à fortir à l'heure qu'il eft.

ISIDORE.

Mais l'affaire que vous avez eût bien pû fe paffer , je crois , de ma préfence ; & vous pouviez , fans vous incommoder , me laiffer goûter les douceurs du fommeil du matin.

D. PEDRE.

Oui ; mais je fuis bien aife de vous voir toujours avec moi. Il n'eft pas mal de s'affûrer un peu contre les foins des furveillans ; & , cette nuit encore , on eft venu chanter fous nos fenêtres.

ISIDORE.

Il eſt vray. La muſique en étoit admirable.

D. PEDRE.

C'étoit pour vous que cela ſe faiſoit.

ISIDORE.

Je le veux croire ainſi , puiſque vous me le dites.

D. PEDRE.

Vous ſçavez qui étoit celui qui donnoit cette ſérénade ?

ISIDORE.

Non pas ; mais , qui que ce puiſſe être , je lui ſuis obligée.

D. PEDRE.

Obligée ?

ISIDORE.

Sans doute , puiſqu'il cherche à me divertir.

D. PEDRE.

Vous trouvez donc bon qu'il vous aime ?

ISIDORE.

Fort bon. Cela n'eſt jamais qu'obligeant.

D. PEDRE.

Et vous voulez du bien à tous ceux qui prennent ce ſoin ?

ISIDORE.

Aſſûrément.

D. PEDRE.

C'eſt dire fort net ſes penſées.

ISIDORE.

A quoi bon de diſſimuler ? Quelque mine qu'on faſſe , on eſt toujours bien aiſe d'être aimée. Ces hommages à nos ap- pas ne ſont jamais pour nous déplaire. Quoiqu'on en puiſſe
dire

dire ; la grande ambition des femmes eſt , croyez-moi ,
d'inſpirer de l'amour. Tous les ſoins qu'elles prennent ne
font que pour cela , & l'on n'en voit point de ſi fiére , qui
ne s'applaudiſſe en ſon cœur , des conquêtes que font ſes
yeux.

D. PEDRE.

Mais, ſi vous prenez , vous , du plaiſir à vous voir aimée,
ſçavez-vous bien, moi qui vous aime , que je n'y en prends
nullement?

ISIDORE.

Je ne ſçais pas pourquoi cela ; & , ſi j'aimois quelqu'un ,
je n'aurois point de plus grand plaiſir , que de le voir aimé de tout le monde. Y a-t-il rien , qui marque davantage
la beauté du choix que l'on fait? Et n'eſt-ce pas pour s'ap-
plaudir , que ce que nous aimons ſoit trouvé fort aimable?

D. PEDRE.

Chacun aime à ſa guiſe , & ce n'eſt pas là ma méthode. Je
ſerai fort ravi qu'on ne vous trouve point ſi belle , & vous
m'obligerez de n'affecter point tant de le paroître à d'autres
yeux.

ISIDORE.

Quoi! Jaloux de ces choſes-là ?

D. PEDRE.

Oui, jaloux de ces choſes-là ; mais jaloux comme un tigre,
& , ſi vous voulez , comme un diable. Mon amour vous
veut toute à moi. Sa délicateſſe s'offenſe d'un ſouris , d'un
regard qu'on vous peut arracher ; & tous les ſoins qu'on
me voit prendre , ne font que pour fermer tout accès aux

Tome IV.   T galans, & m'affurer la poffeffion d'un cœur ; dont je ne puis fouffrir qu'on me vole la moindre chofe.

ISIDORE.

Certes, voulez-vous que je dife? Vous prenez un mauvais parti, & la poffeffion d'un cœur eft fort mal affûrée, lorf-qu'on prétend le retenir par force. Pour moi, je vous l'a-vouë, fi j'étois galant d'une femme qui fût au pouvoir de quelqu'un, je mettrois toute mon étude à rendre ce quel-qu'un jaloux, & l'obligerois à veiller nuit & jour celle que je voudrois gagner. C'eft un admirable moyen d'avancer fes affaires ; & l'on ne tarde guéres à profiter du chagrin, & de la colére que donne à l'efprit d'une femme la contrain-te & la fervitude.

D. PEDRE.

Si bien donc que, fi quelqu'un vous en contoit, il vous trou-veroit difpofée à recevoir fes vœux?

ISIDORE.

Je ne vous dis rien là-deffus. Mais les femmes enfin n'ai-ment pas qu'on les gêne; & c'eft beaucoup rifquer que de leur montrer des foupçons, & de les tenir renfermées.

D. PEDRE.

Vous reconnoiffez peu ce que vous me devez ; & il me femble qu'une efclave que l'on a affranchie, & dont on veut faire fa femme...

ISIDORE.

Quelle obligation vous ai-je, fi vous changez mon efclava-ge en un autre beaucoup plus rude, fi vous ne me laiffez

jouir d'aucune liberté , & me fatiguez, comme on voit,
d'une garde continuelle?

D. PEDRE.

Mais tout cela ne part que d'un excès d'amour.

ISIDORE.

Si c'est votre façon d'aimer, je vous prie de me haïr.

D. PEDRE.

Vous étes aujourd'hui dans une humeur désobligeante ; &
je pardonne ces paroles au chagrin où vous pouvez être,
de vous être levée matin.

SCENE VII.

D. PEDRE, ISIDORE, HALI *habillé en turc , faisant plusieurs révérences à D. Pédre.*

D. PEDRE.

Réve aux cérémonies , que voulez-vous ?

HALI *se mettant entre D. Pédre & Isidore.*

[*Il se tourne devers Isidore, à chaque parole qu'il dit à D. Pedre ; & lui fait des signes pour lui faire connoître le dessein de son maître.*]
Signor (avec la permission de la signore) je vous dirai (avec
la permission de la signore) que je viens vous trouver (avec
la permission de la signore) pour vous prier (avec la permission de la signore) de vouloir bien (avec la permission
de la signore)...

D. PEDRE.

Avec la permission de la signore , passez un peu de ce côté.

[*D. Pédre se met entre Hali & Isidore.*]

T ij

HALI.

Signor, je fuis un virtuofe.

D. PEDRE.

Je n'ai rien à donner.

HALI.

Ce n'eft pas ce que je demande. Mais, comme je me mêle un peu de mufique & de danfe, j'ai inftruit quelques efcla-ves qui voudroient bien trouver un maître qui fe plût à ces chofes ; &, comme je fçais que vous étes une perfonne con-fidérable, je voudrois vous prier de les voir & de les enten-dre, pour les acheter, s'ils vous plaifent, ou pour leur en-feigner quelqu'un de vos amis qui voulût s'en accommoder.

ISIDORE.

C'eft une chofe à voir, & cela nous divertira. Faites-les-nous venir.

HALI.

Chala bala . . . Voici une chanfon nouvelle, qui eft du tems. Ecoutez bien. Chala bala.

SCENE VIII.

D. PEDRE, ISIDORE, HALI, ESCLAVES TURCS.

UN ESCLAVE chantant, à Ifidore.

D'Un cœur ardent, en tous lieux,
Un amant fuit une belle ;
Mais, d'un jaloux odieux,
La vigilance éternelle

Fait qu'il ne peut, que des yeux,
S'entretenir avec elle.
Eſt-il peine plus cruelle
Pour un cœur bien amoureux ?

   [*à Dom Pedre.*]

Chiribirida ouch alla,
  Star bon turca,
Non aver danara
Ti voler comprara,
  Mi ſervir à ti,
  Se pagar per mi,
Far bona coucina,
Mi levar matina,
Far boller caldara,
Parlara, parlara,
Ti voler comprara.

PREMIERE ENTRÉE DE BALLET.

[*Danſe des eſclaves.*]

   L'ESCLAVE *à Iſidore.*
C'eſt un ſupplice, à tous coups,
Sous qui cet amant expire ;
Mais, ſi d'un œil un peu doux,
La belle voit ſon martyre,
Et conſent qu'aux yeux de tous,
Pour ſes attraits il ſoupire,
Il pourroit bien-tôt ſe rire
De tous les ſoins du jaloux.

LE SICILIEN,

[*à D. Pedre.*]

Chiribirida ouch alla,
  Star bon turca,
 Non aver danara
 Ti voler comprara,
  Mi servir à ti,
  Se pagar per mi,
 Far bona coucina,
 Mi levar matina,
 Far boller caldara,
 Parlara, parlara,
 Ti voler comprara.

II. ENTRÉE DE BALLET.

[*Les esclaves recommencent leurs danses.*]

  D. PEDRE *chante.*
  Sçavez-vous, mes drôles,
  Que cette chanson
  Sent, pour vos épaules,
  Les coups de bâton?

Chiribirida ouch alla,
 Mi ti non comprara,
 Ma ti baftonara,
 Si, fi non andara,
 Andara, andara,
 O ti baftonara.

[*à Iſidore.*]

Oh, oh! Quels égrillards! Allons, rentrons ici, j'ai changé de penſée ; & puis, le tems ſe couvre un peu.

[*à Hali qui paroît encore.*]

Ah! Fourbe, que je vous y trouve.

HALI.

Hé bien, oui, mon maître l'adore. Il n'a point de plus
grand déſir que de lui montrer ſon amour ; &, ſi elle y conſent, il la prendra pour femme.

D. PEDRE.

Oui, oui, je la lui garde.

HALI.

Nous l'aurons, malgré vous.

D. PEDRE.

Comment, coquin ? ...

HALI.

Nous l'aurons, dis-je, en dépit de vos dents.

D. PEDRE.

Si je prends...

HALI.

Vous avez beau faire la garde, j'en ai juré, elle ſera à nous.

D. PEDRE.

Laiſſe-moi faire, je t'attraperai ſans courir.

HALI.

C'eſt nous qui vous attraperons. Elle ſera notre femme, la
choſe eſt réſoluë.

[*ſeul.*]

Il faut que j'y périſſe, ou que j'en vienne à bout.

S C E N E IX.

ADRASTE, HALI, DEUX LAQUAIS.

ADRASTE.

HE bien, Hali, nos affaires s'avancent-elles ?

HALI.

Monſieur, j'ai déjà fait quelque petite tentative; mais je ...

ADRASTE.

Ne te mets point en peine, j'ai trouvé, par hazard, tout ce
que je voulois; & je vais jouir du bonheur de voir, chez
elle, cette belle. Je me ſuis rencontré chez le peintre Damon, qui m'a dit qu'aujourd'hui, il venoit faire le portrait
de cette adorable perſonne; &, comme il eſt, depuis long-
tems, de mes plus intimes amis, il a voulu ſervir mes feux,
& m'envoye à ſa place, avec un petit mot de lettre pour me
faire accepter. Tu ſçais que, de tout tems, je me ſuis plû à
la peinture, & que, par fois, je manie le pinceau, contre
la coutume de France, qui ne veut pas qu'un gentilhomme
ſçache rien faire; ainſi, j'aurai la liberté de voir cette belle
à mon aiſe. Mais je ne doute pas que mon jaloux fâcheux
ne ſoit toujours préſent, & n'empêche tous les propos que
nous pourrions avoir enſemble; &, pour te dire vray, j'ai,
par le moyen d'une jeune eſclave, un ſtratagême prêt pour
tirer cette belle grecque des mains de ſon jaloux, ſi je puis
obtenir d'elle qu'elle y conſente.

HALI.

HALI.

Laiffez-moi faire, je veux vous faire un peu de jour à la
pouvoir entretenir. Il ne fera pas dit que je ne ferve de rien
dans cette affaire-là. Quand allez-vous?

ADRASTE.

Tout de ce pas, & j'ai déjà préparé toutes chofes.

HALI.

Je vais, de mon côté, me préparer auffi.

ADRASTE *feul.*

Je ne veux point perdre de tems. Holà. Il me tarde que
je ne goûte le plaifir de la voir.

SCENE X.

D. PEDRE, ADRASTE, DEUX LAQUAIS.

D. PEDRE.

QUe cherchez-vous, Cavalier, dans cette maifon?

ADRASTE.

J'y cherche le feigneur D. Pédre.

D. PEDRE.

Vous l'avez devant vous.

ADRASTE.

Il prendra, s'il lui plaît, la peine de lire cette lettre.

D. PEDRE.

JE vous envoye, au lieu de moi, pour le portrait que vous fçavez, ce gentilhomme françois, qui, comme curieux d'obliger
les honnêtes gens, a bien voulu prendre ce foin, fur la propofition que
je lui en ai faite. Il eft, fans contredit, le premier homme du monde

Tome IV.   V

pour ces sortes d'ouvrages, & j'ai crû que je ne vous pouvois ren-
dre un service plus agréable, que de vous l'envoyer, dans le des-
sein que vous avez d'avoir un portrait achevé de la personne que
vous aimez. Gardez-vous bien, surtout, de lui parler d'aucune ré-
compense ; car c'est un homme qui s'en offenseroit, & qui ne fait
les choses que pour la gloire, & pour la réputation.

Seigneur françois, c'est une grande grace que vous me voulez faire ; & je vous suis fort obligé.

ADRASTE.

Toute mon ambition est de rendre service aux gens de nom,
& de mérite.

D. PEDRE.

Je vais faire venir la personne dont il s'agit.

SCENE XI.

ISIDORE, D. PEDRE, ADRASTE, DEUX LAQUAIS.

D. PEDRE *à Isidore.*

VOici un gentilhomme que Damon nous envoye, qui
se veut bien donner la peine de vous peindre.

[*à Adraste qui embrasse Isidore, en la saluant.*]

Holà, seigneur françois, cette façon de saluer n'est point
d'usage en ce pays.

ADRASTE.

C'est la maniére de France.

D. PEDRE.

La maniére de France eſt bonne pour vos femmes ; mais,
pour les nôtres, elle eſt un peu trop familiére.

ISIDORE.

Je reçois cet honneur avec beaucoup de joye. L'avanture
me ſurprend fort ; & , pour dire le vray, je ne m'attendois pas d'avoir un peintre ſi illuſtre.

ADRASTE.

Il n'y a perſonne, ſans doute, qui ne tint à beaucoup de
gloire de toucher à un tel ouvrage. Je n'ai pas grande
habileté ; mais le ſujet, ici , ne fournit que trop de lui-même, & il y a moyen de faire quelque choſe de beau ſur
un original fait comme celui-là.

ISIDORE.

L'original eſt peu de choſe ; mais l'adreſſe du peintre en
ſçaura couvrir les défauts.

ADRASTE.

Le peintre n'y en voit aucun ; & tout ce qu'il ſouhaite ,
eſt d'en pouvoir repréſenter les graces aux yeux de tout le
monde , auſſi grandes qu'il les peut voir.

ISIDORE.

Si votre pinceau flate autant que votre langue, vous allez
faire un portrait qui ne me reſſemblera pas.

ADRASTE.

Le Ciel , qui fit l'original, nous ôte le moyen d'en faire un
portrait qui puiſſe flater.

ISIDORE.

Le Ciel, quoique vous en diſiez, ne ....

V ij

D. PEDRE.

Finiſſons cela, de grace. Laiſſons les complimens, & ſongeons au portrait.

ADRASTE aux laquais.

Allons, apportez tout.

[On apporte tout ce qu'il faut, pour peindre Iſidore.]

ISIDORE à Adraſte.

Où voulez-vous que je me place?

ADRASTE.

Ici. Voici le lieu le plus avantageux, & qui reçoit le mieux les vûës favorables de la lumiére que nous cherchons.

ISIDORE s'aſſéyant.

Suis-je bien ainſi?

ADRASTE aſſis.

Oui. Levez-vous un peu, s'il vous plaît. Un peu plus de ce côté-là. Le corps tourné ainſi. La tête un peu levée, afin que la beauté du col paroiſſe. Ceci un peu plus découvert. [Il découvre un peu plus ſa gorge.] Bon, là. Un peu davantage ; encore tant ſoit peu.

D. PEDRE à Iſidore.

Il y a bien de la peine à vous mettre ; ne ſçauriez-vous vous tenir comme il faut ?

ISIDORE.

Ce ſont ici des choſes toutes neuves pour moi ; & c'eſt à monſieur à me mettre de la façon qu'il veut.

ADRASTE.

Voilà qui va le mieux du monde, & vous vous tenez à merveilles. [La faiſant tourner un peu devers lui.] Comme ce-

la, s'il vous plaît. Le tout dépend des attitudes qu'on donne aux perſonnes qu'on peint.

D. PEDRE.

Fort bien.

ADRASTE.

Un peu plus de ce côté. Vos yeux toujours tournés vers
moi, je vous en prie ; vos regards attachés aux miens.

ISIDORE.

Je ne ſuis pas comme ces femmes qui veulent, en ſe faiſant
peindre, des portraits qui ne ſont point elles ; & ne ſont
point ſatisfaites du peintre, s'il ne les fait toujours plus
belles qu'elles ne ſont. Il faudroit, pour les contenter, ne
faire qu'un portrait pour toutes. Car toutes demandent les
mêmes choſes ; un teint tout de lis & de roſes, un nez bien
fait, une petite bouche, & de grands yeux vifs, bien fen-
dus ; &, ſur tout, le viſage pas plus gros que le poing,
l'euſſent-elles d'un pied de large. Pour moi, je vous demande un portrait qui ſoit moi, & qui n'oblige point à demander qui c'eſt.

ADRASTE.

Il feroit malaiſé qu'on demandât cela du vôtre ; & vous
avez des traits à qui fort peu d'autres reſſemblent. Qu'ils ont
de douceurs, & de charmes, & qu'on court riſque à les
peindre !

D. PEDRE.

Le nez me ſemble un peu gros.

ADRASTE.

J'ai lû, je ne ſçais où, qu'Apelle peignit autrefois une maîtreſſe d'Alexandre d'une merveilleuſe beauté, & qu'il en devint, la peignant, ſi éperduement amoureux, qu'il fut près d'en perdre la vie ; de ſorte qu'Alexandre, par généroſité, lui céda l'objet de ſes vœux. [*à* D. *Pédre.*] Je pourrois faire ici ce qu'Apelle fit autrefois ; mais vous ne feriez pas, peut-être, ce que fit Alexandre.

[*Dom Pédre fait la grimace.*]

ISIDORE *à* D. *Pédre.*

Tout cela ſent la nation ; & toujours meſſieurs les françois ont un fonds de galanterie qui ſe répand par tout.

ADRASTE.

On ne ſe trompe guéres à ces ſortes de choſes, & vous avez l'eſprit trop éclairé, pour ne pas voir de quelle ſource partent les choſes qu'on vous dit. Oui, quand Alexandre ſeroit ici, & que ce ſeroit votre amant, je ne pourrois m'empêcher de vous dire, que je n'ai rien vû de ſi beau que ce que je vois maintenant, & que....

D. PEDRE.

Seigneur françois, vous ne devriez pas, ce me ſemble, tant parler, cela vous détourne de votre ouvrage.

ADRASTE.

Ah ! Point du tout. J'ai toujours coutume de parler quand je peins ; & il eſt beſoin dans ces choſes d'un peu de converſation, pour réveiller l'eſprit, & tenir les viſages dans la gayeté néceſſaire aux perſonnes que l'on veut peindre.

SCENE XII.

HALI *vétu en espagnol*, D. PEDRE, ADRASTE, ISIDORE.

D. PEDRE.

Que veut dire cet homme-là ? Et qui laiffe monter les gens, fans nous en venir avertir ?

HALI *à D. Pédre.*

J'entre ici librement ; mais, entre cavaliers, telle liberté eft permife. Seigneur, fuis-je connu de vous ?

D. PEDRE.

Non, Seigneur.

HALI.

Je fuis D. Gilles d'Avalos ; & l'hiftoire d'Efpagne vous doit avoir inftruit de mon mérite.

D. PEDRE.

Souhaitez-vous quelque chofe de moi ?

HALI.

Oui, un confeil fur un fait d'honneur. Je fçais qu'en ces matiéres il eft mal-aifé de trouver un cavalier plus confommé que vous ; mais je vous demande, pour grace, que nous nous tirions à l'écart.

D. PEDRE.

Nous voilà affez loin.

ADRASTE *à Dom Pédre, qui le surprend parlant*
bas à Isidore.

J'observois de près la couleur de ses yeux.

HALI *tirant Dom Pédre pour l'éloigner d'Adraste & d'Isidore.*
Seigneur, j'ai reçû un soufflet. Vous sçavez ce qu'est un
soufflet, lorsqu'il se donne à main ouverte, sur le beau milieu de la jouë. J'ai ce soufflet fort sur le cœur; & je suis
dans l'incertitude, si, pour me venger de l'affront, je dois
me battre avec mon homme, ou bien le faire assassiner.

D. PEDRE.

Assassiner, c'est le plus sûr & le plus court chemin. Quel
est votre ennemi?

HALI.

Parlons bas, s'il vous plaît.

[*Hali tient Dom Pédre, en lui parlant, de façon qu'il ne peut*
voir Adraste.]

ADRASTE *aux genoux d'Isidore, pendant que Dom*
Pédre & Hali parlent bas ensemble.

Oui, charmante Isidore, mes regards vous le disent depuis
plus de deux mois, & vous les avez entendus. Je vous aime plus que tout ce que l'on peut aimer, & je n'ai point
d'autre pensée, d'autre but, d'autre passion, que d'être à
vous toute ma vie.

ISIDORE.

Je ne sçais si vous dites vray; mais vous persuadez.

ADRASTE.

Mais, vous persuadai-je, jusqu'à vous inspirer quelque peu
de bonté pour moi?

ISIDORE.

ISIDORE.

Je ne crains que d'en trop avoir.

ADRASTE.

En aurez-vous affez pour confentir, belle Ifidore, au deffein que je vous ai dit?

ISIDORE.

Je ne puis encore vous le dire.

ADRASTE.

Qu'attendez-vous pour cela?

ISIDORE.

A me réfoudre.

ADRASTE.

Ah! Quand on aime bien, on fe réfout bien-tôt.

ISIDORE.

Hé bien, allez, oui, j'y confens.

ADRASTE.

Mais confentez-vous, dites-moi, que ce foit dès ce moment
même?

ISIDORE.

Lorfqu'on eft une fois réfolu fur la chofe, s'arrête-t-on fur
le tems?

D. PEDRE *à Hali.*

Voilà mon fentiment, & je vous baife les mains.

HALI.

Seigneur, quand vous aurez reçû quelque foufflet, je fuis
homme auffi de confeil; & je pourrai vous rendre la pareille.

Tome IV.   X

D. PEDRE.

Je vous laisse aller, sans vous reconduire ; mais, entre cavaliers, cette liberté est permise.

ADRASTE *à Isidore.*

Non, il n'est rien qui puisse effacer de mon cœur les tendres témoignages . . .

[*à D. Pédre appercevant Adraste, qui parle de près à Isidore.*]
Je regardois ce petit trou qu'elle a au côté du menton ; &
je croyois d'abord, que ce fut une tache. Mais c'est assez
pour aujourd'hui, nous finirons une autrefois.

[*à D. Pédre qui veut voir le portrait.*]
Non, ne regardez rien encore; faites serrer cela, je vous prie;

[*à Isidore.*]
& vous, je vous conjure de ne vous relâcher point, & de
garder un esprit gay, pour le dessein que j'ai d'achever notre ouvrage.

ISIDORE.

Je conserverai pour cela toute la gayeté qu'il faut.

SCENE XIII.

D. PEDRE, ISIDORE.

ISIDORE.

QU'en dites-vous ? Ce gentilhomme me paroît le plus
civil du monde ; & l'on doit demeurer d'accord que
les françois ont quelque chose en eux, de poli, de galant,
que n'ont point les autres nations.

D. PEDRE.

Oui ; mais ils ont cela de mauvais , qu'ils s'émancipent un peu trop , & s'attachent, en étourdis, à conter des fleurettes à toutes celles qu'ils rencontrent.

ISIDORE.

C'eſt qu'ils ſçavent qu'on plaît aux dames par ces choſes.

D. PEDRE.

Oui ; mais s'ils plaiſent aux dames, ils déplaiſent fort aux meſſieurs ; & l'on n'eſt point bien aiſe de voir, ſous ſa mouſtache, cajoler hardiment ſa femme , ou ſa maîtreſſe.

ISIDORE.

Ce qu'ils en font n'eſt que par jeu.

SCENE XIV.

ZAIDE, D. PEDRE, ISIDORE.

ZAIDE.

AH! Seigneur Cavalier, ſauvez-moi, s'il vous plaît , des mains d'un mari furieux , dont je ſuis pourſuivie. Sa jalouſie eſt incroyable ; & paſſe, dans ſes mouvemens, tout ce qu'on peut imaginer. Il va juſqu'à vouloir que je ſois toujours voilée ; & , pour m'avoir trouvée le viſage un peu découvert, il a mis l'épée à la main , & m'a réduite à me jetter chez vous, pour vous demander votre appui contre ſon injuſtice. Mais je le vois paroître. De grace, ſeigneur Cavalier, ſauvez-moi de ſa fureur.

D. PEDRE *à Zaïde lui montrant Iſidore.*

Entrez là dedans , avec elle ; & n'appréhendez rien.

SCENE XV.
ADRASTE, D. PEDRE.

D. PEDRE.

HE quoi ! Seigneur, c'eſt vous ? Tant de jalouſie pour un françois ! Je penſois qu'il n'y eût que nous qui en fuſſions capables.

ADRASTE.

Les françois excellent toujours dans toutes les choſes qu'ils font ; &, quand nous nous mêlons d'être jaloux, nous le ſommes vingt fois plus qu'un ſicilien. L'infame croit avoir trouvé chez vous un aſſûré refuge ; mais vous êtes trop raiſonnable, pour blâmer mon reſſentiment. Laiſſez-moi, je vous prie, la traiter comme elle mérite.

D. PEDRE

Ah ! De grace, arrêtez. L'offenſe eſt trop petite, pour un courroux ſi grand.

ADRASTE.

La grandeur d'une telle offenſe n'eſt pas dans l'importance des choſes que l'on fait. Elle eſt à tranſgreſſer les ordres qu'on nous donne ; &, ſur de pareilles matiéres, ce qui n'eſt qu'une bagatelle, devient fort criminel, lorſqu'il eſt défendu.

D. PEDRE.

De la façon qu'elle a parlé, tout ce qu'elle en a fait a été ſans deſſein ; & je vous prie enfin de vous remettre bien enſemble.

ADRASTE.

Hé quoi! Vous prenez son parti, vous qui êtes si délicat sur ces sortes de choses?

D. PEDRE.

Oui, je prends son parti; &, si vous voulez m'obliger, vous oublierez votre colére, & vous vous réconcilierez tous deux. C'est une grace que je vous demande; & je la recevrai comme un essai de l'amitié que je veux qui soit entre nous.

ADRASTE.

Il ne m'est pas permis, à ces conditions, de vous rien refuser. Je ferai ce que vous voudrez.

SCENE XVI.

ZAIDE, D. PEDRE, ADRASTE
dans un coin du théatre.

D. PEDRE *à Zaïde.*

HOlà, venez. Vous n'avez qu'à me suivre, & j'ai fait votre paix. Vous ne pouviez jamais mieux tomber que chez moi.

ZAIDE.

Je vous suis obligée plus qu'on ne sçauroit croire, mais je m'en vais prendre mon voile, je n'ai garde, sans lui, de paroître à ses yeux.

SCENE XVII.

D. PEDRE, ADRASTE.

D. PEDRE.

LA voici qui s'en va venir ; & fon ame, je vous affûre, a paru toute réjouie, lorfque je lui ai dit que j'a-
vois racommodé tout.

SCENE XVIII.

ISIDORE *fous le voile de Zaïde*, ADRASTE, D. PEDRE.

D. PEDRE *à Adrafte.*

PUifque vous m'avez bien voulu abandonner votre reffentiment, trouvez bon qu'en ce lieu, je vous faffe toucher dans la main l'un de l'autre ; & que, tous deux, je
vous conjure de vivre, pour l'amour de moi, dans une
parfaite union.

ADRASTE.

Oui , je vous promets que, pour l'amour de vous, je m'en
vais, avec elle, vivre le mieux du monde.

D. PEDRE.

Vous m'obligez fenfiblement, & j'en garderai la mémoire.

ADRASTE.

Je vous donne ma parole, feigneur Dom Pédre, qu'à votre

confidération, je m'en vais la traiter du mieux qu'il me fera poffible.

D. PEDRE.

[*feul.*]

C'eft trop de grace que vous me faites. Il eft bon de pacifier & d'adoucir toujours les chofes. Holà, Ifidore, venez.

SCENE XIX.

ZAIDE, D. PEDRE.

D. PEDRE.

Comment! Que veut dire cela?

ZAIDE *fans voile.*

Ce que cela veut dire? Qu'un jaloux eft un monftre haï de tout le monde , & qu'il n'y a perfonne qui ne foit ravi de lui nuire, n'y eût-il point d'autre intérêt ; que toutes les ferrures & les verroux du monde ne retiennent point les perfonnes, & que c'eft le cœur qu'il faut arrêter par la douceur & par la complaifance; qu'Ifidore eft entre les mains du cavalier qu'elle aime , & que vous étes pris pour duppe.

D. PEDRE.

Dom Pédre fouffrira cette injure mortelle! Non, non, j'ai trop de cœur , & je vais demander l'appui de la juftice, pour pouffer le perfide à bout. C'eft ici le logis d'un féhateur. Holà.

SCENE XX.

UN SENATEUR, D. PEDRE.

LE SENATEUR.

SErviteur , feigneur Dom Pédre. Que vous venez à propos !

D. PEDRE.

Je viens me plaindre à vous d'un affront qu'on m'a fait.

LE SENATEUR.

J'ai fait une mafcarade la plus belle du monde.

D. PEDRE.

Un traître de françois m'a joué une piéce.

LE SENATEUR.

Vous n'avez, dans votre vie, jamais rien vû de fi beau.

D. PEDRE.

Il m'a enlevé une fille que j'avois affranchie.

LE SENATEUR.

Ce font gens vêtus en maures, qui danfent admirablement.

D. PEDRE.

Vous voyez fi c'eft une injure qui fe doive fouffrir.

LE SENATEUR.

Des habits merveilleux & qui font faits exprès.

D. PEDRE.

Je demande l'appui de la juftice contre cette action.

LE SENATEUR.

Je veux que vous voyez cela. On la va répéter pour en donner le divertiffement au peuple.

D. PEDRE.

D. PEDRE.

Comment ! De quoy parlez-vous-là ?

LE SENATEUR.

Je parle de ma mascarade.

D. PEDRE.

Je vous parle de mon affaire.

LE SENATEUR.

Je ne veux point, aujourd'huy, d'autres affaires que de plaisir. Allons, Messieurs, venez. Voyons si cela ira bien.

D. PEDRE.

La peste soit du fou, avec sa mascarade !

LE SENATEUR.

Diantre soit le fâcheux, avec son affaire !

SCENE DERNIERE,

UN SENATEUR, TROUPE DE DANSEURS.

ENTRÉE DE BALLET.

[Plusieurs danseurs, vêtus en maures, dansent devant le sénateur, & finissent la Comédie.]

FIN.

NOMS DES PERSONNES QUI ONT RECITÉ,
danſé & chanté dans le Sicilien, Comedie-Ballet.

Dom Pédre, *le ſieur Moliere.* Adraſte, *le ſieur la Grange.* Iſidore, *mademoiſelle de Brie.* Zaïde, *mademoiſelle Moliere.* Hali, *le ſieur la Thorilliere.* Un ſénateur, *le ſieur du Croiſi.*

Muſiciens chantans, *les ſieurs Blondel, Gaye, Noblet.*

Eſclave turc chantant, *le ſieur Gaye.* Eſclaves turcs danſans, *les ſieurs le Prêtre, Chicanneau, Mayeu, Peſan.*

Maures de qualité, *le* ROI, *monſieur le Grand, les marquis de Villeroy & de Raſſan.* Maureſques de qualité, MADAME, *mademoiſelle de la Valliére, madame de Rochefort, mademoiſelle de Brancas.* Maures nuds, *meſſieurs Cocquet, de Souville, les ſieurs Beauchamp, Noblet, Chicanneau, la Pierre, Favier, & des Airs galand.* Maures à Capot, *les ſieurs la Mare, du Feu, Arnald, Vagnard, Bonard.*

Inv. et dessiné par F. Boucher.   Gravé par Lau. Cars.

LE TARTUFFE, *Pages 292 ct 283.*

ou L'imposteur.

LE
TARTUFFE,
OU
L'IMPOSTEUR,
COMÉDIE.

PRÉFACE.

VOici une comédie dont on a fait beaucoup de bruit, qui a été long-tems perfécutée ; & les gens qu'elle jouë, ont bien fait voir qu'ils étoient plus puiffans en France, que tous ceux que j'ai joués jufques ici. Les marquis, les précieufes, les cocus, & les médecins, ont fouffert doucement qu'on les ait reprefentés ; & ils ont fait femblant de fe divertir, avec tout le monde, des peintures que l'on a faites d'eux; mais les hypocrites n'ont point entendu raillerie, ils fe font effarouchés d'abord, & ont trouvé étrange, que j'euffe la hardieffe de jouer leurs grimaces, & de vouloir décrier un métier, dont tant d'honnêtes gens fe mêlent. C'eft un crime qu'ils ne fçauroient me pardonner ; & ils fe font tous armés contre ma comédie avec une fureur épouvantable. Ils n'ont eu garde de l'attaquer par le côté qui les a bleffés; ils font trop politiques pour cela, & fçavent trop bien vivre pour découvrir le fond de leur ame. Suivant leur louable coutume, ils ont couvert leurs intérêts de la caufe de Dieu; & le tartuffe, dans leur bouche, eft une piéce qui offenfe la piété. Elle eft d'un bout à l'autre pleine d'abominations, & l'on n'y trouve rien qui ne mérite le feu. Toutes les fyllabes en font impies, les geftes même y font criminels ; & le moindre coup d'œil, le moindre branlement de tête, le moindre pas à droit ou à gauche, y cache des myftéres, qu'ils trouvent moyen d'expliquer à mon défavantage. J'ai eu beau la foumettre aux lumiéres de mes amis, & à la cenfure de tout le monde. Les corrections que j'ai pû faire, le jugement du Roi & de la Reine, qui l'ont vûë, l'approbation des grands princes, & de meffieurs les miniftres qui l'ont honorée publiquement de leur préfence, le témoignage des gens de bien qui l'ont trouvée profitable, tout cela n'a de rien fervi. Ils n'en veulent point démordre; &, tous les jours encore, ils font crier en public des zélés indifcrets, qui me difent des injures pieufement, & me damnent par charité.

Je me foucierois fort peu de tout ce qu'ils peuvent dire, n'étoit l'artifice qu'ils ont de me faire des ennemis que je refpecte, & de jetter dans leur parti de véritables gens de bien, dont ils préviennent la bonne foi; & qui, par la chaleur qu'ils ont pour les intérêts du Ciel, font faciles à recevoir les impreffions qu'on veut leur donner. Voilà ce qui m'oblige à me défendre. C'eft aux vrais dévots que je veux par tout me juftifier fur la conduite de ma comédie; & je les conjure, de tout mon cœur, de ne point condamner les chofes, avant que de les voir; de fe défaire de toute prévention, & de ne point fervir la paffion de ceux dont les grimaces les deshonorent.

Si l'on prend la peine d'examiner de bonne foi ma comédie, on verra fans doute que mes intentions y font par tout innocentes, & qu'elle ne tend nullement à jouer les chofes que l'on doit révérer; que je l'ai traitée avec toutes les précautions que demandoit la délicateffe de la matiére; & que j'ai mis tout l'art & tous les foins qu'il m'a été poffible,

pour bien diftinguer le perfonnage de l'hypocrite d'avec
celui du vray dévot. J'ai employé pour cela deux actes
entiers à préparer la venuë de mon fcélérat. Il ne tient pas
un feul moment l'auditeur en balance, on le connoît d'a-
bord aux marques que je lui donne ; &, d'un bout à l'autre,
il ne dit pas un mot, il ne fait pas une action, qui ne pei-
gne aux fpectateurs le caractère d'un méchant homme, &
ne faffe éclater celui du véritable homme de bien, que je
lui oppofe.

Je fçais bien que, pour réponfe, ces meffieurs tâchent d'infi-
nuer que ce n'eft point au théatre à parler de ces matiéres ;
mais je leur demande, avec leur permiffion, fur quoi ils fon-
dent cette belle maxime. C'eft une propofition qu'ils ne font
que fuppofer, & qu'ils ne prouvent en aucune façon ; &,
fans doute, il ne feroit pas difficile de leur faire voir que la
comédie, chez les anciens, a pris fon origine de la religion,&
faifoit partie de leurs myftéres ; que les efpagnols, nos voifins,
ne célébrent guéres de fête, où la comédie ne foit mêlée ; &
que, même parmi nous, elle doit fa naiffance aux foins d'une
confrairie , à qui appartient encore aujourd'hui l'hôtel de
Bourgogne ; que c'eft un lieu qui fut donné pour y repréfenter les plus importans myftéres de notre foi ; qu'on en
voit encore des comédies imprimées en lettres gothiques,
fous le nom d'un docteur de forbonne ; &, fans aller chercher fi loin, que l'on a joué, de notre tems, des piéces faintes de monfieur Corneille, qui ont été l'admiration de toute
la France.

Si l'emploi de la comédie eft de corriger les vices des

hommes, je ne vois pas par quelle raison il y en aura de privilégiés. Celui-ci eft, dans l'Etat, d'une conféquence bien plus dangereufe que tous les autres, & nous avons vû que le théatre a une grande vertu pour la correction. Les plus beaux traits d'une férieufe morale font moins puiffans, le plus fouvent, que ceux de la fatyre ; & rien ne reprend mieux la plûpart des hommes, que la peinture de leurs défauts. C'eft une grande atteinte aux vices, que de les expofer à la rifée de tout le monde. On fouffre aifément des répréhenfions ; mais on ne fouffre point la raillerie. On veut bien être méchant ; mais on ne veut point être ridicule.
On me reproche d'avoir mis des termes de piété dans la bouche de mon impofteur ; hé, pouvois-je m'en empêcher, pour bien repréfenter le caractére d'un hypocrite ? Il fuffit, ce me femble, que je faffe connoître les motifs criminels qui lui font dire les chofes, & que j'en aye retranché les termes confacrés, dont on auroit eu peine à lui entendre faire un mauvais ufage. Mais il débite au quatriéme acte une morale pernicieufe ; mais cette morale eft-elle quelque chofe, dont tout le monde n'eût les oreilles rebattuës ? Dit-elle rien de nouveau dans ma comédie ? Et peut-on craindre que des chofes, fi généralement déteftées, faffent quelque impreffion dans les efprits, que je les rende dangereufes, en les faifant monter fur le théatre, quelles reçoivent quelque autorité de la bouche d'un fcélérat ? Il n'y a nulle apparence à cela, & l'on doit approuver la comédie du tartuffe, ou condamner généralement toutes les comédies.

C'eft

C'eſt à quoy l'on s'attache furieuſement depuis un tems ; & jamais on ne s'étoit ſi fort déchaîné contre le théatre. Je ne puis pas nier qu'il n'y ait eu des peres de l'égliſe qui ont condamné la comédie ; mais on ne peut pas me nier auſſi qu'il n'y en ait eu quelques-uns qui l'ont traitée un peu plus doucement. Ainſi l'autorité, dont on prétend appuyer la cenſure, eſt détruite par ce partage ; & toute la conſéquence qu'on peut tirer de cette diverſité d'opinions en des eſprits éclairés des mêmes lumiéres, c'eſt qu'ils ont pris la comédie différemment, & que les uns l'ont conſidérée dans ſa pureté, lorſque les autres l'ont regardée dans ſa corruption, & confonduë avec tous ces vilains ſpectacles qu'on a eu raiſon de nommer des ſpectacles de turpitude.

Et en effet, puiſqu'on doit diſcourir des choſes, & non pas des mots, & que la plûpart des contrariétés viennent de ne ſe pas entendre, & d'envelopper dans un même mot des choſes oppoſées, il ne faut qu'ôter le voile de l'équivoque, & regarder ce qu'eſt la comédie en ſoi, pour voir ſi elle eſt condamnable. On connoîtra, ſans doute, que, n'étant autre choſe qu'un poëme ingénieux qui, par des leçons agréables reprend les défauts des hommes, on ne ſçauroit la cenſurer ſans injuſtice ; &, ſi nous voulons oüir là-deſſus le témoignage de l'antiquité, elle nous dira que ſes plus célébres philoſophes ont donné des louanges à la comédie, eux qui faiſoient profeſſion d'une ſageſſe ſi auſtére, & qui crioient ſans ceſſe après les vices de leur ſiécle. Elle nous fera voir qu'Ariſtote a conſacré des veilles au théatre, & s'eſt donné le ſoin de réduire en préceptes l'art de faire des comédies. Elle nous apprendra que de ſes plus grands hommes, & des premiers en dignité, ont fait gloire d'en compoſer eux-mêmes; qu'il y en a eu d'autres, qui n'ont pas dédaigné de réciter en public celles qu'ils avoient compoſées, que la Gréce a fait pour cet art éclater ſon eſtime, par les prix glorieux & par les ſuperbes théatres dont elle a voulu l'honorer, & que, dans Rome enfin, ce même art a reçu auſſi des honneurs extraordinaires; je ne dis pas dans Rome débauchée, & ſous la licence des Empereurs, mais dans Rome diſciplinée, ſous la ſageſſe des conſuls, & dans le tems de la vigueur de la vertu romaine.

J'avouë qu'il y a eu des tems où la comédie s'eſt corrompuë. Et qu'eſt-ce que dans le monde on ne corrompt point tous les jours? Il n'y a choſe ſi innocente, où les hommes ne puiſſent porter du crime, point d'art ſi ſalutaire, dont ils ne ſoient capables de renverſer les intentions, rien de ſi bon en ſoi qu'ils ne puiſſent tourner à de mauvais uſages. La médecine eſt un art profitable, & chacun la révére comme une des plus excellentes choſes que nous ayons; & cependant il y a eu des tems où elle s'eſt renduë odieuſe, & ſouvent on en a fait un art d'empoiſonner les hommes. La philoſophie eſt un préſent du Ciel, elle nous a été donnée pour porter nos eſprits à la connoiſſance d'un Dieu, par la contemplation des merveilles de la nature; & pourtant on n'ignore pas que ſouvent on l'a détournée de ſon emploi, & qu'on l'a occupée publiquèment à ſoutenir l'impiété. Les choſes même les plus ſaintes ne ſont point à couvert de la corruption des hommes; & nous voyons des ſcélérats

qui, tous les jours, abufent de la piété, & la font fervir mé-
chamment aux crimes les plus grands. Mais on ne laiffe pas
pour cela de faire les diftinctions qu'il eft befoin de faire.
On n'enveloppe point dans une fauffe conféquence la bonté des chofes que l'on corrompt, avec la malice des cor-
rupteurs. On fépare toujours le mauvais ufage d'avec l'intention de l'art ; &, comme on ne s'avife point de défendre
la médecine, pour avoir été bannie de Rome, ni la philofophie, pour avoir été condamnée publiquement dans
Athènes, on ne doit point auffi vouloir interdire la comédie, pour avoir été cenfurée en de certains tems. Cette
cenfure a eu fes raifons, qui ne fubfiftent point ici. Elle
s'eft renfermée dans ce qu'elle a pû voir, & nous ne devons point la tirer des bornes qu'elle s'eft données, l'é-
tendre plus loin qu'il ne faut, & lui faire embraffer l'innocent avec le coupable. La comédie qu'elle a eu deffein d'attaquer, n'eft point du tout la comédie que nous voulons
défendre. Il fe faut bien garder de confondre celle-là avec
celle-ci. Ce font deux perfonnes de qui les mœurs font tout-
à-fait oppofées. Elles n'ont aucun rapport, l'une avec l'autre, que la reffemblance du nom ; & ce feroit une injufti-
ce épouvantable, que de vouloir condamner Olimpe qui
eft femme de bien, parce qu'il y a eu une Olimpe qui a
été une débauchée. De femblables arrêts, fans doute, feroient un grand défordre dans le monde. Il n'y auroit rien
par là qui ne fût condamné ; &, puifque l'on ne garde point
cette rigueur à tant de chofes dont on abufe tous les jours,
on doit bien faire la même grace à la comédie, & approu-

ver les piéces de théatre, où l'on verra regner l'inftruction
& l'honnêteté.

Je fçais qu'il y a des efprits, dont la délicateffe ne peut fouffrir aucune comédie, qui difent que les plus honnêtes font
les plus dangéreufes, que les paffions que l'on y dépeint,
font d'autant plus touchantes, qu'elles font pleines de vertu, & que les ames font attendries par ces fortes de repré-
fentations. Je ne vois pas quel grand crime c'eft que de
s'attendrir à la vûë d'une paffion honnête; & c'eft un haut
étage de vertu, que cette pleine infenfibilité où ils veulent
faire monter notre ame. Je doute qu'une fi grande perfec-
tion foit dans les forces de la nature humaine; & je ne fçais
s'il n'eft pas mieux de travailler à rectifier & adoucir les
paffions des hommes, que de vouloir les retrancher entiérement. J'avoue qu'il y a des lieux qu'il vaut mieux fré-
quenter que le théatre; &, fi l'on veut blâmer toutes les
chofes qui ne regardent pas directement Dieu & notre falut, il eft certain que la comédie en doit être, & je ne trouve point mauvais qu'elle foit condamnée avec le refte;
mais, fuppofé, comme il eft vray, que les exercices de la
piété fouffrent des intervalles, & que les hommes ayent befoin de divertiffement, je foutiens qu'on ne leur en peut
trouver un qui foit plus innocent que la comédie. Je me
fuis étendu trop loin. Finiffons par un mot d'un grand prince fur la comédie du tartuffe.

Huit jours après qu'elle eût été défenduë, on repréfenta, devant la cour, une piéce intitulée, *Scaramouche hermite*, & le
Roi, en fortant, dit au grand prince que je veux dire; *Je*

voudrois bien sçavoir pourquoi les gens qui se scandalisent si fort de la comédie de Moliere, ne disent mot de celle de Scaramouche. A quoi le Prince répondit; La raison de cela, c'est que la co-médie de Scaramouche jouë le Ciel & la religion, dont ces mes-sieurs-là ne se soucient point; mais celle de Moliere les jouë eux-mêmes, c'est ce qu'ils ne peuvent souffrir.

PREMIER PLACET,
PRESENTÉ AU ROI,

Sur la comédie du tartuffe, qui n'avoit pas encore été repréfentée en public.

SIRE,

Le devoir de la comédie étant de corriger les hommes en les divertiffant, j'ai crû que, dans l'emploi où je me trouve, je n'avois rien de mieux à faire, que d'attaquer par des peintures ridicules les vices de mon fiécle; &, comme l'hypocrifie, fans doute, en eft un des plus en ufage, des plus incommodes, & des plus dangereux, j'avois eu, Sire, la penfée que je ne rendrois pas un petit fervice à tous les honnêtes gens de votre royaume, fi je faifois une comédie qui décriât les hypocrites, & mit en vûë, comme il faut, toutes les grimaces étudiées de ces gens de bien à outrance, toutes les friponneries couvertes de ces faux monnoyeurs en dévotion, qui veulent attraper les hommes avec un zéle contrefait, & une charité fophiftiquée.

Je l'ai faite, SIRE, cette comédie, avec tout le foin, comme je crois, & toutes les circonfpections que pouvoit demander la délicateffe de la matiére; &, pour mieux conferver l'eftime & le refpect qu'on doit aux vrais dévots, j'en ai diftingué, le plus que j'ai pû, le caractére que j'avois à toucher ; je n'ai point laiffé d'équivoque, j'ai ôté ce qui pouvoit confondre le bien avec le mal, & ne me fuis fervi, dans cette peinture, que des couleurs expreffes & des traits effentiels qui font reconnoître d'abord un véritable & franc hypocrite.

Cependant toutes mes précautions ont été inutiles. On a profité, SIRE, de la délicateffe de votre ame fur les matiéres de religion, & l'on a fçû vous prendre par l'endroit feul que vous étes prenable, je veux dire, par le refpect des chofes faintes. Les Tartuffes, fous-main, ont eu l'adreffe de trouver grace auprès de votre Majefté, & les originaux enfin ont fait fupprimer la copie, quelque innocente qu'elle fût, & quelque reffemblante qu'on la trouvât.

Bien que ce m'ait été un coup fenfible que la fuppreffion de cet ouvrage, mon malheur pourtant étoit adouci par la maniére dont votre Majefté s'étoit expliquée fur ce fujet, & j'ai crû, SIRE, qu'elle m'ôtoit tout lieu de me plaindre, ayant eu la bonté de déclarer qu'elle ne trouvoit rien à dire dans cette comédie qu'elle me défendoit de produire en public.

Mais, malgré cette glorieufe déclaration du plus grand Roi du monde, & du plus éclairé, malgré l'approbation encore de monfieur le légat, & de la plus grande partie de nos prélats, qui tous, dans les lectures particuliéres que je leur ai faites de mon ouvrage, fe font trouvés d'accord avec les fentimens de votre Majefté, malgré tout cela, dis-je, on voit un livre compofé par le curé de . . . . . qui donne hautement un démenti à tous ces auguftes témoignages. Votre Majefté a beau dire, & monfieur le légat, & meffieurs les prélats ont beau donner leur jugement, ma comédie, fans l'avoir vûë, eft diabolique, & diabolique mon cerveau; je fuis un démon vêtu de chair, & habillé en homme, un libertin, un impie, digne d'un fupplice exemplaire. Ce n'eft pas affez que le feu expie en public mon offenfe, j'en ferois quitte à trop bon marché; le zéle charitable de ce galant homme de bien, n'a garde de demeurer là; il ne veut point que j'aye de miféricorde auprès de Dieu, il veut abfolument que je fois damné, c'eft une affaire réfoluë.

Ce livre, SIRE, a été préfenté à votre Majefté, &, fans doute, elle juge bien elle-même combien il m'eft fâcheux de me voir expofé tous les jours aux infultes de ces meffieurs; quel tort me feront dans le monde de telles calomnies, s'il faut qu'elles foient tolérées; & quel intérêt j'ai enfin à me purger de fon impofture, & à faire voir au public que ma comédie n'eft rien moins que ce qu'on veut qu'elle foit. Je ne dirai point, SIRE, ce que j'aurois à demander pour ma réputation, & pour juftifier à tout le monde l'innocence de mon ouvrage; les Rois, éclairés comme vous, n'ont pas befoin qu'on leur marque ce qu'on fouhaite; ils voyent, comme Dieu, ce qu'ils nous faut, & fçavent, mieux que nous, ce qu'ils nous doivent accorder. Il me fuffit de mettre mes intérêts entre les mains de votre Majefté; & j'attends d'elle, avec refpeét, tout ce qu'il lui plaira d'ordonner là-deffus.

SECOND

SECOND PLACET,

Préfenté au Roi, dans fon camp devant la ville de Lille en Flandres, par les fieurs la Thorilliere & la Grange, comédiens de fa Majefté, & compagnons du fieur Moliere, fur la défenfe qui fut faite le 6. Aouft 1667. de repréfenter le tartuffe jufques à nouvel ordre de fa Majefté.

Sire,

C'eft une chofe bien téméraire à moi, que de venir importuner un grand monarque au milieu de fes glorieufes conquêtes ; mais, dans l'état où je me vois, où trouver, SIRE, une protection, qu'au lieu où je la viens chercher ? Et qui puis-je folliciter contre l'autorité de la puiffance qui m'accable, que la fource de la puiffance & de l'autorité, que le jufte difpenfateur des ordres abfolus, que le fouverain juge & le maître de toutes chofes ?

Ma comédie, SIRE, n'a pû jouir ici des bontés de votre

Tome IV. A a

Majefté. En vain je l'ai produite fous le titre de l'impofteur, & déguifé le perfonnage fous l'ajuftement d'un homme du monde. J'ai eu beau lui donner un petit chapeau,
de grands cheveux, un grand collet, une épée, & des den-
telles fur tout l'habit, mettre en plufieurs endroits des adou-
ciffemens, & retrancher avec foin tout ce que j'ai jugé capable de fournir l'ombre d'un prétexte aux célébres originaux du portrait que je voulois faire ; tout cela n'a de rien
fervi. La cabale s'eft réveillée aux fimples conjectures qu'ils
ont pû avoir de la chofe. Ils ont trouvé moyen de furprendre des efprits, qui, dans toute autre matiére, font une haute profeffion de ne fe point laiffer furprendre. Ma comédie
n'a pas plûtôt paru, qu'elle s'eft vûë foudroyée par le coup
d'un pouvoir qui doit impofer du refpect ; & tout ce que
j'ai pû faire en cette rencontre, pour me fauver moi-même
de l'éclat de cette tempête, c'eft de dire que votre Majefté avoit eu la bonté de m'en permettre la repréfentation,
& que je n'avois pas crû qu'il fût befoin de demander cette
permiffion à d'autres, puifqu'il n'y avoit qu'elle feule qui
me l'eût défenduë.

Je ne doute point, SIRE, que les gens que je peins dans
ma comédie, ne remuent bien des refforts auprès de votre
Majefté, & ne jettent dans leur parti, comme ils ont déjà
fait, de véritables gens de bien, qui font d'autant plus promts
à fe laiffer tromper, qu'ils jugent d'autrui par eux-mêmes.
Ils ont l'art de donner de belles couleurs à toutes leurs intentions ; quelque mine qu'ils faffent, ce n'eft point du tout
l'intérêt de Dieu qui les peut émouvoir, ils l'ont affez

montré dans les comédies qu'ils ont fouffert qu'on ait jouées tant de fois en public, fans en dire le moindre mot. Celles-là n'attaquoient que la piété & la religion, dont ils fe foucient fort peu ; mais celle-ci les attaque & les joue eux-mêmes, & c'eft ce qu'ils ne peuvent fouffrir. Ils ne fçauroient me pardonner de dévoiler leurs impoftures aux yeux de tout le monde ; &, fans doute, on ne manquera pas de dire à votre Majefté, que chacun s'eft fcandalifé de ma comédie. Mais la vérité pure, SIRE, c'eft que tout Paris ne s'eft fcandalifé que de la défenfe qu'on en a faite, que les plus fcrupuleux en ont trouvé la repréfentation profitable, & qu'on s'eft étonné que des perfonnes d'une probité fi connuë, ayent eu une fi grande déférence pour des gens qui devroient être l'horreur de tout le monde, & font fi oppofés à la véritable piété dont elles font profeffion.

J'attends avec refpect l'arrêt que votre Majefté daignera prononcer fur cette matiére ; mais il eft très-affûré, SIRE, qu'il ne faut plus que je fonge à faire des comédies, fi les Tartuffes ont l'avantage, qu'ils prendront droit par là de me perfécuter plus que jamais, & voudront trouver à redire aux chofes les plus innocentes qui pourront fortir de ma plume.

Daignent vos bontés, SIRE, me donner une protection contre leur rage envenimée ; & puiffai-je, au retour d'une campagne fi glorieufe, délaffer votre Majefté des fatigues de fes conquêtes, lui donner d'innocens plaifirs après de fi nobles travaux, & faire rire le monarque qui fait trembler toute l'Europe.

TROISIÈME PLACET,

Préfenté au Roi le 5. Février 1669.

S I R E ,

Un fort honnête médecin, dont j'ai l'honneur d'être le malade, me promet, & veut s'obliger, par devant notaires, de me faire vivre encore trente années, fi je puis lui obtenir une grace de votre Majefté. Je lui ai dit, fur fa promeffe, que je ne lui demandois pas tant; & que je ferois fatisfait de lui, pourvû qu'il s'obligeât de ne me point tuer. Cette grace, S I R E, eft un canonicat de votre chapelle royale de Vincennes, vacant par la mort de....

Oferois-je demander encore cette grace à votre Majefté, le propre jour de la grande réfurrection de Tartuffe, réffufcité par vos bontés ? Je fuis, par cette première faveur, réconcilié avec les dévots, & je le ferois, par cette feconde, avec les médecins. C'eft pour moi, fans doute, trop de grace à la fois ; mais peut-être n'en est-ce pas trop pour votre Majesté ; & j'attends, avec un peu d'espérance respectueuse, la réponse de mon placet.

ACTEURS.

Madame PERNELLE, mere d'Orgon.

ORGON, mari d'Elmire.

ELMIRE, femme d'Orgon.

DAMIS, fils d'Orgon.

MARIANE, fille d'Orgon.

VALÉRE, amant de Mariane.

CLÉANTE, beau-frere d'Orgon.

TARTUFFE, faux dévot.

DORINE, fuivante de Mariane.

Monfieur LOYAL, fergent.

UN EXEMT.

FLIPOTE, fervante de madame Pernelle.

La fcene eft à Paris, dans la maifon d'Orgon.

LE TARTUFFE,

C O M É D I E.

ACTE PREMIER.
SCENE PREMIERE.

MADAME PERNELLE, ELMIRE, MARIANE, DAMIS, CLEANTE, DORINE, FLIPOTE.

Madame PERNELLE.

Allons, Flipote, allons, que d'eux je me
   délivre.

ELMIRE.

Vous marchez d'un tel pas, qu'on a peine
   à vous fuivre.

Madame PERNELLE.

Laiffez, ma bru, laiffez. Ne venez pas plus loin;
Ce font toutes façons, dont je n'ai pas befoin.

ELMIRE.

De ce que l'on vous doit, envers vous on s'acquitte.
Mais, ma mere, d'où vient que vous fortez fi vîte?

Madame PERNELLE.

C'eft que je ne puis voir tout ce ménage-ci,
Et que, de me complaire, on ne prend nul fouci.
Oui, je fors de chez vous fort mal édifiée;
Dans toutes mes leçons, j'y fuis contrariée,
On n'y refpecte rien; chacun y parle haut,
Et c'eft, tout juftement, la cour du roi Petaut.

DORINE.

Si....

Madame PERNELLE.

Vous étes, mamie, une fille fuivante,
Un peu trop forte en gueule, & fort impertinente;
Vous vous mêlez, fur tout, de dire votre avis.

DAMIS.

Mais....

Madame PERNELLE.

Vous étes un fot en trois lettres, mon fils;
C'eft moi qui vous le dis, qui fuis votre grand'mere,
Et j'ai prédit cent fois, à mon fils votre pere,
Que vous preniez tout l'air d'un méchant garnement,
Et ne lui donneriez jamais que du tourment.

MARIANE.

Je crois....

Madame

Madame PERNELLE.

Mon Dieu! fa fœur, vous faites la difcrette;
Et vous n'y touchez pas, tant vous femblez doucette;
Mais il n'eft, comme on dit, pire eau, que l'eau qui dort;
Et vous menez, fous-cape, un train que je hais fort.

ELMIRE.

Mais, ma mere....

Madame PERNELLE.

Ma bru, qu'il ne vous en déplaife,
Votre conduite, en tout, eft tout-à-fait mauvaife;
Vous devriez leur mettre un bon exemple aux yeux;
Et leur défunte mere en ufoit beaucoup mieux.
Vous étes dépenfiére; & cet état me bleffe,
Que vous alliez vêtuë ainfi qu'une princeffe.
Quiconque, à fon mari, veut plaire feulement,
Ma bru, n'a pas befoin de tant d'ajuftement.

CLEANTE.

Mais, Madame, après tout...

Madame PERNELLE.

Pour vous, monfieur fon frere,
Je vous eftime fort, vous aime & vous révére;
Mais enfin, fi j'étois de mon fils fon époux,
Je vous prierois bien fort de n'entrer point chez nous.
Sans ceffe vous prêchez des maximes de vivre,
Qui par d'honnêtes gens ne fe doivent point fuivre.
Je vous parle un peu franc, mais c'eft là mon humeur,
Et je ne mâche point ce que j'ai fur le cœur.

Tome IV.   B b

DAMIS.

Votre monfieur Tartuffe, eft bien-heureux, fans doute....

Madame PERNELLE.

C'eft un homme de bien, qu'il faut que l'on écoute;
Et je ne puis fouffrir, fans me mettre en courroux,
De le voir querellé par un fou comme vous.

DAMIS.

Quoi! Je fouffrirai, moi, qu'un cagot de critique
Vienne ufurper céans un pouvoir tyrannique?
Et que nous ne puiffions à rien nous divertir,
Si ce beau monfieur-là n'y daigne confentir?

DORINE.

S'il le faut écouter, & croire à fes maximes,
On ne peut faire rien, qu'on ne faffe des crimes,
Car il contrôle tout, ce critique zélé.

Madame PERNELLE.

Et tout ce qu'il contrôle, eft fort bien contrôlé.
C'eft au chemin du Ciel qu'il pretend vous conduire;
Et mon fils, à l'aimer, vous devroit tous induire.

DAMIS.

Non, voyez-vous, ma mere, il n'eft pere, ni rien,
Qui me puiffe obliger à lui vouloir du bien,
Je trahirois mon cœur de parler d'autre forte.
Sur fes façons de faire, à tous coups je m'emporte;
J'en prévois une fuite; & qu'avec ce piéd plat,
Il faudra que j'en vienne à quelque grand éclat.

DORINE.

Certes, c'est une chose aussi qui scandalise,
De voir qu'un inconnu céans s'impatronise;
Qu'un gueux, qui, quand il vint, n'avoit pas des souliers,
Et dont l'habit entier valoit bien six deniers,
En vienne jusques-là, que de se méconnoître,
De contrarier tout, & de faire le maître.

Madame PERNELLE.

Hé, merci de ma vie, il en iroit bien mieux,
Si tout se gouvernoit par ses ordres pieux.

DORINE.

Il passe pour un saint dans votre fantaisie;
Tout son fait, croyez-moi, n'est rien qu'hypocrisie.

Madame PERNELLE.

Voyez la langue!

DORINE.

A lui, non plus qu'à son Laurent;
Je ne me fierois, moi, que sur un bon garant.

Madame PERNELLE.

J'ignore ce qu'au fond le serviteur peut être;
Mais pour homme de bien je garantis le maître.
Vous ne lui voulez mal, & ne le rebutez,
Qu'à cause qu'il vous dit à tous vos vérités.
C'est contre le péché que son cœur se courrouce;
Et l'intérêt du Ciel est tout ce qui le pousse.

DORINE.

Oui; mais pourquoi, sur tout depuis un certain tems,
Ne sçauroit-il souffrir qu'aucun hante céans?

En quoi bleſſe le Ciel une viſite honnête,
Pour en faire un vacarme à nous rompre la tête?
Veut-on que, là-deſſus, je m'explique entre nous?

[*montrant Elmire.*]

Je crois que de madame il eſt, ma foi, jaloux.

Madame PERNELLE.

Taiſez-vous, & ſongez aux choſes que vous dites.
Ce n'eſt pas lui tout ſeul qui blâme ces viſites.
Tout ce tracas qui ſuit les gens que vous hantez,
Ces caroſſes ſans ceſſe à la porte plantés,
Et de tant de laquais le bruyant aſſemblage,
Font un éclat fâcheux dans tout le voiſinage.
Je veux croire qu'au fond il ne ſe paſſe rien;
Mais enfin on en parle, & cela n'eſt pas bien.

CLEANTE.

Hé, voulez-vous, Madame, empêcher qu'on ne cauſe?
Ce ſeroit dans la vie une fâcheuſe choſe,
Si, pour les ſots diſcours où l'on peut être mis,
Il falloit renoncer à ſes meilleurs amis.
Et, quand même on pourroit ſe réſoudre à le faire,
Croiriez-vous obliger tout le monde à ſe taire?
Contre la médiſance il n'eſt point de rempart.
A tous les ſots caquets n'ayons donc nul égard;
Efforçons-nous de vivre avec toute innocence,
Et laiſſons aux cauſeurs une pleine licence.

DORINE.

Daphné notre voiſine, & ſon petit époux,
Ne ſeroient-ils point ceux qui parlent mal de nous?

Ceux de qui la conduite offre le plus à rire,
Sont toujours, fur autrui, les premiers à médire ;
Ils ne manquent jamais de faifir promtement
L'apparente lueur du moindre attachement,
D'en femer la nouvelle avec beaucoup de joye,
Et d'y donner le tour qu'ils veulent qu'on y croye.
Des actions d'autrui, teintes de leurs couleurs,
Ils penfent dans le monde autorifer les leurs ;
Et, fous le faux efpoir de quelque reffemblance,
Aux intrigues qu'ils ont, donner de l'innocence,
Ou faire ailleurs tomber quelques traits partagés
De ce blâme public dont ils font trop chargés.

Madame PERNELLE.

Tous ces raifonnemens ne font rien à l'affaire.
On fçait qu'Orante méne une vie exemplaire,
Tous fes foins vont au Ciel ; & j'ai fçû, par des gens,
Qu'elle condamne fort le train qui vient céans,

DORINE.

L'exemple eft admirable, & cette dame eft bonne.
Il eft vray qu'elle vit en auftére perfonne ;
Mais l'âge, dans fon ame, a mis ce zéle ardent,
Et l'on fçait qu'elle eft prude à fon corps défendant.
Tant qu'elle a pû des cœurs attirer les hommages,
Elle a fort bien joui de tous fes avantages ;
Mais, voyant de fes yeux tous les brillans baiffer,
Au monde, qui la quitte, elle veut renoncer ;
Et, du voile pompeux d'une haute fageffe,
De fes attraits ufés, déguifer la foibleffe.

Ce font là les retours des coquettes du tems;
Il leur eft dur de voir déferter les galans.
Dans un tel abandon, leur fombre inquiétude
Ne voit d'autre recours que le métier de prude;
Et la févérité de ces femmes de bien
Cenfure toute chofe, & ne pardonne à rien;
Hautement, d'un chacun, elles blâment la vie,
Non point par charité, mais par un trait d'envie
Qui ne fçauroit fouffrir qu'un autre ait les plaifirs
Dont le panchant de l'âge a fevré leurs défirs.

Madame PERNELLE à *Elmire*.

Voilà les contes bleux qu'il vous faut, pour vous plaire,
Ma bru. L'on eft, chez vous, contrainte de fe taire,
Car madame, à jafer, tient le dé tout le jour;
Mais enfin, je prétends difcourir à mon tour.
Je vous dis que mon fils n'a rien fait de plus fage,
Qu'en recueillant chez foi ce dévot perfonnage;
Que le Ciel au befoin l'a céans envoyé,
Pour redreffer à tous votre efprit fourvoyé;
Que, pour votre falut, vous le devez entendre,
Et qu'il ne reprend rien, qui ne foit à reprendre.
Ces vifites, ces bals, ces converfations,
Sont, du malin efprit, toutes inventions.
Là, jamais on n'entend de pieufes paroles,
Ce font propos oififs, chanfons & fariboles,
Bien fouvent le prochain en a fa bonne part,
Et l'on y fçait médire & du tiers & du quart.

Enfin les gens fenfés ont leurs têtes troublées;
De la confufion de telles affemblées;
Mille caquets divers s'y font en moins de rien;
Et, comme, l'autre jour, un doéteur dit fort bien;
C'eft véritablement la tour de Babilone,
Car chacun y babille, & tout du long de l'aune;
Et pour conter l'hiftoire où ce point l'engagea.....

[*montrant Cléante.*]

Voilà-t-il pas monfieur qui ricane déja?
Allez chercher vos fous qui vous donnent à rire,

[*à Elmire.*]

Et fans.... Adieu, ma bru, je ne veux plus rien dire.
Sçachez que, pour céans, j'en rabats de moitié,
Et qu'il fera beau tems, quand j'y mettrai le piéd.

[*Donnant un foufflet à Flipote.*]

Allons, vous, vous rêvez & bayez aux corneilles;
Jour de Dieu! Je fçaurai vous frotter les oreilles.
Marchons, gaupe, marchons.

SCENE II.

CLEANTE, DORINE.

CLEANTE.

JE n'y veux point aller,
Depeur qu'elle ne vint encor me quereller;

Que cette bonne femme....

DORINE.

Ah ! Certes, c'eſt dommage,
Qu'elle ne vous oüît tenir un tel langage ;
Elle vous diroit bien qu'elle vous trouve bon,
Et qu'elle n'eſt point d'âge à lui donner ce nom.

CLEANTE.

Comme elle s'eſt pour rien contre nous échauffée !
Et que de ſon Tartuffe elle paroît coëffée !

DORINE.

Oh ! Vrayment, tout cela n'eſt rien au prix du fils,
Et, ſi vous l'aviez vû, vous diriez, c'eſt bien pis.
Nos troubles l'avoient mis ſur le piéd d'homme ſage,
Et, pour ſervir ſon prince, il montra du courage ;
Mais il eſt devenu comme un homme hébêté,
Depuis que de Tartuffe on le voit entêté,
Il l'appelle ſon frere ; & l'aime, dans ſon ame,
Cent fois plus qu'il ne fait mere, fils, fille & femme ;
C'eſt de tous ſes ſecrets l'unique confident,
Et de ſes actions le directeur prudent,
Il le choye, il l'embraſſe ; &, pour une maîtreſſe
On ne ſçauroit, je penſe, avoir plus de tendreſſe ;
A table, au plus haut bout, il veut qu'il ſoit aſſis,
Avec joye, il l'y voit manger autant que ſix ;
Les bons morceaux de tout, il faut qu'on les lui céde.
Et s'il vient à rotter, il lui dit, Dieu vous aide.
Enfin il en eſt fou ; c'eſt ſon tout, ſon héros,
Il l'admire à tous coups, le cite à tous propos ;

Ses moindres actions lui femblent des miracles,

Et tous les mots qu'il dit , font pour lui des oracles.

Lui qui connoît fa duppe , & qui veut en jouir ,

Par cent dehors fardés, a l'art de l'éblouir ;

Son cagotifme en tire, à toute heure, des fommes ;

Et prend droit de glofer fur tous tant que nous fommes.

Il n'eft pas jufqu'au fat , qui lui fert de garçon ,

Qui ne fe mêle auffi de nous faire leçon ;

Il vient nous fermonner avec des yeux farouches ;

Et jetter nos rubans , notre rouge, & nos mouches.

Le traître , l'autre jour , nous rompit de fes mains

Un mouchoir qu'il trouva dans une fleur des faints ,

Difant que nous mélions, par un crime effroyable ,

Avec la fainteté , les parures du diable.

S C E N E   I I I.

ELMIRE, MARIANE, DAMIS,
CLEANTE, DORINE.

E L M I R E *à Cléante.*

Vous étes bien-heureux , de n'être point venu
Au difcours qu'à la porte elle nous a tenu.

Mais j'ai vû mon mari ; comme il ne m'a point vûë,

Je veux aller, là haut, attendre fa venuë.

C L E A N T E.

Moi, je l'attends ici pour moins d'amufement ;

Et je vais lui donner le bon jour feulement.

Tome IV.   C c

SCENE IV.

CLEANTE, DAMIS, DORINE.

DAMIS.

DE l'hymen de ma sœur touchez-lui quelque chose.
J'ai soupçon que Tartuffe à son effet s'oppose,
Qu'il oblige mon pere à des détours si grands ;
Et vous n'ignorez pas quel intérêt j'y prends.
Si même ardeur enflamme & ma sœur & Valére,
La sœur de cet ami, vous le sçavez, m'est chére ;
Et s'il falloit ....

DORINE.

Il entre.

SCENE V.

ORGON, CLEANTE, DORINE.

ORGON.

AH! Mon frere, bon-jour.

CLEANTE.

Je sortois, & j'ai joye à vous voir de retour.
La campagne à présent n'est pas beaucoup fleurie.

ORGON.

[à Cléante.]

Dorine. Mon beaufrere, attendez, je vous prie.
Vous voulez bien souffrir, pour m'ôter de souci,
Que je m'informe un peu des nouvelles d'ici.

[*à Dorine.*]

Tout s'eft-il, ces deux jours, paffé de bonne forte?

Qu'eft-ce qu'on fait céans? Comme eft-ce qu'on s'y porte?

DORINE.

Madame eut, avant-hier, la fiévre jufqu'au foir,

Avec un mal de tête étrange à concevoir.

ORGON.

Et Tartuffe?

DORINE.

Tartuffe? Il fe porte à merveille,

Gros & gras, le teint frais, & la bouche vermeille.

ORGON.

Le pauvre homme!

DORINE.

Le foir, elle eut un grand dégoût,

Et ne put, au foupé, toucher à rien du tout,

Tant fa douleur de tête étoit encor cruelle.

ORGON.

Et Tartuffe?

DORINE.

Il foupa, lui tout feul, devant elle;

Et, fort dévotement, il mangea deux perdrix,

Avec une moitié de gigot en hachis.

ORGON.

Le pauvre homme!

DORINE.

La nuit fe paffa toute entiére,

Sans qu'elle pût fermer un moment la paupiére;

Des chaleurs l'empêchoient de pouvoir sommeiller,
Et jusqu'au jour, près d'elle, il nous fallut veiller.

ORGON.

Et Tartuffe ?

DORINE.

Pressé d'un sommeil agréable,
Il passa dans sa chambre, au sortir de la table ;
Et, dans son lit bien chaud, il se mit tout soudain,
Où , sans trouble, il dormit jusques au lendemain.

ORGON.

Le pauvre homme !

DORINE.

A la fin, par nos raisons gagnée,
Elle se résolut à souffrir la saignée ;
Et le soulagement suivit tout aussi-tôt.

ORGON.

Et Tartuffe ?

DORINE.

Il reprit courage comme il faut,
Et, contre tous les maux, fortifiant son ame,
Pour réparer le sang qu'avoit perdu madame,
Bût, à son déjeûné, quatre grands coups de vin.

ORGON.

Le pauvre homme !

DORINE.

Tous deux se portent bien enfin ;
Et je vais à madame annoncer, par avance,
La part que vous prenez à sa convalescence.

SCENE VI.
ORGON, CLEANTE.
CLEANTE.

A Votre néz, mon frere, elle se rit de vous;
Et, sans avoir dessein de vous mettre en courroux,
Je vous dirai, tout franc, que c'est avec justice.
A-t-on jamais parlé d'un semblable caprice?
Et se peut-il qu'un homme ait un charme aujourd'hui,
A vous faire oublier toutes choses pour lui?
Qu'après avoir chez vous réparé sa misére,
Vous en veniez au point....

ORGON.

Alte-là, mon beaufrere,
Vous ne connoissez pas celui dont vous parlez.

CLEANTE.

Je ne le connois pas, puisque vous le voulez;
Mais enfin, pour sçavoir quel homme ce peut être....

ORGON.

Mon frere, vous seriez charmé de le connoître,
Et vos ravissemens ne prendroient point de fin.
C'est un homme... qui... ah!... un homme... un homme enfin.
Qui suit bien ses leçons, goûte une paix profonde;
Et, comme du fumier, regarde tout le monde.
Oui, je deviens tout autre avec son entretien,
Il m'enseigne à n'avoir affection pour rien;
De toutes amitiés il détache mon ame;
Et je verrois mourir, frere, enfans, mere, & femme,

Que je m'en foucierois autant que de cela.

CLEANTE.

Les fentimens humains, mon frere, que voilà!

ORGON.

Ah! Si vous aviez vû comme j'en fis rencontre,
Vous auriez pris pour lui l'amitié que je montre.
Chaque jour, à l'églife il venoit, d'un air doux,
Tout vis-à-vis de moi, fe mettre à deux genoux.
Il attiroit les yeux de l'affemblée entiére,
Par l'ardeur dont au Ciel il puffoit fa priére;
Il faifoit des foupirs, de grands élancemens,
Et baifoit humblement la terre à tous momens;
Et, lorfque je fortois, il me devançoit vîte,
Pour m'aller, à la porte, offrir de l'eau-bénite.
Inftruit par fon garçon, qui dans tout l'imitoit,
Et de fon indigence, & de ce qu'il étoit,
Je lui faifois des dons; mais, avec modeftie,
Il me vouloit toujours en rendre une partie.
C'eft trop, me difoit-il, c'eft trop de la moitié,
Je ne mérite pas de vous faire pitié;
Et, quand je refufois de le vouloir reprendre,
Aux pauvres, à mes yeux, il alloit le répandre.
Enfin, le Ciel, chez moi, me le fit retirer;
Et, depuis ce tems-là, tout femble y profpérer.
Je vois qu'il reprend tout; & qu'à ma femme même,
Il prend, pour mon honneur, un intérêt extrême;
Il m'avertit des gens qui lui font les yeux doux,
Et plus que moi, fix fois, il s'en montre jaloux.

Mais vous ne croiriez point jufqu'où monte fon zéle ;
Il s'impute à péché la moindre bagatelle ;
Un rien prefque fuffit pour le fcandalifer,
Jufques-là qu'il fe vint, l'autre jour, accufer
D'avoir pris une puce en faifant fa priére,
Et de l'avoir tuée avec trop de colére.

CLEANTE.

Parbleu, vous étes fou, mon frere, que je croi.
Avec de tels difcours, vous moquez-vous de moi ?
Et que prétendez-vous ? Que tout ce badinage . . . .

ORGON.

Mon frere, ce difcours fent le libertinage,
Vous en étes un peu dans votre ame entiché ;
Et, comme je vous l'ai plus de dix fois prêché,
Vous vous attirerez quelque méchante affaire.

CLEANTE.

Voilà de vos pareils le difcours ordinaire.
Ils veulent que chacun foit aveugle comme eux,
C'eft être libertin, que d'avoir de bons yeux ;
Et qui n'adore pas de vaines fimagrées,
N'a ni refpect, ni foi pour les chofes facrées.
Allez, tous vos difcours ne me font point de peur ;
Je fçais comme je parle, & le Ciel voit mon cœur.
De tous vos façonniers on n'eft point les efclaves,
Il eft de faux dévots, ainfi que de faux braves ;
Et, comme on ne voit pas qu'où l'honneur les conduit,
Les vrays braves foient ceux qui font beaucoup de bruit,

Les bons & vrays dévots, qu'on doit fuivre à la trace,
Ne font pas ceux aufli qui font tant de grimace.
Hé quoi! Vous ne ferez nulle diftinction
Entre l'hypocrifie, & la dévotion?
Vous les voulez traiter d'un femblable langage,
Et rendre même honneur au mafque qu'au vifage,
Egaler l'artifice à la fincérité,
Confondre l'apparence avec la vérité,
Eftimer le fantôme autant que la perfonne,
Et la fauffe monnoye, à l'égal de la bonne?
Les hòmmes, la plûpart, font étrangement faits!
Dans la jufte nature on ne les voit jamais.
La raifon a, pour eux, des bornes trop petites,
En chaque caractere, ils paffent fes limites,
Et la plus noble chofe, ils la gâtent fouvent,
Pour la vouloir outrer & pouffer trop avant.
Que cela vous foit dit, en paffant, mon beau-frere.

ORGON.

Oui, vous étes, fans doute, un docteur qu'on révére,
Tout le fçavoir du monde eft chez vous retiré,
Vous étes le feul fage, & le feul éclairé,
Un oracle, un Caton dans le fiécle où nous fommes,
Et, près de vous, ce font des fots que tous les hommes.

CLEANTE.

Je ne fuis point, mon frere, un docteur révéré,
Et le fçavoir, chez moi, n'eft pas tout retiré.
Mais, en un mot, je fçais, pour toute ma fcience,
Du faux, avec le vray, faire la différence;

Et

Et, comme je ne vois nul genre de héros
Qui foient plus à prifer que les parfaits dévots,
Aucune chofe au monde & plus noble & plus belle
Que la fainte ferveur d'un véritable zéle,
Auffi ne vois-je rien qui foit plus odieux,
Que le dehors plâtré d'un zéle fpécieux,
Que ces francs charlatans, que ces dévots de place,
De qui la facrilege & trompeufe grimace
Abufe impunément, & fe jouë, à leur gré,
De ce qu'ont les mortels de plus faint & facré.
Ces gens, qui, par une ame à l'intérêt foumife,
Font de dévotion métier & marchandife,
Et veulent achepter crédit & dignités,
A prix de faux clins d'yeux, & d'élans affectés,
Ces gens, dis-je, qu'on voit, d'une ardeur non commune,
Par le chemin du Ciel, courir à leur fortune,
Qui, brûlans & prians, demandent chaque jour,
Et prêchent la retraite au milieu de la cour,
Qui fçavent ajufter leur zéle avec leurs vices,
Sont promts, vindicatifs, fans foi, pleins d'artifices,
Et, pour perdre quelqu'un, couvrent infolemment
De l'intérêt du Ciel leur fier reffentiment;
D'autant plus dangereux dans leur âpre colére,
Qu'ils prennent, contre nous, des armes qu'on révére,
Et que leur paffion, dont on leur fçait bon gré,
Veut nous affaffiner avec un fer facré.
De ce faux caractére on en voit trop paroître;
Mais les dévots de cœur font aifés à connoître.

Tome IV.   D d

Notre siécle, mon frere, en expose à nos yeux,
Qui peuvent nous servir d'exemples glorieux.
Regardez Ariston, regardez Périandre,
Oronte, Alcidamas, Polidore, Clitandre;
Ce titre par aucun ne leur est débattu,
Ce ne sont point du tout fanfarons de vertu;
On ne voit point, en eux, ce faste insuportable,
Et leur dévotion est humaine & traitable.
Ils ne censurent point toutes nos actions,
Ils trouvent trop d'orgueil dans ces corrections,
Et, laissant la fierté des paroles aux autres,
C'est, par leurs actions, qu'ils reprennent les nôtres.
L'apparence du mal a, chez eux, peu d'appui,
Et leur ame est portée à juger bien d'autrui;
Point de cabale en eux, point d'intrigues à suivre;
On les voit, pour tous soins, se mêler de bien vivre.
Jamais, contre un pécheur, ils n'ont d'acharnement,
Ils attachent leur haine au péché seulement,
Et ne veulent point prendre, avec un zéle extrême,
Les intérêts du Ciel, plus qu'il ne veut lui-même.
Voilà mes gens, voilà comme il en faut user,
Voilà l'exemple enfin qu'il se faut proposer.
Votre homme, à dire vray, n'est pas de ce modéle;
C'est de fort bonne foi que vous vantez son zéle,
Mais, par un faux éclat, je vous crois ébloui.

ORGON.

Monsieur mon cher beau frere, avez-vous tout dit?

CLEANTE.

                                                  Oui.

ORGON *s'en allant.*

Je fuis votre valet.

CLEANTE.

De grace, un mot, mon frere.
Laiffons-là ce difcours. Vous fçavez que Valére,
Pour être votre gendre, a parole de vous.

ORGON.

Oui.

CLEANTE.

Vous aviez pris jour pour un lien fi doux.

ORGON.

Il eft vray.

CLEANTE.

Pourquoi donc en différer la fête ?

ORGON.

Je ne fçais.

CLEANTE.

Auriez-vous autre penfée en tête ?

ORGON.

Peut-être.

CLEANTE.

Vous voulez manquer à votre foi?

ORGON.

Je ne dis pas cela.

CLEANTE.

Nul obftacle, je croi,

D d ij

Ne vous peut empêcher d'accomplir vos promeſſes.
ORGON.

Selon.

CLEANTE.
Pour dire un mot, faut-il tant de fineſſes?
Valere, ſur ce point, me fait vous viſiter.
ORGON.
Le Ciel en ſoit loué.

CLEANTE.
Mais que lui reporter?
ORGON,
Tout ce qu'il vous plaira.

CLEANTE.
Mais il eſt néceſſaire
De ſçavoir vos deſſeins. Quels ſont-ils donc?
ORGON.
De faire
Ce que le Ciel voudra.

CLEANTE.
Mais parlons tout de bon,
Valere a votre foi. La tiendrez-vous, ou non?
ORGON,
Adieu,

CLEANTE *ſeul*.
Pour ſon amour, je crains une diſgrace;
Et je dois l'avertir de tout ce qui ſe paſſe,

Fin du premier Acte.

ACTE SECOND.

SCENE PREMIERE.

ORGON, MARIANE.

ORGON.

Ariane.

MARIANE.

Mon pere.

ORGON.

Approchez. J'ai de quoi
Vous parler en secret.

MARIANE *à Orgon qui regarde dans un cabinet.*

Que cherchez-vous ?

ORGON.

Je voi
Si quelqu'un n'est point là qui pourroit nous entendre ;
Car ce petit endroit est propre pour surprendre.
Or sus, nous voilà bien. J'ai, Mariane, en vous
Remarqué, de tout tems, un esprit assez doux,
Et, de tout tems aussi, vous m'avez été chére.

MARIANE.

Je suis fort redevable à cet amour de pere.

ORGON.

C'eft fort bien dit, ma fille; &, pour le mériter,
Vous devez n'avoir foin que de me contenter.

MARIANE.

C'eft où je mets aufli ma gloire la plus haute.

ORGON.

Fort bien. Que dites-vous de Tartuffe notre hôte?

MARIANE.

Qui? Moi?

ORGON.

Vous. Voyez bien comme vous répondrez.

MARIANE.

Hélas! J'en dirai, moi, tout ce que vous voudrez.

SCENE II.

ORGON, MARIANE, DORINE.

entrant doucement, & fe tenant derriére Orgon, fans être vûë.

ORGON.

C'Eft parler fagement. Dites-moi donc, ma fille,
Qu'en toute fa perfonne un haut mérite brille,
Qu'il touche votre cœur, & qu'il vous feroit doux
De le voir, par mon choix, devenir votre époux.
Hé?

MARIANE.

Hé?

ORGON.

Qu'eſt-ce ?

MARIANE.

Plaît-il ?

ORGON.

Quoi ?

MARIANE.

Me ſuis-je méprife ?

ORGON.

Comment ?

MARIANE.

Qui voulez-vous, mon pere, que je diſe,
Qui me touche le cœur, & qu'il me feroit doux
De voir, par votre choix, devenir mon époux ?

ORGON.

Tartuffe.

MARIANE.

Il n'en eſt rien, mon pere, je vous jure.
Pourquoi me faire dire une telle impoſture ?

ORGON.

Mais je veux que cela foit une vérité ;
Et c'eſt aſſez pour vous que je l'aye arrêté.

MARIANE.

Quoi! Vous voulez, mon pere...

ORGON.

Oui, je prétends, ma fille,
Unir, par votre hymen, Tartuffe à ma famille.

Il fera votre époux, j'ai réfolu cela ;

Et, comme fur vos vœux je...

[appercevant Dorine.]

Que faites-vous là ?

La curiofité, qui vous preffe, eft bien forte,

Mamie, à nous venir écouter de la forte ?

DORINE.

Vrayment, je ne fçais pas fi c'eft un bruit qui part

De quelque conjecture, ou d'un coup de hazard.

Mais de ce mariage, on m'a dit la nouvelle,

Et j'ai traité cela de pure bagatelle.

ORGON.

Quoi donc ? La chofe eft-elle incroyable ?

DORINE.

A tel point,

Que vous-même, Monfieur, je ne vous en crois point.

ORGON.

Je fçais bien le moyen de vous le faire croire.

DORINE.

Oui, oui, vous nous contez une plaifante hiftoire.

ORGON.

Je conte juftement ce qu'on verra dans peu.

DORINE.

Chanfons.

ORGON.

Ce que je dis, ma fille, n'eft point jeu.

DORINE.

DORINE.

Allez, ne croyez point à monfieur votre pere,
Il raille.   ORGON.

            Je vous dis...

DORINE.

                    Non, vous avez beau faire,
On ne vous croira point.

ORGON.

                    A la fin, mon courroux...

DORINE.

Hé bien, on vous croit donc, & c'eft tant pis pour vous.
Quoi! Se peut il, Monfieur, qu'avec l'air d'homme fage,
Et cette large barbe au milieu du vifage,
Vous foyez affez fou pour vouloir...

ORGON.

                            Ecoutez.

Vous avez pris céans certaines privautés
Qui ne me plaifent point ; je vous le dis, mamie.

DORINE.

Parlons fans nous fâcher, Monfieur, je vous fupplie.
Vous moquez-vous des gens, d'avoir fait ce complot?
Votre fille n'eft point l'affaire d'un bigot.
Il a d'autres emplois, aufquels il faut qu'il penfe;
Et puis, que vous apporte une telle alliance?
A quel fujet aller, avec tout votre bien,
Choifir un gendre gueux...

ORGON.

                    Taifez-vous. S'il n'a rien,

Sçachez que c'eſt par là qu'il faut qu'on le révére.
Sa miſére eſt, ſans doute, une honnête miſére,
Au-deſſus des grandeurs elle doit l'élever,
Puiſqu'enfin, de ſon bien, il s'eſt laiſſé priver,
Par ſon trop peu de ſoin des choſes temporelles,
Et ſa puiſſante attache aux choſes éternelles.
Mais mon ſecours pourra lui donner les moyens
De ſortir d'embarras, & rentrer dans ſes biens.
Ce ſont fiefs, qu'à bon titre, au pays on renomme;
Et, tel que l'on le voit, il eſt bien gentilhomme.

DORINE.

Oui, c'eſt lui qui le dit; & cette vanité,
Monſieur, ne ſiéd pas bien avec la piété.
Qui d'une ſainte vie embraſſe l'innocence,
Ne doit pas tant prôner ſon nom & ſa naiſſance;
Et l'humble procédé de la dévotion,
Souffre mal les éclats de cette ambition.
A quoi bon cet orgueil?.... Mais ce diſcours vous bleſſe.
Parlons de ſa perſonne, & laiſſons ſa nobleſſe.
Ferez-vous poſſeſſeur, ſans quelque peu d'ennui,
D'une fille comme elle, un homme comme lui?
Et ne devez-vous pas ſonger aux bienſéances,
Et de cette union prévoir les conſéquences?
Sçachez que d'une fille on riſque la vertu,
Lorſque, dans ſon hymen, ſon goût eſt combattu;
Que le deſſein d'y vivre en honnête perſonne,
Dépend des qualités du mari qu'on lui donne;

Et que ceux, dont par tout on montre au doigt le front,
Font leurs femmes, souvent, ce qu'on voit qu'elles font.
Il est bien difficile enfin d'être fidéle
A de certains maris faits d'un certain modéle;
Et qui donne à sa fille un homme qu'elle hait,
Est responsable au Ciel des fautes qu'elle fait.
Songez à quels périls votre dessein vous livre.

ORGON.

Je vous dis qu'il me faut apprendre d'elle à vivre.

DORINE.

Vous n'en feriez que mieux de suivre mes leçons.

ORGON.

Ne nous amusons point, ma fille, à ces chansons;
Je sçais ce qu'il vous faut, & je suis votre pere.
J'avois donné pour vous ma parole à Valére;
Mais, outre qu'à jouer on dit qu'il est enclin,
Je le soupçonne encor d'être un peu libertin;
Je ne remarque point qu'il hante les églises.

DORINE.

Voulez-vous qu'il y coure à vos heures précises,
Comme ceux qui n'y vont que pour être apperçûs?

ORGON.

Je ne demande pas votre avis là-dessus.
Enfin, avec le Ciel, l'autre est le mieux du monde,
Et c'est une richesse à nulle autre seconde.
Cet hymen, de tous biens, comblera vos désirs,
Et sera tout confit en douceurs & plaisirs.

Enfemble vous vivrez, dans vos ardeurs fidéles;
Comme deux vrays enfans, comme deux tourterelles;
A nul fâcheux débat jamais vous n'en viendrez;
Et vous ferez, de lui, tout ce que vous voudrez.

DORINE.

Elle? Elle n'en fera qu'un fot, je vous affûre.

ORGON.

Ouais! Quels difcours!

DORINE.

Je dis qu'il en a l'encolûre,
Et que fon afcendant, Monfieur, l'emportera
Sur toute la vertu que votre fille aura.

ORGON.

Ceffez de m'interrompre; & fongez à vous taire,
Sans mettre votre néz où vous n'avez que faire.

DORINE.

Je n'en parle, Monfieur, que pour votre intérêt.

ORGON.

C'eft prendre trop de foin; taifez-vous, s'il vous plaît.

DORINE.

Si l'on ne vous aimoit ...

ORGON.

Je ne veux pas qu'on m'aime.

DORINE.

Et je veux vous aimer, Monfieur, malgré vous-même.

ORGON.

Ah!

DORINE.

Votre honneur m'eſt cher, & je ne puis ſouffrir
Qu'aux brocards d'un chacun vous alliez vous offrir.

ORGON.

Vous ne vous tairez point?

DORINE.

C'eſt une conſcience,
Que de vous laiſſer faire une telle alliance.

ORGON.

Te tairas-tu, ſerpent, dont les traits effrontés . . .

DORINE.

Ah! Vous êtes dévot, & vous vous emportez?

ORGON.

Oui, ma bile s'échauffe à toutes ces fadaiſes,
Et, tout réſolument, je veux que tu te taiſes.

DORINE.

Soit. Mais ne diſant mot, je n'en penſe pas moins.

ORGON.

Penſe, ſi tu le veux; mais applique tes ſoins

[à ſa fille.]

A ne m'en point parler, ou . . . Suffit . . . Comme ſage
J'ai peſé mûrement toutes choſes.

DORINE à part.

J'enrage,
De ne pouvoir parler.

ORGON.

Sans être damoiſeau,
Tartuffe eſt fait de ſorte . . .

DORINE *à part.*

Oui, c'est un beau museau.

ORGON.

Que quand tu n'aurois même aucune sympathie
Pour tous les autres dons...

DORINE *à part.*

La voilà bien lottie!

[*Orgon se tourne du côté de Dorine; &, les bras croisés, l'écoute
& la regarde en face.*]

Si j'étois en sa place, un homme, assûrément,
Ne m'épouseroit pas de force, impunément,
Et je lui ferois voir, bientôt après la fête,
Qu'une femme a toujours une vengeance prête.

ORGON *à Dorine.*

Donc, de ce que je dis, on ne fera nul cas?

DORINE.

De quoi vous plaignez-vous? Je ne vous parle pas.

ORGON.

Qu'est-ce que tu fais donc?

DORINE.

Je me parle à moi-même.

[*à part.*]   ORGON.

Fort bien. Pour châtier son insolence extrême,
Il faut que je lui donne un revers de ma main.

[*Il se met en posture de donner un soufflet à Dorine; & à chaque
mot qu'il dit à sa fille, il se tourne pour regarder Dorine, qui
se tient droite sans parler.*]

Ma fille, vous devez approuver mon dessein...

Croire que le mari... que j'ai fçû vous élire...

    [*à Dorine.*]

Que ne te parles-tu ?

DORINE.

Je n'ai rien à me dire.

ORGON.

Encore un petit mot.

DORINE.

Il ne me plaît pas, moi.

ORGON.

Certes, je t'y guettois.

DORINE.

Quelque fotte, ma foi.

ORGON.

Enfin, ma fille, il faut payer d'obéïffance,
Et montrer, pour mon choix, entiére déférence.

DORINE *en s'enfuyant.*

Je me moquerois fort de prendre un tel époux.

ORGON *après avoir manqué de donner un foufflet à Dorine.*

Vous avez là, ma fille, une pefte avec vous,
Avec qui, fans péché, je ne fçaurois plus vivre.
Je me fens hors d'état maintenant de pourfuivre;
Ses difcours infolens m'ont mis l'efprit en feu,
Et je vais prendre l'air, pour me raffeoir un peu.

SCENE III.

MARIANE, DORINE.

DORINE.

Avez-vous donc perdu, dites-moi, la parole ?
Et faut-il qu'en ceci je faſſe votre rôle ?
Souffrir qu'on vous propoſe un projet inſenſé,
Sans que, du moindre mot, vous l'ayez repouſſé !

MARIANE.

Contre un pere abſolu, que veux-tu que je faſſe ?

DORINE.

Ce qu'il faut, pour parer une telle menace.

MARIANE.

Quoi ?

DORINE.

Lui dire qu'un cœur n'aime point par autrui ;
Que vous vous mariez pour vous, non pas pour lui ;
Qu'étant celle, pour qui, ſe fait toute l'affaire,
C'eſt à vous, non à lui, que le mari doit plaire ;
Et que, ſi ſon Tartuffe eſt pour lui ſi charmant,
Il le peut épouſer ſans nul empêchement.

MARIANE.

Un pere, je l'avouë, a ſur nous tant d'empire,
Que je n'ai jamais eu la force de rien dire.

DORINE.

Mais raiſonnons. Valere a fait pour vous des pas,
L'aimez-vous, je vous prie, ou ne l'aimez-vous pas ?

MARIANE.

MARIANE.

Ah ! Qu'envers mon amour, ton injuſtice eſt grande,
Dorine ! Me dois-tu faire cette demande ?
T'ai-je, pas là-deſſus, ouvert cent fois mon cœur ?
Et ſçais-tu pas, pour lui, juſqu'où va mon ardeur ?

DORINE.

Que ſçais-je ſi le cœur a parlé par la bouche ;
Et ſi c'eſt, tout de bon, que cet amant vous touche.

MARIANE.

Tu me fais un grand tort, Dorine, d'en douter,
Et mes vrays ſentimens ont ſçû trop éclater.

DORINE.

Enfin, vous l'aimez donc ?

MARIANE.

Oui, d'une ardeur extrême.

DORINE.

Et, ſelon l'apparence, il vous aime de même ?

MARIANE.

Je le crois.

DORINE.

Et tous deux brûlez également
De vous voir mariés enſemble ?

MARIANE.

Aſſûrément.

DORINE.

Sur cette autre union, quelle eſt donc votre attente ?

MARIANE.

De me donner la mort, ſi l'on me violente.

DORINE.

Fort bien. C'eſt un recours où je ne ſongeois pas.
Vous n'avez qu'à mourir, pour ſortir d'embarras.
Le reméde, ſans doute, eſt merveilleux. J'enrage,
Lorſque j'entends tenir ces ſortes de langage.

MARIANE.

Mon Dieu! De quelle humeur, Dorine, tu te rends?
Tu ne compatis point aux déplaiſirs des gens.

DORINE.

Je ne compatis point à qui dit des ſornettes,
Et dans l'occaſion mollit, comme vous faites.

MARIANE.

Mais que veux-tu? Si j'ai de la timidité.....

DORINE.

Mais l'amour, dans un cœur, veut de la fermeté.

MARIANE.

Mais n'en gardai-je pas pour les feux de Valére,
Et n'eſt-ce pas à lui de m'obtenir d'un pere?

DORINE.

Mais quoi? Si votre pere eſt un bourru fieffé,
Qui s'eſt de ſon Tartuffe entiérement coëffé,
Et manque à l'union qu'il avoit arrêtée,
La faute, à votre amant, doit-elle être imputée?

MARIANE.

Mais, par un haut refus, & d'éclatans mépris,
Ferai-je, dans mon choix, voir un cœur trop épris?
Sortirai-je pour lui, quelque éclat dont il brille,
De la pudeur du ſexe, & du devoir de fille?

Et veux-tu que mes feux par le monde étalés....

DORINE.

Non, non, je ne veux rien. Je vois que vous voulez
Etre à monfieur Tartuffe ; & j'aurois, quand j'y penfe,
Tort de vous détourner d'une telle alliance.
Quelle raifon aurois-je à combattre vos vœux ?
Le parti, de foi-même, eft fort avantageux.
Monfieur Tartuffe ! Oh, oh ! N'eft-ce rien qu'on propofe ?
Certes, monfieur Tartuffe, à bien prendre la chofe,
N'eft pas un homme, non, qui fe mouche du piéd,
Et ce n'eft pas peu d'heur que d'être fa moitié.
Tout le monde déjà de gloire le couronne,
Il eft noble chez lui, bien fait de fa perfonne,
Il a l'oreille rouge, & le teint bien fleuri ;
Vous vivrez trop contente avec un tel mari.

MARIANE,

Mon Dieu !

DORINE.

Quelle allégreffe aurez-vous dans votre ame,
Quand, d'un époux fi beau, vous vous verrez la femme !

MARIANE.

Ah ! Ceffe, je te prie, un femblable difcours ;
Et, contre cet hymen, ouvre-moi du fecours.
C'en eft fait, je me rends, & fuis prête à tout faire.

DORINE.

Non, il faut qu'une fille obéiffe à fon pere,
Voulût-il lui donner un finge pour époux.
Votre fort eft fort beau. De quoi vous plaignez-vous ?

Vous irez par le coche en fa petite ville,
Qu'en oncles, & coufins, vous trouverez fertile;
Et vous vous plairez fort à les entretenir.
D'abord, chez le beau monde on vous fera venir.
Vous irez vifiter, pour votre bien-venuë,
Madame la baillive, & madame l'éluë,
Qui d'un fiége pliant vous feront honorer.
Là, dans le carnaval, vous pourrez efpérer
Le bal, & la grand'bande, à fçavoir, deux mufettes,
Et, par-fois, Fagotin & les marionettes;
Si pourtant votre époux....

MARIANE.

Ah! Tu me fais mourir.
De tes confeils, plûtôt, fonge à me fecourir.

DORINE.

Je fuis votre fervante.

MARIANE.

Hé, Dorine, de grace....

DORINE.

Il faut, pour vous punir, que cette affaire paffe.

MARIANE.

Ma pauvre fille!

DORINE.

Non.

MARIANE.

Si mes vœux déclarés....

DORINE.

Point. Tartuffe eft votre homme, & vous en tâterez.

MARIANE.

Tu fçais qu'à toi, toujours, je me fuis confiée.
Fai-moi....

DORINE.

Non. Vous ferez, ma foi, tartuffiée.

MARIANE.

Hé bien, puifque mon fort ne fçauroit t'émouvoir,
Laiffe-moi déformais toute à mon défefpoir.
C'eft de lui que mon cœur empruntera de l'aide;
Et je fçais, de mes maux, l'infaillible reméde.

[*Elle veut s'en aller.*]

DORINE.

Hé, là, là, revenez. Je quitte mon courroux.
Il faut, nonobftant tout, avoir pitié de vous.

MARIANE.

Vois-tu, fi l'on m'expofe à ce cruel martyre,
Je te le dis, Dorine, il faudra que j'expire.

DORINE.

Ne vous tourmentez point. On peut adroitement
Empêcher.... Mais voici Valére votre amant.

SCENE IV.

VALERE, MARIANE, DORINE.

VALERE.

ON vient de débiter, Madame, une nouvelle,
Que je ne sçavois pas, & qui sans doute est belle.

MARIANE.

Quoi ?

VALERE.

Que vous épousez Tartuffe.

MARIANE.

Il est certain
Que mon pere s'est mis en tête ce dessein.

VALERE.

Votre pere, Madame . . . .

MARIANE.

A changé de visée.
La chose vient par lui de m'être proposée.

VALERE.

Quoi ! Sérieusement ?

MARIANE.

Oui, sérieusement.
Il s'est, pour cet hymen, déclaré hautement.

VALERE.

Et quel est le dessein où votre ame s'arrête,
Madame ?

MARIANE.

Je ne fçais.

VALERE.

La réponse eft honnête.

Vous ne fçavez?

MARIANE.

Non.

VALERE.

Non?

MARIANE.

Que me confeillez-vous?

VALERE.

Je vous confeille, moi, de prendre cet époux.

MARIANE.

Vous me le confeillez?

VALERE.

Oui.

MARIANE.

Tout de bon?

VALERE,

Sans doute.

Le choix eft glorieux, & vaut bien qu'on l'écoute.

MARIANE,

Hé bien, c'eft un confeil, Monfieur, que je reçoi.

VALERE.

Vous n'aurez pas grand' peine à le fuivre, je croi.

MARIANE.

Pas plus qu'à le donner en a souffert votre ame.

VALERE.

Moi, je vous l'ai donné pour vous plaire, Madame.

MARIANE.

Et moi, je le suivrai, pour vous faire plaisir.

DORINE *se retirant dans le fond du théatre.*

Voyons ce qui pourra de ceci réussir.

VALERE.

C'est donc ainsi qu'on aime? Et c'étoit tromperie,
Quand vous ...

MARIANE.

Ne parlons point de cela, je vous prie.
Vous m'avez dit, tout franc, que je dois accepter
Celui que, pour époux, on me veut présenter;
Et je déclare, moi, que je prétends le faire,
Puisque vous m'en donnez le conseil salutaire.

VALERE.

Ne vous excusez point sur mes intentions.
Vous aviez pris déjà vos résolutions;
Et vous vous saisissez d'un prétexte frivole,
Pour vous autoriser à manquer de parole.

MARIANE.

Il est vray, c'est bien dit.

VALERE.

Sans doute; & votre cœur
N'a jamais eu pour moi de véritable ardeur.

MARIANE.

MARIANE.

Hélas ! Permis à vous d'avoir cette penſée.

VALERE.

Oui, oui, permis à moi ; mais mon ame offenſée
Vous préviendra, peut-être, en un pareil deſſein ;
Et je ſçais où porter, & mes vœux, & ma main.

MARIANE.

Ah ! Je n'en doute point ; & les ardeurs qu'excite
Le mérite...

VALERE.

Mon Dieu ! Laiſſons-là le mérite,
J'en ai fort peu ſans doute ; & vous en faites foi.
Mais j'eſpére aux bontés qu'une autre aura pour moi ;
Et j'en ſçais de qui l'ame, à ma retraite ouverte,
Conſentira ſans honte à réparer ma perte.

MARIANE.

La perte n'eſt pas grande ; &, de ce changement,
Vous vous conſolerez aſſez facilement.

VALERE.

J'y ferai mon poſſible, & vous le pouvez croire.
Un cœur qui nous oublie, engage notre gloire,
Il faut, à l'oublier, mettre auſſi tous nos ſoins ;
Si l'on n'en vient à bout, on le doit feindre au moins,
Et cette lâcheté jamais ne ſe pardonne,
De montrer de l'amour pour qui nous abandonne.

Tome IV.   G g

MARIANE.

Ce fentiment, fans doute, eft noble & relevé.

VALERE.

Fort bien ; &, d'un chacun, il doit être approuvé.
Hé quoi ! Vous voudriez qu'à jamais, dans mon ame,
Je gardaffe pour vous les ardeurs de ma flâme ?
Et vous viffe, à mes yeux, paffer en d'autres bras,
Sans mettre ailleurs un cœur dont vous ne voulez pas ?

MARIANE.

Au contraire, pour moi, c'eft ce que je fouhaite ;
Et je voudrois déjà que la chofe fût faite.

VALERE.

Vous le voudriez ?

MARIANE.

Oui.

VALERE.

C'eft affez m'infulter,
Madame ; &, de ce pas, je vais vous contenter.
[*Il fait un pas pour s'en aller.*]

MARIANE.

Fort bien.

VALERE *revenant.*

Souvenez-vous au moins, que c'eft vous-même
Qui contraignez mon cœur à cet effort extrême.

MARIANE.

Oui.

VALERE *revenant encore.*

Et que le deffein que mon ame conçoit,
N'eft rien qu'à votre exemple.

MARIANE.

A mon exemple , foit.

VALERE *en fortant.*

Suffit. Vous allez être à point nommé fervie.

MARIANE.

Tant mieux.

VALERE *revenant encore.*

Vous me voyez, c'eft pour toute ma vie.

MARIANE.

A la bonne heure.

VALERE *fe retournant lorfqu'il eft prêt à fortir.*

Hé ?

MARIANE.

Quoi ?

VALERE.

Ne m'appellez-vous pas ?

MARIANE.

Moi ? Vous rêvez.

VALERE.

Hé bien, je pourfuis donc mes pas.

Adieu , Madame.

[*Il s'en va lentement.*]

MARIANE.

Adieu , Monfieur.

DORINE *à Mariane.*

Pour moi, je penſe

Que vous perdez l'eſprit par cette extravagance;
Et je vous ai laiſſés tout du long quereller,
Pour voir où tout cela pourroit enfin aller.
Holà, ſeigneur Valere.

[*Elle arrête Valére par le bras.*]

VALERE feignant de réſiſter.

Hé, que veux-tu Dorine?

DORINE

Venez ici.

VALERE.

Non, non, le dépit me domine.

Ne me détourne point de ce qu'elle a voulu.

DORINE.

Arrêtez.

VALERE.

Non. Vois-tu, c'eſt un point réſolu.

DORINE.

Ah!

MARIANE à part.

Il ſouffre à me voir, ma préſence le chaſſe;

Et je ferai bien mieux de lui quitter la place.

DORINE quittant Valére & courant après Mariane.

A l'autre. Où courez-vous?

MARIANE.

Laiſſe.

COMEDIE. 37

DORINE.

Il faut revenir.

MARIANE.

Non, non, Dorine, en vain tu veux me retenir.

VALERE *à part.*

Je vois bien que ma vûë est pour elle un supplice;
Et, sans doute, il vaut mieux que je l'en affranchisse.

DORINE *quittant Mariane & courant après Valére.*

Encor? Diantre soit fait de vous! Si.... Je le veux
Cessez ce badinage, & venez-çà tous deux.

> [*Elle prend Valére & Mariane par la main, & les
> raméne.*]

VALERE *à Dorine.*

Mais quel est ton dessein?

MARIANE *à Dorine.*

Qu'est-ce que tu veux faire?

DORINE.

Vous bien remettre ensemble, & vous tirer d'affaire.

[*à Valére.*]

Etes-vous fou, d'avoir un pareil démêlé?

VALERE.

N'as-tu pas entendu comme elle m'a parlé?

DORINE *à Mariane.*

Etes-vous folle, vous, de vous être emportée?

MARIANE.

N'as-tu pas vû la chose, & comme il m'a traitée?

DORINE.

[*à Valére.*]

Sottife des deux parts. Elle n'a d'autre foin,
Que de fe conferver à vous, j'en fuis témoin.

[*à Mariane.*]

Il n'aime que vous feule, & n'a point d'autre envie,
Que d'être votre époux, j'en réponds fur ma vie.

MARIANE *à Valére.*

Pourquoi donc me donner un femblable confeil?

VALERE *à Mariane.*

Pourquoi m'en demander fur un fujet pareil?

DORINE.

Vous étes fous tous deux. Çà la main, l'un & l'autre.

[*à Valere.*]

Allons, vous.

VALERE *en donnant fa main à Dorine.*

A quoi bon ma main?

DORINE.

[*à Mariane.*]

Ah! Çà, la vôtre.

MARIANE *en donnant auffi fa main.*

De quoi fert tout cela?

DORINE.

Mon Dieu! Vîte, avancez.
Vous vous aimez tous deux plus que vous ne penfez.

[*Valére & Mariane fe tiennent quelque tems par la main fans
fe regarder.*]

VALERE *se tournant vers Mariane.*

Mais ne faites donc point les chofes avec peine,
Et regardez un peu les gens fans nulle haine.

[*Mariane se tourne du côté de Valére en lui souriant.*]

DORINE.

A vous dire le vray, les amans font bien fous !

VALERE *à Mariane.*

Oh-çà, n'ai-je pas lieu de me plaindre de vous ?
Et, pour n'en point mentir, n'étes-vous point méchante
De vous plaire à me dire une chofe affligeante ?

MARIANE.

Mais vous, n'étes-vous pas l'homme le plus ingrat ....

DORINE.

Pour une autre faifon, laiffons tout ce débat,
Et fongeons à parer ce fâcheux mariage.

MARIANE.

Di-nous donc quels refforts il faut mettre en ufage.

DORINE.

Nous en ferons agir de toutes les façons.

[*à Mariane.*]   [*à Valére.*]

Votre pere fe moque, & ce font des chanfons.

[*à Mariane.*]

Mais, pour vous, il vaut mieux qu'à fon extravagance,
D'un doux confentement vous prêtiez l'apparence,
Afin qu'en cas d'alarme, il vous foit plus aifé
De tirer en longueur cet hymen propofé.
En attrapant du tems, à tout on remédie.
Tantôt vous payerez de quelque maladie,

Qui viendra tout-à-coup , & voudra des délais ;
Tantôt vous payerez de préfage mauvais ;
Vous aurez fait d'un mort la rencontre fâcheufe ,
Caffé quelque miroir , ou fongé d'eau bourbeufe ;
Enfin , le bon de tout , c'eſt qu'à d'autres qu'à lui ,
On ne peut vous lier , que vous ne difiez , oui.
Mais , pour mieux réuffir , il eſt bon , ce me femble ,
Qu'on ne vous trouve point , tous deux , parlant enfemble.

   [*à Valére.*]

Sortez ; & , fans tarder , employez vos amis
Pour vous faire tenir ce qu'on vous a promis.

   [*à Mariane.*]

Nous , allons réveiller les efforts de fon frere ;
Et , dans notre parti , jetter la belle-mere.
Adieu.

    VALERE *à Mariane.*

  Quelques efforts que nous préparions tous ,
Ma plus grande efpérance , à vray dire , eſt en vous.

    MARIANE *à Valére.*

Je ne vous réponds pas des volontés d'un pere ;
Mais je ne ferai point à d'autre qu'à Valére.

    VALERE.

Que vous me comblez d'aife ! Et quoi que puiffe ofer . . .

    DORINE.

Ah ! Jamais les amans ne font las de jafer.
Sortez , vous dis-je.

    VALERE *revenant fur fes pas.*
    Enfin . . .

       DORINE.

DORINE.

                Quel caquet est le vôtre?
Tirez de cette part ; & vous, tirez de l'autre.

    [*Dorine les pousse chacun par l'épaule, & les oblige de se*
      séparer.]

Fin du second Acte.

Tome IV.   Hh

ACTE TROISIÉME.
SCENE PREMIERE.
DAMIS, DORINE.

DAMIS.

Ue la foudre, fur l'heure, achéve mes deſtins,
Qu'on me traite par tout du plus grand des
    faquins,
S'il eſt aucun reſpect, ni pouvoir qui m'ar-
    rête,
Et ſi je ne fais pas quelque coup de ma tête.

DORINE.

De grace, modérez un tel emportement.
Votre pere n'a fait qu'en parler ſimplement ;
On n'exécute pas tout ce qui ſe propoſe ;
Et le chemin eſt long du projet à la choſe.

DAMIS.

Il faut que de ce fat j'arrête les complots,
Et qu'à l'oreille, un peu, je lui diſe deux mots.

DORINE.

Ah ! Tout doux. Envers lui, comme envers votre pere,
Laiſſez agir les ſoins de votre belle-mere.

Sur l'efprit de Tartuffe, elle a quelque crédit;
Il fe rend complaifant à tout ce qu'elle dit;
Et pourroit bien avoir douceur de cœur pour elle.
Plût à Dieu qu'il fût vray! La chofe feroit belle.
Enfin, votre intérêt l'oblige à le mander,
Sur l'hymen qui vous trouble, elle veut le fonder,
Sçavoir fes fentimens; & lui faire connoître
Quels fâcheux démêlés il pourra faire naître,
S'il faut qu'à ce deffein il prête quelque efpoir.
Son valet dit qu'il prie, & je n'ai pû le voir;
Mais ce valet m'a dit qu'il s'en alloit defcendre.
Sortez donc, je vous prie, & me laiffez l'attendre.

DAMIS.

Je puis être préfent à tout cet entretien.

DORINE.

Point. Il faut qu'ils foient feuls.

DAMIS.

Je ne lui dirai rien.

DORINE.

Vous vous moquez. On fçait vos tranfports ordinaires,
Et c'eft le vray moyen de gâter les affaires.
Sortez.

DAMIS.

Non. Je veux voir, fans me mettre en courroux.

DORINE.

Que vous étes fâcheux! Il vient. Retirez-vous.

[Damis va fe cacher dans un cabinet qui eft au fond du théatre.]

H h ij

SCENE II.
TARTUFFE, DORINE.

TARTUFFE *parlant haut à son valet qui est dans la maison,*
dès qu'il apperçoit Dorine.

Laurent, ferrez ma haire, avec ma difcipline,
Et priez que toujours le Ciel vous illumine.
Si l'on vient pour me voir, je vais, aux prifonniers,
Des aumônes que j'ai partager les deniers.

DORINE *à part.*

Que d'affectation, & de forfanterie !

TARTUFFE.

Que voulez-vous ?

DORINE.

Vous dire…

TARTUFFE *tirant un mouchoir de fa poche.*

Ah! Mon Dieu! Je vous prie,
Avant que de parler, prenez-moi ce mouchoir.

DORINE.

Comment ?

TARTUFFE.

Couvrez ce fein, que je ne fçaurois voir.
Par de pareils objets les ames font bleffées,
Et cela fait venir de coupables penfées.

DORINE.

Vous étes donc bien tendre à la tentation,
Et la chair fur vos fens fait grande impreffion ?

Certes, je ne fçais pas quelle chaleur vous monte;
Mais à convoiter, moi, je ne fuis pas fi promte;
Et je vous verrois nud, du haut jufques en bas,
Que toute votre peau ne me tenteroit pas.

TARTUFFE.

Mettez dans vos difcours un peu de modeftie,
Ou je vais, fur le champ, vous quitter la partie.

DORINE.

Non, non, c'eft moi qui vais vous laiffer en repos,
Et je n'ai feulement qu'à vous dire deux mots.
Madame va venir dans cette falle baffe,
Et d'un mot d'entretien vous demande la grace.

TARTUFFE

Hélas! Très-volontiers.

DORINE *à part.*

Comme il fe radoucit!
Ma foi, je fuis toujours pour ce que j'en ai dit.

TARTUFFE.

Viendra-t-elle bientôt?

DORINE.

Je l'entends, ce me femble.
Oui, c'eft elle en perfonne, & je vous laiffe enfemble.

SCENE III.

ELMIRE, TARTUFFE.

TARTUFFE.

QUe le Ciel à jamais, par sa toute bonté,
Et de l'ame & du corps vous donne la santé,
Et béniffe vos jours, autant que le défire
Le plus humble de ceux que fon amour infpire.

ELMIRE.

Je fuis fort obligée à ce fouhait pieux ;
Mais prenons une chaife, afin d'être un peu mieux.

TARTUFFE *affis*.

Comment, de votre mal, vous fentez-vous remife ?

ELMIRE *affife*.

Fort bien ; & cette fiévre a bientôt quitté prife.

TARTUFFE.

Mes priéres n'ont pas le mérite qu'il faut,
Pour avoir attiré cette grace d'en-haut ;
Mais je n'ai fait au Ciel nulle dévote inftance,
Qui n'ait eu pour objet votre convalefcence.

ELMIRE.

Votre zéle pour moi s'eft trop inquiété.

TARTUFFE.

On ne peut trop chérir votre chere fanté ;
Et, pour la rétablir, j'aurois donné la mienne.

ELMIRE.

C'eft pouffer bien avant la charité chrétienne,

Et je vous dois beaucoup, pour toutes ces bontés.

TARTUFFE.

Je fais bien moins pour vous, que vous ne méritez.

ELMIRE.

J'ai voulu vous parler en secret d'une affaire,
Et suis bien-aise, ici, qu'aucun ne nous éclaire.

TARTUFFE.

J'en suis ravi de même ; &, sans doute, il m'est doux,
Madame, de me voir, seul à seul, avec vous.
C'est une occasion qu'au Ciel j'ai demandée,
Sans que, jusqu'à cette heure, il me l'ait accordée.

ELMIRE.

Pour moi, ce que je veux, c'est un mot d'entretien,
Où tout votre cœur s'ouvre, & ne me cache rien.

[*Damis, sans se montrer, entr'ouvre la porte du cabinet dans
lequel il s'étoit retiré, pour entendre la conversation.*]

TARTUFFE.

Et je ne veux aussi, pour grace singuliére,
Que montrer à vos yeux mon ame toute entiére ;
Et vous faire serment, que les bruits que j'ai faits
Des visites qu'ici reçoivent vos attraits,
Ne sont pas, envers vous, l'effet d'aucune haine,
Mais plûtôt d'un transport de zéle qui m'entraîne,
Et d'un pur mouvement . . .

ELMIRE.

Je le prends bien aussi,
Et crois que mon salut vous donne ce souci.

TARTUFFE *prenant la main d'Elmire, & lui ferrant les doigts.*

Oui, Madame, fans doute, & ma ferveur eft telle...

ELMIRE

Ouf, vous me ferrez trop.

TARTUFFE.

C'eft par excès de zéle.

De vous faire aucun mal, je n'eus jamais deffein,
Et j'aurois bien plûtôt...

[*Il met la main fur les genoux d'Elmire.*]

ELMIRE.

Que fait là votre main ?

TARTUFFE.

Je tâte votre habit, l'étoffe en eft moëlleufe.

ELMIRE.

Ah ! De grace, laiffez, je fuis fort chatouilleufe.

[*Elmire recule fon fauteüil, & Tartuffe fe rapproche d'elle.*]

TARTUFFE *maniant le fichu d'Elmire.*

Mon Dieu ! Que de ce point l'ouvrage eft merveilleux !
On travaille aujourd'hui d'un air miraculeux ;
Jamais en toute chofe on n'a vû fi bien faire.

ELMIRE.

Il eft vray. Mais parlons un peu de notre affaire.
On tient que mon mari veut dégager fa foi,
Et vous donner fa fille. Eft-il vray ? Dites-moi.

TARTUFFE.

Il m'en a dit deux mots ; mais, Madame, à vray dire,
Ce n'eft pas le bonheur après quoi je foupire ;

Et

Et je vois autre part les merveilleux attraits
De la félicité qui fait tous mes fouhaits.

ELMIRE.

C'eft que vous n'aimez rien des chofes de la terre.

TARTUFFE.

Mon fein n'enferme point un cœur qui foit de pierre.

ELMIRE

Pour moi, je crois qu'au Ciel tendent tous vos foupirs,
Et que rien, ici bas, n'arrête vos défirs.

TARTUFFE.

L'amour qui nous attache aux beautés éternelles,
N'étouffe pas en nous l'amour des temporelles.
Nos fens facilement peuvent être charmés
Des ouvrages parfaits que le Ciel a formés.
Ses attraits réfléchis brillent dans vos pareilles ;
Mais il étale en vous fes plus rares merveilles.
Il a, fur votre face, épanché des beautés,
Dont les yeux font furpris, & les cœurs tranfportés ;
Et je n'ai pû vous voir parfaite créature,
Sans admirer en vous l'auteur de la nature ;
Et d'un ardent amour fentir mon cœur atteint,
Au plus beau des portraits, où lui-même il s'eft peint.
D'abord, j'appréhendai que cette ardeur fecrette
Ne fût du noir efprit une furprife adroite ;
Et même, à fuir vos yeux, mon cœur fe réfolut,
Vous croyant un obftacle à faire mon falut.
Mais enfin, je connus, ô beauté tout aimable.
Que cette paffion peut n'être point coupable ;

Tome IV. I i

Que je puis l'ajuster avecque la pudeur,

Et c'est ce qui m'y fait abandonner mon cœur.

Ce m'est, je le confesse, une audace bien grande,

Que d'oser de ce cœur vous adresser l'offrande;

Mais j'attends, en mes vœux, tout de votre bonté,

Et rien des vains efforts de mon infirmité.

En vous est mon espoir, mon bien, ma quiétude;

De vous dépend ma peine, ou ma béatitude;

Et je vais être enfin, par votre seul arrêt,

Heureux, si vous voulez; malheureux, s'il vous plaît.

ELMIRE.

La déclaration est tout-à-fait galante,

Mais elle est, à vray dire, un peu bien surprenante.

Vous deviez, ce me semble, armer mieux votre sein,

Et raisonner un peu sur un pareil dessein.

Un dévot comme vous, & que par tout on nomme...

TARTUFFE.

Ah! Pour être dévot, je n'en suis pas moins homme;

Et, lorsqu'on vient à voir vos célestes appas,

Un cœur se laisse prendre, & ne raisonne pas.

Je sçais qu'un tel discours de moi paroît étrange,

Mais, Madame, après tout, je ne suis pas un ange;

Et, si vous condamnez l'aveu que je vous fais,

Vous devez vous en prendre à vos charmans attraits.

Dès que j'en vis briller la splendeur plus qu'humaine,

De mon intérieur vous fûtes souveraine;

De vos regards divins l'inéffable douceur,

Força la résistance où s'obstinoit mon cœur;

Elle furmonta tout, jeûnes, priéres, larmes,
Et tourna tous mes vœux du côté de vos charmes.
Mes yeux & mes foupirs, vous l'ont dit mille fois ;
Et, pour mieux m'expliquer, j'employe ici la voix.
Que fi vous contemplez, d'une ame un peu bénigne,
Les tribulations de votre efclave indigne,
S'il faut que vos bontés veuillent me confoler,
Et jufqu'à mon néant daignent fe ravaler,
J'aurai toujours pour vous, ô fuave merveille,
Une dévotion à nulle autre pareille.
Votre honneur, avec moi, ne court point de hazard,
Et n'a nulle difgrace à craindre de ma part.
Tous ces galans de cour, dont les femmes font folles,
Sont brüyans dans leurs faits, & vains dans leurs paroles ;
De leurs progrès, fans ceffe, on les voit fe targuer ;
Ils n'ont point de faveurs, qu'ils n'aillent divulguer ;
Et leur langue indifcrette en qui l'on fe confie,
Deshonore l'autel, où leur cœur facrifie.
Mais les gens comme nous brûlent d'un feu difcret,
Avec qui, pour toujours, on eft fûr du fecret.
Le foin que nous prenons de notre renommée,
Répond de toute chofe à la perfonne aimée ;
Et c'eft en nous qu'on trouve, acceptant notre cœur,
De l'amour fans fcandale, & du plaifir fans peur.

ELMIRE.

Je vous écoute dire ; & votre rhétorique,
En termes affez forts, à mon ame s'explique.

I i ij

N'appréhendez-vous point, que je ne fois d'humeur
A dire à mon mari cette galante ardeur?
Et que le promt avis d'un amour de la forte,
Ne pût bien altérer l'amitié qu'il vous porte?

TARTUFFE.

Je fçais que vous avez trop de bénignité,
Et que vous ferez grace à ma témérité;
Que vous m'excuferez, fur l'humaine foiblesse,
Des violens tranfports d'un amour qui vous blésse;
Et confidérerez, en regardant votre air,
Que l'on n'est pas aveugle, & qu'un homme est de chair.

ELMIRE.

D'autres prendroient cela d'autre façon peut-être;
Mais ma difcrétion fe veut faire paroître,
Je ne redirai point l'affaire à mon époux;
Mais je veux, en revanche, une chofe de vous.
C'est de preffer tout franc, & fans nulle chicane,
L'union de Valére avecque Mariane,
De renoncer vous-même à l'injuste pouvoir
Qui veut du bien d'un autre enrichir votre efpoir;
Et....

SCENE IV.

ELMIRE, DAMIS, TARTUFFE.

DAMIS *sortant du Cabinet où il s'étoit retiré.*

Non, Madame, non, ceci doit se répandre.
J'étois en cet endroit, d'où j'ai pû tout entendre;
Et la bonté du Ciel m'y semble avoir conduit,
Pour confondre l'orgueil d'un traître qui me nuit;
Pour m'ouvrir une voye à prendre la vengeance
De son hypocrisie & de son insolence;
A détromper mon pere, & lui mettre en plein jour
L'ame d'un scélérat qui vous parle d'amour.

ELMIRE.

Non, Damis. Il suffit qu'il se rende plus sage,
Et tâche à mériter la grace où je m'engage.
Puisque je l'ai promis, ne m'en dédites pas.
Ce n'est point mon humeur de faire des éclats;
Une femme se rit de sottises pareilles,
Et jamais d'un mari n'en trouble les oreilles.

DAMIS.

Vous avez vos raisons pour en user ainsi;
Et, pour faire autrement, j'ai les miennes aussi.
Le vouloir épargner est une raillerie;
Et l'insolent orgueil de sa cagoterie,

N'a triomphé que trop de mon juste courroux,
Et que trop excité de désordre chez nous.
Le fourbe, trop long-tems, a gouverné mon pere,
Et desservi mes feux, avec ceux de Valére.
Il faut que du perfide il soit désabusé,
Et le Ciel, pour cela, m'offre un moyen aisé.
De cette occasion, je lui suis redevable,
Et, pour la négliger, elle est trop favorable.
Ce seroit mériter qu'il me la vint ravir,
Que de l'avoir en main, & ne m'en pas servir.

ELMIRE

Damis....

DAMIS.

Non, s'il vous plaît, il faut que je me croye.
Mon ame est maintenant au comble de sa joye,
Et vos discours, en vain, prétendent m'obliger
A quitter le plaisir de me pouvoir venger.
Sans aller plus avant, je vais vuider l'affaire,
Et voici, justement, de quoi me satisfaire.

COMEDIE. 255

SCENE V.

ORGON, ELMIRE, DAMIS, TARTUFFE.

DAMIS.

NOus allons régaler, mon pere, votre abord
 D'un incident tout frais, qui vous furprendra fort.
Vous étes bien payé de toutes vos careffes ;
Et monfieur, d'un beau prix, reconnoît vos tendreffes.
Son grand zéle, pour vous, vient de fe déclarer ;
Il ne va pas à moins, qu'à vous déshonorer ;
Et je l'ai furpris là, qui faifoit à madame
L'injurieux aveu d'une coupable flâme.
Elle eft d'une humeur douce, & fon cœur trop difcret
Vouloit, à toute force, en garder le fecret ;
Mais je ne puis flater une telle impudence,
Et crois que vous la taire, eft vous faire une offenfe.

ELMIRE.

Oui. Je tiens que jamais, de tous ces vains propos,
On ne doit d'un mari traverfer le repos ;
Que ce n'eft point de là que l'honneur peut dépendre,
Et qu'il fuffit, pour nous, de fçavoir nous défendre.
Ce font mes fentimens ; & vous n'auriez rien dit,
Damis, fi j'avois eu fur vous quelque crédit.

SCENE VI.
ORGON, DAMIS, TARTUFFE.

ORGON.

CE que je viens d'entendre, ô Ciel ! Eſt-il croyable ?

TARTUFFE.

Oui, mon frere, je ſuis un méchant, un coupable,
Un malheureux pécheur, tout plein d'iniquité,
Le plus grand ſcélérat qui jamais ait été.
Chaque inſtant de ma vie eſt chargé de ſouillures,
Elle n'eſt qu'un amas de crimes & d'ordures ;
Et je vois que le Ciel, pour ma punition,
Me veut mortifier en cette occaſion.
De quelque grand forfait qu'on me puiſſe reprendre,
Je n'ai garde d'avoir l'orgueil de m'en défendre.
Croyez ce qu'on vous dit, armez votre courroux,
Et, comme un criminel, chaſſez-moi de chez vous.
Je ne ſçaurois avoir tant de honte en partage,
Que je ne n'en aye encor mérité davantage.

ORGON *à ſon fils.*

Ah ! Traître, oſes-tu bien, par cette fauſſeté,
Vouloir de ſa vertu ternir la pureté ?

DAMIS.

Quoi ! La feinte douceur de cettte ame hypocrite
Vous fera démentir . . . .

ORGON.

Tai-toi, peſte maudite.

TARTUFFE.

TARTUFFE.

Ah ! Laissez-le parler, vous l'accusez à tort,
Et vous ferez bien mieux de croire à son rapport.
Pourquoi, sur un tel fait, m'être si favorable ?
Sçavez-vous, après tout, de quoi je suis capable ?
Vous fiez-vous, mon frere, à mon extérieur ?
Et, pour tout ce qu'on voit, me croyez-vous meilleur ?
Non, non, vous vous laissez tromper à l'apparence,
Et je ne suis rien moins, hélas ! que ce qu'on pense.
Tout le monde me prend pour un homme de bien ;
Mais la vérité pure est que je ne vaux rien.

[s'adressant à Damis.]

Oui, mon cher fils, parlez, traitez-moi de perfide,
D'infame, de perdu, de voleur, d'homicide ;
Accablez-moi de noms encor plus détestés,
Je n'y contredis point, je les ai mérités ;
Et j'en veux, à genoux, souffrir l'ignominie,
Comme une honte dûë aux crimes de ma vie.

ORGON.

[à Tartuffe.]   *[à son fils.]*

Mon frere, c'en est trop. Ton cœur ne se rend point,
Traître ?

DAMIS.

Quoi ! Ses discours vous séduiront au point....

ORGON.

[relevant Tartuffe.]

Tai toi, pendard. Mon frere, hé ! Levez-vous, de grace.

[*à son fils.*]

Infame.

DAMIS.

Il peut....

ORGON.

Tai-toi.

DAMIS.

J'enrage. Quoi! Je paſſe....

ORGON.

Si tu dis un ſeul mot, je te romprai les bras.

TARTUFFE.

Mon frere, au nom de Dieu, ne vous emportez pas.
J'aimerois mieux ſouffrir la peine la plus dure,
Qu'il eût reçû pour moi la moindre égratigneure.

ORGON *à son fils.*

Ingrat.

TARTUFFE.

Laiſſez-le en paix. S'il faut, à deux genoux ;
Vous demander ſa grace....

ORGON *ſe jettant auſſi à genoux & embraſſant Tartuffe.*

Hélas! Vous moquez-vous?

[*A son fils.*]

Coquin , voi ſa bonté,

DAMIS.

Donc....

ORGON.

Paix.

DAMIS.

Quoi ! Je....

ORGON.

Paix, dis-je.

Je fçais bien quel motif à l'attaquer t'oblige.
Vous le haïffez tous, & je vois aujourd'hui,
Femme, enfans, & valets, déchainés contre lui.
On met impudemment toute chofe en ufage,
Pour ôter de chez moi ce dévot perfonnage;
Mais plus on fait d'effort afin de l'en bannir,
Plus j'en veux employer à l'y mieux retenir,
Et je vais me hâter de lui donner ma fille,
Pour confondre l'orgueil de toute ma famille.

DAMIS.

A recevoir fa main, on penfe l'obliger ?

ORGON.

Oui, traître ; & dès ce foir, pour vous faire enrager.
Ah! Je vous brave tous, & vous ferai connoître
Qu'il faut qu'on m'obéïffe, & que je fuis le maître.
Allons, qu'on fe rétracte; & qu'à l'inftant, fripon,
On fe jette à fes piéds, pour demander pardon.

DAMIS.

Qui? Moi? De ce coquin, qui par fes impoftures...

ORGON.

Ah! Tu réfiftes, gueux, & lui dis des injures?

[à Tartuffe.]

Un bâton, un bâton. Ne me retenez pas.

Kk ij

[*à son fils.*]

Sus ; que de ma maison on sorte de ce pas,
Et que d'y revenir on n'ait jamais l'audace.

DAMIS.

Oui, je sortirai ; mais ...

ORGON.

Vîte, quittons la place.

Je te prive, pendard, de ma succession,
Et te donne, de plus, ma malédiction.

SCENE VII.

ORGON, TARTUFFE.

ORGON.

OFfenser de la sorte une sainte personne !

TARTUFFE *à part.*

O Ciel ! Pardonne-lui la douleur qu'il me donne,

[*à Orgon.*]

Si vous pouviez sçavoir avec quel déplaisir,
Je vois qu'envers mon frere, on tâche à me noircir ...

ORGON,

Hélas !

TARTUFFE.

Le seul penser de cette ingratitude,
Fait souffrir à mon ame un supplice si rude ...
L'horreur que j'en conçois ... J'ai le cœur si serré,
Que je ne puis parler, & crois que j'en mourrai.

ORGON *courant tout en larmes à la porte par où il a* *chaffé fon fils.*

Coquin! Je me repens que ma main t'ai fait grace,
Et ne t'ait pas, d'abord, affommé fur la place.

[*à Tartuffe.*]

Remettez-vous, mon frere, & ne vous fâchez pas.

TARTUFFE.

Rompons, rompons le cours de ces fâcheux débats.
Je regarde céans quels grands troubles j'apporte,
Et crois qu'il eft befoin, mon frere, que j'en forte.

ORGON.

Comment! Vous moquez-vous?

TARTUFFE.

On m'y hait, & je voi
Qu'on cherche à vous donner des foupçons de ma foi,

ORGON.

Qu'importe? Voyez-vous que mon cœur les écoute?

TARTUFFE.

On ne manquera pas de pourfuivre, fans doute;
Et, ces mêmes rapports qu'ici vous rejettez,
Peut-être une autrefois feront-ils écoutés?

ORGON.

Non, mon frere, jamais.

TARTUFFE.

Ah! Mon frere, une femme
Aifément d'un mari peut bien furprendre l'ame.

ORGON.

Non, non,

TARTUFFE.

Laiſſez-moi vîte, en m'éloignant d'ici,
Leur ôter tout ſujet de m'attaquer ainſi.

ORGON.

Non, vous demeurerez, il y va de ma vie.

TARTUFFE.

Hé bien, il faudra donc que je me mortifie.
Pourtant, ſi vous vouliez …

ORGON.

Ah!

TARTUFFE.

Soit. N'en parlons plus.
Mais je ſçais comme il faut en uſer là-deſſus.
L'honneur eſt délicat, & l'amitié m'engage
A prévenir les bruits, & les ſujets d'ombrage.
Je fuirai votre épouſe, & vous ne me verrez …

ORGON.

Non, en dépit de tous, vous la fréquenterez.
Faire enrager le monde, eſt ma plus grande joye,
Et je veux qu'à toute heure, avec elle on vous voye.
Ce n'eſt pas tout encor. Pour les mieux braver tous,
Je ne veux point avoir d'autre héritier que vous;
Et je vais, de ce pas, en fort bonne maniére,
Vous faire de mon bien donation entiére.
Un bon & franc ami, que pour gendre je prends,
M'eſt bien plus cher que fils, que femme, & que parens.

COMEDIE.

N'accepterez-vous pas ce que je vous propose?
TARTUFFE.
La volonté du Ciel soit faite en toute chose.
ORGON.
Le pauvre homme ! Allons vîte en dresser un écrit,
Et que puisse l'envie en crever de dépit.

Fin du troisiéme Acte.

ACTE QUATRIÉME.

SCENE PREMIERE.

CLEANTE, TARTUFFE.

CLEANTE.

Ui, tout le monde en parle, & vous m'en
    pouvez croire.
L'éclat que fait ce bruit, n'eſt point à votre
    gloire ;
Et je vous ai trouvé, Monſieur, fort à propos,
Pour vous en dire net ma penſée en deux mots.
Je n'examine point à fond ce qu'on expoſe,
Je paſſe là-deſſus, & prends au pis la choſe.
Suppoſons que Damis n'en ait pas bien uſé,
Et que ce ſoit à tort qu'on vous ait accuſé ;
N'eſt-il pas d'un chrétien de pardonner l'offenſe,
Et d'éteindre en ſon cœur tout déſir de vengeance ?
Et devez-vous ſouffrir, pour votre démêlé,
Que du logis d'un pere, un fils ſoit exilé ?
Je vous le dis encore, & parle avec franchiſe,
Il n'eſt petit, ni grand, qui ne s'en ſcandaliſe ;

Et

Et, fi vous m'en croyez, vous pacifierez tout,
Et ne poufferez point les affaires à bout.
Sacrifiez à Dieu toute votre colére,
Et remettez le fils en grace avec le pere.

TARTUFFE.

Hélas! Je le voudrois, quant à moi, de bon cœur.
Je ne garde pour lui, Monfieur, aucune aigreur,
Je lui pardonne tout, de rien je ne le blâme,
Et voudrois le fervir du meilleur de mon ame.
Mais l'intérêt du Ciel n'y fçauroit confentir;
Et, s'il rentre céans, c'eft à moi d'en fortir.
Après fon action, qui n'eut jamais d'égale,
Le commerce, entre nous, porteroit du fcandale;
Dieu fçait ce que d'abord tout le monde en croiroit.
A pure politique on me l'imputeroit,
Et l'on diroit par tout que, me fentant coupable,
Je feins, pour qui m'accufe, un zéle charitable;
Que mon cœur l'appréhende, & veut le ménager
Pour le pouvoir, fous-main, au filence engager.

CLEANTE.

Vous nous payez ici d'excufes colorées,
Et toutes vos raifons, Monfieur, font trop tirées.
Des intérêts du Ciel, pourquoi vous chargez-vous?
Pour punir le coupable, a-t-il befoin de nous?
Laiffez-lui, laiffez-lui le foin de fes vengeances,
Ne fongez qu'au pardon qu'il prefcrit des offenfes;
Et ne regardez point aux jugemens humains,
Quand vous fuivez du Ciel les ordres fouverains.

Tome IV.   L l

Quoi! Le foible intérêt de ce qu'on pourra croire,
D'une bonne action empêchera la gloire?
Non, non, faifons toujours ce que le Ciel prefcrit,
Et d'aucun autre foin ne nous brouillons l'efprit.

TARTUFFE.

Je vous ai déjà dit que mon cœur lui pardonne,
Et c'eft faire, Monfieur, ce que le Ciel ordonne;
Mais, après le fcandale & l'affront d'aujourd'hui,
Le Ciel n'ordonne pas que je vive avec lui.

CLEANTE.

Et vous ordonne-t-il, Monfieur, d'ouvrir l'oreille
A ce qu'un pur caprice à fon pere confeille?
Et d'accepter le don qui vous eft fait d'un bien,
Où le droit vous oblige à ne prétendre rien?

TARTUFFE.

Ceux qui me connoîtront, n'auront pas la penfée
Que ce foit un effet d'une ame intéreffée.
Tous les biens de ce monde ont pour moi peu d'appas,
De leur éclat trompeur je ne m'éblouis pas;
Et fi je me réfous à recevoir du pere
Cette donation qu'il a voulu me faire,
Ce n'eft, à dire vray, que parce que je crains
Que tout ce bien ne tombe en de méchantes mains;
Qu'il ne trouve des gens, qui, l'ayant en partage,
En faffent, dans le monde, un criminel ufage;
Et ne s'en fervent pas, ainfi que j'ai deffein,
Pour la gloire du Ciel, & le bien du prochain.

CLEANTE.

Hé, Monſieur, n'ayez point ces délicates craintes,
Qui d'un juſte héritier peuvent cauſer les plaintes.
Souffrez, ſans vous vouloir embarraſſer de rien,
Qu'il ſoit, à ſes périls, poſſeſſeur de ſon bien;
Et ſongez qu'il vaut mieux encor qu'il en méſuſe,
Que ſi, de l'en fruſtrer, il faut qu'on vous accuſe.
J'admire ſeulement que, ſans confuſion,
Vous en ayez ſouffert la propoſition.
Car, enfin, le vray zéle a-t-il quelque maxime
Qui montre à dépouiller l'héritier légitime?
Et, s'il faut que le Ciel dans votre cœur ait mis
Un invincible obſtacle à vivre avec Damis,
Ne vaudroit-il pas mieux qu'en perſonne diſcrette,
Vous fiſſiez, de céans, une honnête retraite,
Que de ſouffrir ainſi, contre toute raiſon,
Qu'on en chaſſe pour vous le fils de la maiſon?
Croyez-moi, c'eſt donner de votre prud'hommie,
Monſieur....

TARTUFFE.

Il eſt, Monſieur, trois heures & demie.
Certain devoir pieux me demande là-haut,
Et vous m'excuſerez de vous quitter ſi-tôt.

CLEANTE ſeul.

Ah!

SCENE II.

ELMIRE, MARIANE, CLEANTE, DORINE.

DORINE *à Cléante.*

De grace, avec nous, employez-vous pour elle,
Monfieur; fon ame fouffre une douleur mortelle,
Et l'accord que fon pere a conclu pour ce foir,
La fait, à tous momens, entrer en déféfpoir.
Il va venir. Joignons nos efforts, je vous prie,
Et tâchons d'ébranler de force, ou d'induftrie,
Ce malheureux deffein qui nous a tous troublés.

SCENE III.

ORGON, ELMIRE, MARIANE, CLEANTE, DORINE.

ORGON.

Ah! Je me réjouis de vous voir affemblés.
[*à Mariane.*]
Je porte en ce contrat de quoi vous faire rire,
Et vous fçavez déjà ce que cela veut dire.

MARIANE *aux genoux d'Orgon.*

Mon pere, au nom du Ciel qui connoît ma douleur,
Et par tout ce qui peut émouvoir votre cœur,
Relâchez-vous un peu des droits de la naiffance,
Et difpenfez mes vœux de cette obéïffance.

Ne me réduifez point, par cette dure loi,
Jufqu'à me plaindre au Ciel de ce que je vous doi;
Et, cette vie, hélas! que vous m'avez donnée,
Ne me la rendez pas, mon pere, infortunée.
Si, contre un doux efpoir que j'avois pû former,
Vous me défendez d'être à ce que j'ofe aimer,
Au moins, par vos bontés qu'à vos genoux j'implore,
Sauvez-moi du tourment d'être à ce que j'abhorre;
Et ne me portez point à quelque défefpoir,
En vous fervant, fur moi, de tout votre pouvoir.

ORGON *à part.*

Allons, ferme, mon cœur, point de foibleffe humaine.

MARIANE.

Vos tendreffes pour lui, ne me font point de peine;
Faites-les éclater, donnez-lui votre bien;
Et, fi ce n'eft affez, joignez-y tout le mien,
J'y confens de bon cœur, & je vous l'abandonne;
Mais, au moins, n'allez pas jufques à ma perfonne,
Et fouffrez qu'un couvent, dans les auftérités,
Ufe les triftes jours que le Ciel m'a comptés.

ORGON,

Ah! Voilà juftement de mes religieufes,
Lorfqu'un pere combat leurs flâmes amoureufes.
Debout. Plus votre cœur répugne à l'accepter,
Plus ce fera pour vous matiére à mériter.
Mortifiez vos fens avec ce mariage,
Et ne me rompez pas la tête davantage.

DORINE.

Mais quoi!

ORGON.

Taifez-vous, vous. Parlez à votre écot.
Je vous défends, tout net, d'ofer dire un feul mot.

CLEANTE.

Si, par quelque confeil, vous fouffrez qu'on réponde....

ORGON.

Mon frere, vos confeils font les meilleurs du monde,
Ils font bien raifonnés, & j'en fais un grand cas;
Mais vous trouverez bon que je n'en ufe pas.

ELMIRE à Orgon.

A voir ce que je vois, je ne fçais plus que dire;
Et votre aveuglement fait que je vous admire.
C'eft être bien coëffé, bien prévenu de lui,
Que de nous démentir fur le fait d'aujourd'hui.

ORGON.

Je fuis votre valet, & crois les apparences.
Pour mon fripon de fils, je fçais vos complaifances;
Et vous avez eu peur de le défavouer
Du trait qu'à ce pauvre homme il a voulu jouer.
Vous étiez trop tranquille, enfin, pour être cruë,
Et vous auriez paru d'autre maniére émuë.

ELMIRE.

Eft-ce qu'au fimple aveu d'un amoureux tranfport,
Il faut que notre honneur fe gendarme fi fort?
Et ne peut-on répondre à tout ce qui le touche
Que le feu dans les yeux, & l'injure à la bouche?

Pour moi, de tels propos, je me ris fimplement ;
Et l'éclat, là-deffus, ne me plaît nullement.
J'aime qu'avec douceur nous nous montrions fages,
Et ne fuis point du tout pour ces prudes fauvages,
Dont l'honneur eft armé de griffes & de dents,
Et veut, au moindre mot, dévifager les gens.
Me préferve le Ciel d'une telle fageffe !
Je veux une vertu qui ne foit point diableffe,
Et crois que d'un refus la difcréte froideur,
N'en eft pas moins puiffante à rebuter un cœur.

ORGON.

Enfin, je fçais l'affaire, & ne prends point le change.

ELMIRE.

J'admire, encore un coup, cette foibleffe étrange.
Mais que me répondroit votre incrédulité,
Si je vous faifois voir qu'on vous dit vérité ?

ORGON.

Voir ?

ELMIRE.

Oui.

ORGON.

Chanfons.

ELMIRE.

Mais quoi ! Si je trouvois maniére
De vous le faire voir avec pleine lumiére ?

ORGON.

Contes en l'air.

ELMIRE.

Quel homme ! Au moins, répondez-moi.
Je ne vous parle pas de nous ajouter foi ;
Mais fuppofons ici que, d'un lieu qu'on peut prendre,
On vous fît clairement tout voir & tout entendre,
Que diriez-vous alors de votre homme de bien ?

ORGON.

En ce cas, je dirois que … Je ne dirois rien ;
Car cela ne fe peut.

ELMIRE.

L'erreur trop long-tems dure,
Et c'eft trop condamner ma bouche d'impofture.
Il faut que, par plaifir, & fans aller plus loin,
De tout ce qu'on vous dit, je vous faffe témoin.

ORGON.

Soit. Je vous prends au mot. Nous verrons votre adreffe,
Et comment vous pourrez remplir cette promeffe.

ELMIRE à Dorine.

Faites-le moi venir.

DORINE à Elmire.

Son efprit eft rufé,
Et peut-être, à furprendre, il fera malaifé.

ELMIRE à Dorine.

Non, on eft aifément duppé par ce qu'on aime,
Et l'amour propre engage à fe tromper foi-même.

[à Cléante, & à Mariane.]

Faites-le moi defcendre ; & , vous, retirez-vous.

SCENE

SCENE IV.

ELMIRE, ORGON.

ELMIRE.

Approchons cette table, & vous mettez deſſous.

ORGON.

Comment?

ELMIRE.

Vous bien cacher eſt un point néceſſaire.

ORGON.

Pourquoi ſous cette table?

ELMIRE.

Ah! Mon Dieu! Laiſſez faire,
J'ai mon deſſein en tête, & vous en jugerez.
Mettez-vous là, vous dis-je; &, quand vous y ſerez,
Gardez qu'on ne vous voye, & qu'on ne vous entende.

ORGON.

Je confeſſe qu'ici ma complaiſance eſt grande;
Mais, de votre entrepriſe, il vous faut voir ſortir.

ELMIRE

Vous n'aurez, que je crois, rien à me repartir.

[à Orgon *qui eſt ſous la table.*]

Au moins, je vais toucher une étrange matiére,
Ne vous ſcandaliſez en aucune manière,
Quoi que je puiſſe dire, il doit m'être permis;
Et c'eſt pour vous convaincre, ainſi que j'ai promis.

Tome IV.   M m

Je vais, par des douceurs, puisque j'y suis réduite,
Faire poser le masque à cette ame hypocrite,
Flater de son amour les désirs effrontés,
Et donner un champ libre à ses témérités.
Comme c'est pour vous seul, & pour mieux le confondre,
Que mon ame à ses vœux va feindre de répondre,
J'aurai lieu de cesser dès que vous vous rendrez,
Et les choses n'iront que jusqu'où vous voudrez.
C'est à vous d'arrêter son ardeur insensée,
Quand vous croirez l'affaire assez avant poussée,
D'épargner votre femme, & de ne m'exposer
Qu'à ce qu'il vous faudra pour vous désabuser.
Ce sont vos intérêts, vous en serez le maître,
Et... L'on vient. Tenez-vous, & gardez de paroître.

SCENE V.

TARTUFFE, ELMIRE, ORGON *sous la table.*

TARTUFFE.

ON m'a dit qu'en ce lieu vous me vouliez parler.

ELMIRE.

Oui. L'on a des secrets à vous y révéler ;
Mais tirez cette porte, avant qu'on vous les dise,
Et regardez par tout, de crainte de surprise.

[*Tartuffe va fermer la porte, & revient.*]

Une affaire pareille à celle de tantôt,
N'eſt pas aſſûrément ici ce qu'il nous faut.
Jamais il ne s'eſt vû de ſurpriſe de même,
Damis m'a fait, pour vous, une frayeur extrême;
Et vous avez bien vû que j'ai fait mes efforts
Pour rompre ſon deſſein, & calmer ſes tranſports.
Mon trouble, il eſt bien vray, m'a ſi fort poſſédée,
Que de le démentir je n'ai point eu l'idée;
Mais, par là, grace au Ciel, tout a bien mieux été,
Et les choſes en ſont en plus de ſûreté.
L'eſtime où l'on vous tient a diſſipé l'orage,
Et mon mari, de vous, ne peut prendre d'ombrage.
Pour mieux braver l'éclat des mauvais jugemens,
Il veut que nous ſoyons enſemble à tous momens;
Et c'eſt par où je puis, ſans peur d'être blâmée,
Me trouver ici ſeule avec vous enfermée,
Et ce qui m'autoriſe à vous ouvrir un cœur
Un peu trop promt, peut-être, à ſouffrir votre ardeur.

TARTUFFE.

Ce langage, à comprendre, eſt aſſez difficile,
Madame; & vous parliez tantôt d'un autre ſtile.

ELMIRE.

Ah! Si d'un tel refus vous étes en courroux,
Que le cœur d'une femme eſt mal connu de vous!
Et que vous ſçavez peu ce qu'il veut faire entendre,
Lorſque, ſi foiblement, on le voit ſe défendre!
Toujours notre pudeur combat dans ces momens,
Ce qu'on peut nous donner de tendres ſentimens.

Quelque raifon qu'on trouve à l'amour qui nous domte,
On trouve à l'avouer toujours un peu de honte,
On s'en défend d'abord ; mais, de l'air qu'on s'y prend,
On fait connoître affez que notre cœur fe rend ;
Qu'à nos vœux, par honneur, notre bouche s'oppofe,
Et que de tels refus promettent toute chofe.
C'eft vous faire, fans doute, un affez libre aveu,
Et, fur notre pudeur, me ménager bien peu ;
Mais, puifque la parole enfin en eft lâchée,
A retenir Damis, me ferois-je attachée ?
Aurois-je, je vous prie, avec tant de douceur,
Ecouté tout au long l'offre de votre cœur ?
Aurois-je pris la chofe ainfi qu'on m'a vû faire,
Si l'offre de ce cœur n'eût eu de quoi me plaire ?
Et lorfque j'ai voulu, moi-même, vous forcer
A refufer l'hymen qu'on venoit d'annoncer,
Qu'eft-ce que cette inftance a dû vous faire entendre,
Que l'intérêt qu'en vous on s'avife de prendre,
Et l'ennui qu'on auroit que ce nœud qu'on réfout,
Vint partager du moins un cœur que l'on veut tout ?

TARTUFFE.

C'eft, fans doute, Madame, une douceur extrême,
Que d'entendre ces mots d'une bouche qu'on aime ;
Leur miel, dans tous mes fens, fait couler à longs traits
Une fuavité qu'on ne goûta jamais.
Le bonheur de vous plaire, eft ma fuprême étude,
Et mon cœur, de vos vœux, fait fa béatitude ;

Mais ce cœur vous demande ici la liberté,
D'ofer douter un peu de fa félicité.
Je puis croire ces mots un artifice honnête,
Pour m'obliger à rompre un hymen qui s'apprête ;
Et , s'il faut librement m'expliquer avec vous,
Je ne me fierai point à des propos fi doux,
Qu'un peu de vos faveurs ,. après quoi je foupire,
Ne vienne m'affûrer tout ce qu'ils m'ont pû dire,
Et planter dans mon ame une conftante foi
Des charmantes bontés que vous avez pour moi.

      E L M I R E *après avoir touffé pour avertir fon mari.*

Quoi ! Vous voulez aller avec cette vîteffe,
Et d'un cœur, tout d'abord, épuifer la tendreffe ?
On fe tuë à vous faire un aveu des plus doux,
Cependant, ce n'eft pas encore affez pour vous ;
Et l'on ne peut aller jufqu'à vous fatisfaire,
Qu'aux derniéres faveurs on ne pouffe l'affaire ?

        T A R T U F F E.

Moins on mérite un bien, moins on l'ofe efpérer.
Nos vœux, fur des difcours, ont peine à s'affûrer.
On foupçonne aifément un fort tout plein de gloire,
Et l'on veut en jouir avant que de le croire.
Pour moi, qui crois fi peu mériter vos bontés,
Je doute du bonheur de mes témérités ;
Et je ne croirai rien, que vous n'ayez, Madame,
Par des réalités, fçû convaincre ma flâme,

ELMIRE.

Mon Dieu! Que votre amour en vray tyran agit,
Et qu'en un trouble étrange il me jette l'esprit!
Que sur les cœurs il prend un furieux empire,
Et qu'avec violence il veut ce qu'il désire!
Quoi! De votre poursuite, on ne peut se parer,
Et vous ne donnez pas le tems de respirer?
Siéd-il bien de tenir une rigueur si grande,
De vouloir sans quartier, les choses qu'on demande;
Et d'abuser ainsi, par vos efforts pressans,
Du foible que, pour vous, vous voyez qu'ont les gens?

TARTUFFE.

Mais, si, d'un œil benin, vous voyez mes hommages,
Pourquoi m'en refuser d'assurés témoignages?

ELMIRE.

Mais comment consentir à ce que vous voulez,
Sans offenser le Ciel, dont toujours vous parlez?

TARTUFFE.

Si ce n'est que le Ciel qu'à mes vœux on oppose,
Lever un tel obstacle, est à moi peu de chose;
Et cela ne doit point retenir votre cœur.

ELMIRE.

Mais des arrêts du Ciel on nous fait tant de peur.

TARTUFFE.

Je puis vous dissiper ces craintes ridicules,
Madame; & je sçais l'art de lever les scrupules.

Le Ciel défend, de vray, certains contentemens ;
Mais on trouve avec lui des accommodemens.
Selon divers befoins, il eft une fcience
D'étendre les liens de notre confcience,
Et de rectifier le mal de l'action
Avec la pureté de notre intention.
De ces fecrets, Madame, on fçaura vous inftruire ;
Vous n'avez feulement qu'à vous laiffer conduire.
Contentez mon défir, & n'ayez point d'effroi,
Je vous réponds de tout, & prends le mal fur moi.

[*Elmire touffe plus fort.*]

Vous touffez fort, Madame.

ELMIRE.

Oui, je fuis au fupplice.

TARTUFFE *préfentant à Elmire un cornet de papier.*

Vous plaît-il un morceau de ce jus de régliffe ?

ELMIRE.

C'eft un rhume obftiné, fans doute ; & je vois bien
Que tous les jus du monde, ici, ne feront rien.

TARTUFFE.

Cela, certe, eft fâcheux.

ELMIRE.

Oui, plus qu'on ne peut dire.

TARTUFFE.

Enfin, votre fcrupule eft facile à détruire.
Vous êtes affûrée ici d'un plein fecret,
Et le mal n'eft jamais que dans l'éclat qu'on fait.

Le scandale du monde est ce qui fait l'offense ;
Et ce n'est pas pécher, que pécher en silence.

ELMIRE *après avoir encore toussé & frappé sur*
la table.

Enfin je vois qu'il faut se résoudre à céder,
Qu'il faut que je consente à vous tout accorder ;
Et qu'à moins de cela, je ne dois point prétendre,
Qu'on puisse être content, & qu'on veuille se rendre.
Sans doute, il est fâcheux d'en venir jusques-là,
Et c'est bien, malgré moi, que je franchis cela ;
Mais puisque l'on s'obstine à m'y vouloir réduire,
Puisqu'on ne veut point croire à tout ce qu'on peut dire,
Et qu'on veut des témoins qui soient plus convainquans,
Il faut bien s'y résoudre, & contenter les gens.
Si ce contentement porte en soi quelque offense,
Tant pis pour qui me force à cette violence ;
La faute assûrément n'en doit point être à moi.

TARTUFFE.

Oui, Madame, on s'en charge ; & la chose de soi...

ELMIRE.

Ouvrez un peu la porte ; & voyez, je vous prie,
Si mon mari n'est point dans cette galerie.

TARTUFFE.

Qu'est-il besoin pour lui du soin que vous prenez ?
C'est un homme, entre nous, à mener par le néz.
De tous nos entretiens, il est pour faire gloire,
Et je l'ai mis au point de voir tout, sans rien croire.

ELMIRE

ELMIRE.

Il n'importe. Sortez, je vous prie, un moment,
Et par tout, là-dehors, voyez exactement.

SCENE VI.

ORGON, ELMIRE.

ORGON *fortant de deffous la table.*

Voilà, je vous l'avouë, un abominable homme.
Je n'en puis revenir, & tout ceci m'affomme.

ELMIRE.

Quoi! Vous fortez fi-tôt? Vous vous moquez des gens,
Rentrez fous le tapis, il n'eft pas encor tems;
Attendez jufqu'au bout, pour voir les chofes fûres,
Et ne vous fiez point aux fimples conjectures.

ORGON.

Non, rien de plus méchant n'eft forti de l'enfer.

ELMIRE.

Mon Dieu! L'on ne doit point croire trop de leger.
Laiffez-vous bien convaincre, avant que de vous rendre,
Et ne vous hâtez pas de peur de vous méprendre.

[Elmire fait mettre Orgon derriére elle.]

SCENE VII.

TARTUFFE, ELMIRE, ORGON.

TARTUFFE *fans voir Orgon.*

TOut confpire, Madame, à mon contentement.
J'ai vifité, de l'œil, tout cet appartement ;
Perfonne ne s'y trouve ; & mon ame ravie ....
[*Dans le tems que Tartuffe s'avance, les bras ouverts, pour embraffer
Elmire, elle fe retire, & Tartuffe apperçoit Orgon.*]

ORGON *arrêtant Tartuffe.*

Tout doux, vous fuivez trop votre amoureufe envie,
Et vous ne devez pas vous tant paffionner.
Ah, ah! L'homme de bien, vous m'en vouliez donner ?
Comme aux tentations s'abandonne votre ame !
Vous époufiez ma fille, & convoitiez ma femme.
J'ai douté, fort long-tems, que ce fût tout de bon,
Et je croyois toujours qu'on changeroit de ton ;
Mais c'eft affez avant pouffer le témoignage,
Je m'y tiens ; & n'en veux, pour moi, pas davantage.

ELMIRE *à Tartuffe.*

C'eft contre mon humeur, que j'ai fait tout ceci ;
Mais on m'a mife au point de vous traiter ainfi.

TARTUFFE *à Orgon.*

Quoi! Vous croyez ....

ORGON.

Allons, point de bruit, je vous prie.
Dénichons de céans, & fans cérémonie.

TARTUFFE.

Mon deſſein . . . .

ORGON.

Ces diſcours ne ſont plus de ſaiſon.
Il faut, tout ſur le champ, ſortir de la maiſon.

TARTUFFE.

C'eſt à vous d'en ſortir, vous, qui parlez en maître.
La maiſon m'appartient, je le ferai connoître,
Et vous montrerai bien qu'en vain on a recours,
Pour me chercher querelle, à ces lâches détours ;
Qu'on n'eſt pas où l'on penſe, en me faiſant injure ;
Que j'ai de quoi confondre, & punir l'impoſture,
Venger le Ciel qu'on bleſſe ; & faire repentir
Ceux qui parlent ici de me faire ſortir.

SCENE VIII.

ELMIRE, ORGON.

ELMIRE.

Quel eſt donc ce langage, & qu'eſt-ce qu'il veut dire?

ORGON.

Ma foi, je ſuis confus, & n'ai pas lieu de rire.

ELMIRE.

Comment?

ORGON.

Je vois ma faute, aux choſes qu'il me dit,
Et la donation m'embarraſſe l'eſprit.

N n ij

ELMIRE.

La donation ?

ORGON.

Oui. C'eſt une affaire faite ;
Mais j'ai quelqu'autre choſe encor qui m'inquiéte.

ELMIRE.

Et quoi ?

ORGON.

Vous ſçaurez tout. Mais voyons au plûtôt
Si certaine caſſette eſt encore là-haut.

Fin du quatriéme Acte.

Joullain. sculpsit

ACTE CINQUIÉME.

SCENE PREMIERE.

ORGON, CLEANTE.

CLEANTE.

U voulez-vous courir?

ORGON.

Las! Que fçais-je?

CLEANTE.

Il me femble
Que l'on doit commencer par confulter enfemble
Les chofes qu'on peut faire en cet événement.

ORGON.

Cette caffette-là me trouble entiérement.
Plus que le refte encore, elle me défefpére.

CLEANTE.

Cette caffette eft donc un important myftére?

ORGON.

C'eft un dépôt qu'Argas, cet ami que je plains,
Lui-même, en grand fecret, m'a mis entre les mains.
Pour cela, dans fa fuite, il me voulut élire;
Et ce font des papiers, à ce qu'il m'a pû dire,

Où sa vie, & ses biens, se trouvent attachés.

CLEANTE.

Pourquoi donc les avoir en d'autres mains lâchés ?

ORGON.

Ce fut par un motif de cas de conscience.
J'allai droit à mon traître en faire confidence,
Et son raisonnement me vint persuader
De lui donner plûtôt la cassette à garder;
Afin que, pour nier, en cas de quelque enquête,
J'eusse d'un faux-fuyant la faveur toute prête,
Par où ma conscience eût pleine sûreté
A faire des sermens contre la vérité.

CLEANTE.

Vous voilà mal, au moins si j'en crois l'apparence;
Et la donation, & cette confidence,
Sont, à vous en parler selon mon sentiment,
Des démarches par vous faites légerement.
On peut vous mener loin avec de pareils gages;
Et cet homme, sur vous, ayant ces avantages,
Le pousser est encor grande imprudence à vous,
Et vous deviez chercher quelque biais plus doux.

ORGON.

Quoi! Sur un beau semblant de ferveur si touchante,
Cacher un cœur si double, une ame si méchante?
Et moi qui l'ai reçû gueusant, & n'ayant rien....
C'en est fait, je renonce à tous les gens de bien;
J'en aurai désormais une horreur effroyable,
Et m'en vais devenir, pour eux, pire qu'un diable.

CLEANTE.

Hé bien, ne voilà pas de vos emportemens ?
Vous ne gardez en rien les doux tempéramens.
Dans la droite raison jamais n'entre la vôtre ;
Et toujours, d'un excès, vous vous jettez dans l'autre.
Vous voyez votre erreur, & vous avez connu
Que par un zéle feint vous étiez prévenu ;
Mais, pour vous corriger, quelle raison demande
Que vous alliez passer dans une erreur plus grande ;
Et qu'avecque le cœur d'un perfide vaurien
Vous confondiez les cœurs de tous les gens de bien ?
Quoi ! Parce qu'un fripon vous duppe, avec audace,
Sous le pompeux éclat d'une austére grimace,
Vous voulez que par tout on soit fait comme lui,
Et qu'aucun vray dévot ne se trouve aujourd'huy ?
Laissez aux libertins ces sottes conséquences,
Démêlez la vertu d'avec ses apparences,
Ne hazardez jamais votre estime trop tôt,
Et soyez, pour cela, dans le milieu qu'il faut.
Gardez-vous, s'il se peut, d'honorer l'imposture ;
Mais, au vray zéle aussi, n'allez pas faire injure ;
Et, s'il vous faut tomber dans une extrêmité,
Péchez plûtôt encor de cet autre côté.

SCENE II.

ORGON, CLEANTE, DAMIS.

DAMIS.

QUoi ! Mon pere, eſt-il vray qu'un coquin vous menace ?
Qu'il n'eſt point de bienfait qu'en ſon ame il n'efface ?
Et que ſon lâche orgueil , trop digne de courroux,
Se fait , de vos bontés , des armes contre vous ?

ORGON.

Oui, mon fils ; & j'en ſens des douleurs nompareilles.

DAMIS.

Laiſſez-moi, je lui veux couper les deux oreilles.
Contre ſon inſolence on ne doit point gauchir.
C'eſt à moi, tout d'un coup, de vous en affranchir ;
Et, pour ſortir d'affaire, il faut que je l'aſſomme.

CLEANTE.

Voilà tout juſtement parler en vray jeune homme.
Modérez, s'il vous plaît, ces tranſports éclatans.
Nous vivons ſous un régne, & ſommes dans un tems
Où, par la violence, on fait mal ſes affaires.

SCENE

SCENE III.

MADAME PERNELLE, ORGON,
ELMIRE, CLEANTE, MARIANE,
DAMIS, DORINE.

Madame PERNELLE.

QU'eſt-ce ? J'apprends ici de terribles myſtéres.

ORGON.

Ce ſont des nouveautés dont mes yeux ſont témoins,
Et vous voyez le prix dont ſont payés mes ſoins.
Je recueille, avec zéle, un homme en ſa miſére,
Je le loge, & le tiens comme mon propre frere,
De bienfaits, chaque jour, il eſt par moi chargé,
Je lui donne ma fille, & tout le bien que j'ai,
Et, dans le même tems, le perfide, l'infame,
Tente le noir deſſein de ſuborner ma femme;
Et, non content encor de ces lâches eſſais,
Il m'oſe menacer de mes propres bienfaits,
Et veut, à ma ruine, uſer des avantages
Dont le viennent d'armer mes bontés trop peu ſages,
Me chaſſer de mes biens où je l'ai transféré,
Et me réduire au point d'où je l'ai retiré.

DORINE.

Le pauvre homme!

Madame PERNELLE.

Mon fils, je ne puis du tout croire
Qu'il ait voulu commettre une action ſi noire.

Tome IV. Oo

ORGON.

Comment?

Madame PERNELLE.
Les gens de bien font enviés toujours.

ORGON.
Que voulez-vous donc dire avec votre difcours,
Ma mere?

Madame PERNELLE.
Que chez vous on vit d'étrange forte,
Et qu'on ne fçait que trop la haine qu'on lui porte.

ORGON.
Qu'a cette haine à faire avec ce qu'on vous dit?

Madame PERNELLE.
Je vous l'ai dit cent fois, quand vous étiez petit.
La vertu, dans le monde, eft toujours pourfuivie;
Les envieux mourront, mais non jamais l'envie.

ORGON.
Mais que fait ce difcours aux chofes d'aujourd'hui?

Madame PERNELLE.
On vous aura forgé cent fots contes de lui.

ORGON.
Je vous ai dit déjà que j'ai vû tout moi-même.

Madame PERNELLE.
Des efprits médifans la malice eft extrême.

ORGON.
Vous me feriez damner, ma mere. Je vous di
Que j'ai vû, de mes yeux, un crime fi hardi.

COMEDIE. 291

Madame PERNELLE.

Les langues ont toujours du venin à répandre;
Et rien n'eſt, ici bas, qui s'en puiſſe défendre.

ORGON.

C'eſt tenir un propos de ſens bien dépourvû.
Je l'ai vû, dis-je, vû, de mes propres yeux vû,
Ce qu'on appelle, vû. Faut-il vous le rebattre
Aux oreilles cent fois, & crier comme quatre?

Madame PERNELLE.

Mon Dieu! Le plus ſouvent, l'apparence déçoit.
Il ne faut pas toujours juger ſur ce qu'on voit.

ORGON.

J'enrage.

Madame PERNELLE.

Aux faux ſoupçons la nature eſt ſujette,
Et c'eſt ſouvent à mal, que le bien s'interpréte.

ORGON.

Je dois interpréter à charitable ſoin,
Le déſir d'embraſſer ma femme?

Madame PERNELLE.

Il eſt beſoin,
Pour accuſer les gens, d'avoir de juſtes cauſes;
Et vous deviez attendre à vous voir ſûr des choſes.

ORGON.

Hé? Diantre, le moyen de m'en aſſûrer mieux?
Je devois donc, ma mere, attendre qu'à mes yeux,

O o ij

Il eût.... Vous me feriez dire quelque fottife.

Madame PERNELLE.

Enfin, d'un trop pur zéle on voit fon ame éprife ;
Et je ne puis, du tout, me mettre dans l'efprit,
Qu'il ait voulu tenter les chofes que l'on dit.

ORGON.

Allez. Je ne fçais pas, fi vous n'étiez ma mere,
Ce que je vous dirois, tant je fuis en colére.

DORINE à Orgon.

Jufte retour, Monfieur, des chofes d'ici bas.
Vous ne vouliez point croire, & l'on ne vous croit pas.

CLEANTE.

Nous perdons des momens, en bagatelles pures,
Qu'il faudroit employer à prendre des mefures.
Aux menaces du fourbe, on doit ne dormir point.

DAMIS.

Quoi ! Son effronterie iroit jufqu'à ce point ?

ELMIRE.

Pour moi, je ne crois pas cette inftance poffible,
Et fon ingratitude eft ici trop vifible.

CLEANTE.

[à Orgon.]

Ne vous y fiez pas. Il aura des refforts,
Pour donner, contre vous, raifon à fes efforts ;
Et, fur moins que cela, le poids d'une cabale
Embarraffe les gens dans un fâcheux dédale.

Je vous le dis encore, armé de ce qu'il a,
Vous ne deviez jamais le pousser jusques-là.

ORGON.

Il est vray; mais qu'y faire? A l'orgueil de ce traître,
De mes ressentimens je n'ai pas été maître.

CLEANTE.

Je voudrois, de bon cœur, qu'on pût, entre vous deux,
De quelque ombre de paix, raccommoder les nœuds.

ELMIRE.

Si j'avois sçu qu'en main il a de telles armes,
Je n'aurois pas donné matiére à tant d'alarmes;
Et mes...

ORGON *à Dorine, voyant entrer monsieur Loyal.*

Que veut cet homme? Allez tôt le sçavoir.
Je suis bien en état que l'on me vienne voir.

SCENE IV.

ORGON, MADAME PERNELLE, ELMIRE, MARIANE, CLEANTE, DAMIS, DORINE, MONSIEUR LOYAL.

M. LOYAL *à Dorine dans le fond du théatre.*

BOn jour, ma chére sœur. Faites, je vous supplie,
Que je parle à monsieur.

DORINE.

Il est en compagnie,

Et je doute qu'il puisse, à présent, voir quelqu'un.

M. LOYAL.

Je ne suis pas pour être en ces lieux importun.
Mon abord n'aura rien, je crois, qui lui déplaise ;
Et je viens pour un fait, dont il sera bien aise.

DORINE.

Votre nom ?

M. LOYAL.

Dites-lui seulement que je vien
De la part de monsieur Tartuffe, pour son bien.

DORINE à Orgon.

C'est un homme qui vient, avec douce manière,
De la part de monsieur Tartuffe, pour affaire,
Dont vous serez, dit-il, bien-aise.

CLEANTE à Orgon.

Il vous faut voir
Ce que c'est que cet homme, & ce qu'il peut vouloir.

ORGON à Cléante.

Pour nous raccommoder, il vient ici, peut-être.
Quels sentimens aurai-je à lui faire paroître ?

CLEANTE.

Votre ressentiment ne doit point éclater ;
Et, s'il parle d'accord, il le faut écouter.

M. LOYAL à Orgon.

Salut, Monsieur. Le Ciel perde qui vous veut nuire,
Et vous soit favorable, autant que je désire.

ORGON *bas à Cléante.*

Ce doux début s'accorde avec mon jugement,
Et présage déjà quelque accommodement.

M. LOYAL.

Toute votre maison m'a toujours été chére ;
Et j'étois serviteur de monsieur votre pere.

ORGON.

Monsieur, j'ai grande honte, & demande pardon,
D'être sans vous connoître, ou sçavoir votre nom.

M. LOYAL.

Je m'appelle Loyal, natif de Normandie,
Et suis huissier à verge, en dépit de l'envie.
J'ai, depuis quarante ans, grace au Ciel, le bonheur
D'en exercer la charge avec beaucoup d'honneur ;
Et je vous viens, Monsieur, avec votre licence,
Signifier l'exploit de certaine ordonnance....

ORGON.

Quoi ? Vous êtes ici....

M. LOYAL.

Monsieur, sans passion.
Ce n'est rien seulement qu'une sommation,
Un ordre de vuider d'ici, vous, & les vôtres,
Mettre vos meubles hors, & faire place à d'autres,
Sans délai, ni remise, ainsi que besoin est.

ORGON.

Moi ? Sortir de céans ?

M. LOYAL.

Oui, Monsieur, s'il vous plaît.

La maifon, à préfent, comme fçavez de refte,
Au bon monfieur Tartuffe appartient fans contefte.
De vos biens, déformais, il eft maître & feigneur,
En vertu d'un contrat, duquel je fuis porteur.
Il eft en bonne forme, & l'on n'y peut rien dire.

DAMIS *à m. Loyal.*

Certes, cette impudence eft grande, & je l'admire!

M. LOYAL *à Damis.*

Monfieur, je ne dois point avoir affaire à vous;

[*montrant Orgon.*]

C'eft à monfieur, il eft & raifonnable & doux,
Et d'un homme de bien il fçait trop bien l'office,
Pour fe vouloir, du tout, oppofer à juftice.

ORGON.

Mais....

M. LOYAL *à Orgon.*

Oui, Monfieur, je fçais que pour un million
Vous ne voudriez pas faire rébellion;
Et que vous fouffrirez, en honnête perfonne,
Que j'exécute ici les ordres qu'on me donne.

DAMIS.

Vous pourriez bien ici, fur votre noir jupon,
Monfieur l'huiffier à verge, attirer le bâton.

M. LOYAL *à Orgon.*

Faites que votre fils fe taife, ou fe retire,
Monfieur. J'aurois regret d'être obligé d'écrire,
Et de vous voir couché dans mon procès verbal.

DORINE.

DORINE *à part.*

Ce monfieur Loyal porte un air bien déloyal.

M. LOYAL.

Pour tous les gens de bien, j'ai de grandes tendreffes,
Et ne me fuis voulu, Monfieur, charger des piéces,
Que pour vous obliger, & vous faire plaifir;
Que pour ôter, par là, le moyen d'en choifir
Qui, n'ayant pas pour vous le zéle qui me pouffe,
Auroient pû procéder d'une façon moins douce.

ORGON.

Et que peut-on de pis, que d'ordonner aux gens
De fortir de chez eux?

M. LOYAL.

On vous donne du tems;
Et jufques à demain, je ferai furféance
A l'éxécution, Monfieur, de l'ordonnance.
Je viendrai feulement paffer ici la nuit,
Avec dix de mes gens, fans fcandale, & fans bruit.
Pour la forme, il faudra, s'il vous plaît, qu'on m'apporte,
Avant que fe coucher, les clés de votre porte.
J'aurai foin de ne pas troubler votre repos,
Et de ne rien fouffrir qui ne foit à propos.
Mais demain, du matin, il vous faut être habile
A vuider de céans jufqu'au moindre uftencile;
Mes gens vous aideront; & je les ai pris forts,
Pour vous faire fervice à tout mettre dehors.
On n'en peut pas ufer mieux que je fais, je penfe;
Et, comme je vous traite avec grande indulgence,

Tome IV. P p

Je vous conjure auffi, Monfieur, d'en ufer bien,
Et qu'au dû de ma charge, on ne me trouble en rien.

ORGON *à part.*

Du meilleur de mon cœur, je donnerois fur l'heure
Les cent plus beaux louis de ce qui me demeure,
Et pouvoir, à plaifir, fur ce muffle affener
Le plus grand coup de poing qui fe puiffe donner.

CLEANTE *bas à Orgon.*

Laiffez, ne gâtons rien.

DAMIS.

A cette audace étrange,
J'ai peine à me tenir, & la main me démange.

DORINE.

Avec un fi bon dos, ma foi, monfieur Loyal,
Quelques coups de bâton ne vous fieroient pas mal.

M. LOYAL.

On pourroit bien punir ces paroles infames,
Mamie ; & l'on décréte auffi contre les femmes.

CLEANTE *à m. Loyal.*

Finiffons tout cela, Monfieur, c'en eft affez ;
Donnez tôt ce papier, de grace, & nous laiffez.

M. LOYAL.

Jufqu'au revoir. Le Ciel vous tienne tous en joye.

ORGON.

Puiffe-t-il te confondre, & celui qui t'envoye !

SCENE V.

ORGON, MADAME PERNELLE,
ELMIRE, CLEANTE, MARIANE,
DAMIS, DORINE.

ORGON.

HE bien, vous le voyez, ma mere, si j'ai droit;
Et vous pouvez juger du reste par l'exploit.
Ses trahisons, enfin, vous font-elles connuës?

Madame PERNELLE.

Je suis toute ébaubie, & je tombe des nuës.

DORINE à Orgon.

Vous vous plaignez à tort, à tort vous le blâmez,
Et ses pieux desseins par là sont confirmés.
Dans l'amour du prochain sa vertu se consomme,
Il sçait que très-souvent les biens corrompent l'homme;
Et, par charité pure, il veut vous enlever
Tout ce qui vous peut faire obstacle à vous sauver.

ORGON.

Taisez-vous. C'est le mot qu'il vous faut toujours dire.

CLEANTE à Orgon.

Allons voir quel conseil on doit vous faire élire.

ELMIRE.

Allez faire éclater l'audace de l'ingrat.
Ce procédé détruit la vertu du contrat;
Et sa déloyauté va paroître trop noire,
Pour souffrir qu'il en ait le succès qu'on veut croire.

SCENE VI.

VALERE, ORGON, MADAME PERNELLE, ELMIRE, CLEANTE, MARIANE, DAMIS, DORINE.

VALERE.

AVec regret, Monſieur, je viens vous affliger ;
Mais je m'y vois contraint par le preſſant danger.
Un ami, qui m'eſt joint d'une amitié fort tendre,
Et qui ſçait l'intérêt qu'en vous j'ai lieu de prendre,
A violé pour moi, par un pas délicat,
Le ſecret que l'on doit aux affaires d'Etat ;
Et me vient envoyer un avis, dont la ſuite
Vous réduit au parti d'une ſoudaine fuite.
Le fourbe, qui long-tems a pû vous impoſer,
Depuis une heure, au prince a ſçu vous accuſer ;
Et remettre en ſes mains, dans les traits qu'il vous jette,
D'un criminel d'Etat l'importante caſſette,
Dont, au mépris, dit-il, du devoir d'un ſujet,
Vous avez conſervé le coupable ſecret.
J'ignore le détail du crime qu'on vous donne,
Mais un ordre eſt donné contre votre perſonne ;
Et lui-même eſt chargé, pour mieux l'exécuter,
D'accompagner celui qui vous doit arrêter.

CLEANTE.

Voilà ſes droits armés ; & c'eſt par où le traître,
De vos biens qu'il prétend, cherche à ſe rendre maître.

ORGON.

L'homme eſt, je vous l'avouë, un méchant animal.

VALERE.

Le moindre amuſement vous peut être fatal.
J'ai, pour vous emmener, mon carroſſe à la porte,
Avec mille louis qu'ici je vous apporte.
Ne perdons point de tems, le trait eſt foudroyant;
Et ce ſont de ces coups que l'on pare en fuyant.
A vous mettre en lieu ſûr, je m'offre pour conduite,
Et veux accompagner, juſqu'au bout, votre fuite.

ORGON.

Las! Que ne dois-je point à vos ſoins obligeans?
Pour vous en rendre grace, il faut un autre tems,
Et je demande au Ciel, de m'être aſſez propice,
Pour reconnoître un jour ce généreux ſervice.
Adieu, prenez le ſoin, vous autres ...

CLEANTE.

Allez tôt;
Nous ſongerons, mon frere, à faire ce qu'il faut.

SCENE VII.

TARTUFFE, UN EXEMT, MADAME PERNELLE, ORGON, ELMIRE, CLEANTE, MARIANE, VALERE, DAMIS, DORINE.

TARTUFFE *arrêtant Orgon.*

TOut beau, Monsieur, tout beau, ne courez point si vîte,
Vous n'irez pas fort loin, pour trouver votre gîte;
Et de la part du prince, on vous fait prisonnier.

ORGON

Traître, tu me gardois ce trait pour le dernier,
C'est le coup, scélérat, par où tu m'expédies;
Et voilà couronner toutes tes perfidies.

TARTUFFE.

Vos injures n'ont rien à me pouvoir aigrir,
Et je suis, pour le Ciel, appris à tout souffrir.

CLEANTE.

La modération est grande, je l'avouë.

DAMIS.

Comme du Ciel, l'infame, impudemment se jouë!

TARTUFFE.

Tous vos emportemens ne sçauroient m'émouvoir,
Et je ne songe à rien, qu'à faire mon devoir.

MARIANE.

Vous avez de ceci grande gloire à prétendre,
Et cet emploi, pour vous, est fort honnête à prendre.

TARTUFFE.

Un emploi ne fçauroit être que glorieux,
Quand il part du pouvoir qui m'envoye en ces lieux.

ORGON.

Mais t'es-tu fouvenu que ma main charitable,
Ingrat, t'a retiré d'un état miférable ?

TARTUFFE.

Oui. Je fçais quels fecours j'en ai pû recevoir;
Mais l'intérêt du prince eft mon premier devoir.
De ce devoir facré la jufte violence
Etouffe dans mon cœur toute reconnoiffance;
Et je facrifierois à de fi puiffans nœuds,
Ami, femme, parens, & moi-même avec eux.

ELMIRE.

L'impofteur!

DORINE.

Comme il fçait, de traîtreffe maniére,
Se faire un beau manteau de tout ce qu'on révére!

CLEANTE.

Mais s'il eft fi parfait que vous le déclarez,
Ce zéle qui vous pouffe, & dont vous vous parez,
D'où vient que, pour paroître, il s'avife d'attendre,
Qu'à pourfuivre fa femme, il ait fçû vous furprendre,
Et que vous ne fongez à l'aller dénoncer,
Que lorfque fon honneur l'oblige à vous chaffer?
Je ne vous parle point, pour devoir en diftraire,
Du don de tout fon bien qu'il venoit de vous faire;

Mais, le voulant traiter en coupable aujourd'hui,
Pourquoi confentiez-vous à rien prendre de lui?

TARTUFFE à l'exemt.

Délivrez-moi, Monfieur, de la criaillerie,
Et daignez accomplir votre ordre, je vous prie.

L'EXEMT.

Oui, c'eft trop demeurer, fans doute, à l'accomplir,
Votre bouche, à propos, m'invite à le remplir;
Et, pour l'exécuter, fuivez-moi tout-à-l'heure
Dans la prifon qu'on doit vous donner pour demeure.

TARTUFFE.

Qui? Moi, Monfieur?

L'EXEMT.

Oui, vous.

TARTUFFE.

Pourquoi donc la prifon?

L'EXEMT.

Ce n'eft pas vous à qui j'en veux rendre raifon.

[à Orgon.]

Remettez-vous, Monfieur, d'une alarme fi chaude.
Nous vivons fous un prince ennemi de la fraude,
Un prince dont les yeux fe font jour dans les cœurs,
Et que ne peut tromper tout l'art des impofteurs.
D'un fin difcernement fa grande ame pourvûë,
Sur les chofes toujours jette une droite vûë;
Chez elle jamais rien ne furprend trop d'accès,
Et fa ferme raifon ne tombe en nul excès.

Il

Il donne aux gens de bien une gloire immortelle ;
Mais, fans aveuglement, il fait briller ce zéle,
Et l'amour pour les vrays, ne ferme point fon cœur
A tout ce que les faux doivent donner d'horreur.
Celui-ci n'étoit pas pour le pouvoir furprendre,
Et, de piéges plus fins, on le voit fe défendre.
D'abord, il a percé, par fes vives clartés,
Des replis de fon cœur, toutes les lâchetés.
Venant vous accufer, il s'eft trahi lui-même ;
Et, par un jufte trait de l'équité fuprême,
S'eft découvert au prince un fourbe renommé,
Dont, fous un autre nom, il étoit informé ;
Et c'eft un long détail d'actions toutes noires,
Dont on pourroit former des volumes d'hiftoires.
Ce monarque, en un mot, a, vers vous, détefté
Sa lâche ingratitude, & fa déloyauté ;
A fes autres horreurs, il a joint cette fuite ;
Et ne m'a, jufqu'ici, foumis à fa conduite,
Que pour voir l'impudence aller jufques au bout,
Et vous faire, par lui, faire raifon de tout.
Oui, de tous vos papiers, dont il fe dit le maître,
Il veut qu'entre vos mains, je dépouille le traître.
D'un fouverain pouvoir, il brife les liens
Du contrat qui lui fait un don de tous vos biens,
Et vous pardonne enfin cette offenfe fecrette,
Où vous a, d'un ami, fait tomber la retraite ;
Et c'eft le prix qu'il donne au zéle qu'autrefois,
On vous vit témoigner, en appuyant fes droits,

Tome IV. Q q

Pour montrer que fon cœur fçait, quand moins on y penfe,
D'une bonne action verfer la récompenfe ;
Que jamais le mérite avec lui ne perd rien ;
Et que, mieux que du mal, il fe fouvient du bien.

DORINE.

Que le Ciel foit loué !

Madame PERNELLE.

Maintenant je refpire.

ELMIRE.

Favorable fuccès !

MARIANE.

Qui l'auroit ofé dire ?

ORGON à *Tartuffe que l'éxemt emméne.*

Hé bien, te voilà, traître...

SCENE DERNIERE.

MADAME PERNELLE, ORGON, ELMIRE, MARIANE, CLEANTE, VALERE, DAMIS, DORINE.

CLEANTE.

AH ! Mon frere, arrêtez,
Et ne defcendez point à des indignités.
A fon mauvais deftin laiffez un miférable,
Et ne vous joignez point au remords qui l'acccable.
Souhaitez bien plûtôt que fon cœur, en ce jour,
Au fein de la vertu faffe un heureux retour,

Qu'il corrige fa vie, en déteftant fon vice,
Et puiffe du grand prince adoucir la juftice;
Tandis qu'à fa bonté vous irez, à genoux,
Rendre ce que demande un traitement fi doux.

ORGON.

Oui, c'eft bien dit. Allons à fes piéds, avec joye,
Nous louer des bontés que fon cœur nous déploye;
Puis, acquittés un peu de ce premier devoir,
Aux juftes foins d'un autre, il nous faudra pourvoir;
Et, par un doux hymen, couronner, en Valére,
La flâme d'un amant généreux & fincére.

FIN.

Joullain Sculpsit

Q q ij

Inv. et dessine par F. Boucher.   Gravé par Lau. Cars.

AMPHITRION   Scene 1.re d'amphitrion.

AMPHITRION,

COMÉDIE.

A
SON ALTESSE
SÉRÉNISSIME
MONSEIGNEUR
LE PRINCE.

*M*ONSEIGNEUR,

N'en déplaise à nos beaux esprits, je ne vois rien de plus ennuyeux que les épîtres dédicatoires ; & VOTRE ALTESSE SERENISSIME trouvera bon, s'il lui plaît, que je ne suive point ici le stile de ces messieurs-là, & refuse de me servir de deux ou trois misérables pensées, qui ont été tournées, & retournées tant de fois, qu'elles font uſées de tous les côtés. Le nom du grand CONDE' *eſt un nom trop glorieux, pour le traiter comme on fait tous les autres noms. Il ne faut l'appliquer, ce nom illuſtre, qu'à des emplois qui ſoient dignes de lui ; & ; pour dire de belles choſes, je voudrois parler de le mettre à la tête d'une armée, plûtôt qu'à la tête d'un livre ; & je conçois bien mieux ce qu'il eſt capable de faire en l'oppoſant aux forces des ennemis de cet Etat, qu'en l'oppoſant à la critique des ennemis d'une comédie.*

Ce n'eſt pas, MONSEIGNEUR, *que la glorieuſe approbation de* V. A. S. *ne fût une puiſſante protection pour toutes ces ſortes d'ouvrages, & qu'on ne ſoit perſuadé des lumiéres de votre eſprit, autant que de l'intrépidité de votre cœur, & de la grandeur de votre ame. On ſçait, par toute la terre, que l'éclat de votre mérite n'eſt point renfermé dans les bornes de cette valeur indomtable, qui ſe fait des adorateurs chez ceux même qu'elle ſurmonte ; qu'il s'étend, ce mérite, juſqu'aux connoiſſances les plus fines & les plus relevées ; & que les déciſions de votre jugement ſur tous les ouvrages d'eſprit, ne manquent point d'être ſuivies par le ſentiment des plus délicats. Mais on ſçait auſſi,* MONSEIGNEUR, *que toutes ces glorieuſes approbations dont nous nous vantons au public, ne nous coûtent rien à faire imprimer, & que ce ſont des choſes dont nous diſpoſons comme nous voulons. On ſçait, dis-je, qu'une épître dédicatoire dit tout ce qu'il lui plaît, & qu'un auteur eſt en pouvoir d'aller ſaiſir les perſonnes les plus auguſtes, & de parer de leurs grands noms les premiers feuillets de ſon livre ; qu'il a la liberté de s'y donner, autant qu'il veut, l'honneur de leur eſtime, & ſe faire des protecteurs qui n'ont jamais ſongé à l'être.*

Je n'abuſerai, MONSEIGNEUR, *ni de votre nom, ni de vos*
bontés,

bontés, pour combattre les cenfeurs de l'Amphitrion, & m'attribuer une gloire que je n'ai peut-être pas méritée ; & je ne prends la liberté de vous offrir ma comédie, que pour avoir lieu de vous dire que je regarde inceffament, avec une profonde vénération, les grandes qualités que vous joignez au fang augufte dont vous tenez le jour, & que je fuis, MONSEIGNEUR, avec tout le refpect poffible, & le zéle imaginable,

DE VOTRE ALTESSE SERENISSIME,

Le très-humble, très-obéiffant,
& très-obligé ferviteur
MOLIERE.

Tome IV.   R r

ACTEURS.

ACTEURS DU PROLOGUE.

MERCURE.

LA NUIT.

ACTEURS DE LA COMÉDIE.

JUPITER, fous la figure d'Amphitrion.

AMPHITRION, général des thébains.

ALCMÉNE, femme d'Amphitrion.

CLÉANTHIS, fuivante d'Alcméne, & femme de Sofie.

ARGATIPHONTIDAS,

NAUCRATES,

POLIDAS,   } capitaines thébains.

PAUSICLES,

SOSIE, valet d'Amphitrion.

La fcene eſt à Thébes, devant le palais d'Amphitrion.

Inv. et dessiné par F. Boucher.   Gravé par Lau. Cars

PROLOGUE D'AMPHITRYON.

AMPHITRION,

COMÉDIE.

PROLOGUE.

MERCURE *fur un nuage*, LA NUIT *dans un char traîné, dans l'air, par deux chevaux.*

MERCURE.

TOut beau, charmante Nuit, daignez vous arrêter.
Il est certain fecours, que de vous on défire ;
  Et j'ai deux mots à vous dire
  De la part de Jupiter.

LA NUIT.

  Ah, ah! C'est vous, feigneur Mercure,
Qui vous eût deviné là, dans cette pofture ?

MERCURE.

Ma foi, me trouvant las, pour ne pouvoir fournir
Aux différens emplois où Jupiter m'engage,
Je me fuis doucement affis fur ce nuage,
  Pour vous attendre venir.

LA NUIT.

Vous vous moquez, Mercure, & vous n'y fongez pas.
Siéd-il bien à des Dieux de dire qu'ils font las ?

      R r ij

MERCURE.

Les Dieux font-ils de fer?

LA NUIT.

Non ; mais il faut, fans ceffe,
Garder le décorum de la divinité.
Il eft de certains mots dont l'ufage rabaiffe
Cette fublime qualité ;
Et que, pour leur indignité,
Il eft bon qu'aux hommes on laiffe.

MERCURE.

A votre aife vous en parlez ;
Et vous avez, la belle, une chaife roulante,
Où, par deux bons chevaux, en dame nonchalante,
Vous vous faites traîner par tout où vous voulez.
Mais de moi ce n'eft pas de même ;
Et je ne puis vouloir, dans mon deftin fatal,
Aux poëtes, affez de mal
De leur impertinence extrême,
D'avoir, par une injufte loi
Dont on veut maintenir l'ufage,
A chaque Dieu, dans fon emploi,
Donné quelque allure en partage,
Et de me laiffer à piéd, moi,
Comme un meffager de village ;
Moi qui fuis, comme on fçait, en terre, & dans les Cieux,
Le fameux meffager du fouverain des Dieux ;
Et qui, fans rien exagérer,
Par tous les emplois qu'il me donne,

PROLOGUE.

Aurois befoin, plus que perfonne,
D'avoir de quoi me voiturer.

LA NUIT.

Que voulez-vous faire à cela?
Les poëtes font à leur guife.
Ce n'eft pas la feule fottife,
Qu'on voit faire à ces meffieurs-là.
Mais contr'eux toutefois votre ame à tort s'irrite,
Et vos aîles aux piéds font un don de leurs foins.

MERCURE.

Oui; mais pour aller plus vîte,
Eft-ce qu'on s'en laffe moins?

LA NUIT.

Laiffons cela, feigneur Mercure,
Et fçachons ce dont il s'agit.

MERCURE.

C'eft Jupiter, comme je vous l'ai dit,
Qui, de votre manteau, veut la faveur obfcure
Pour certaine douce avanture,
Qu'un nouvel amour lui fournit.
Ses pratiques, je crois, ne vous font pas nouvelles,
Bien fouvent pour la terre, il néglige les Cieux;
Et vous n'ignorez pas que ce maître des Dieux
Aime à s'humanifer pour des béautés mortelles,
Et fçait cent tours ingénieux,
Pour mettre à bout les plus cruelles.
Des yeux d'Alcméne il a fenti les coups,
Et, tandis qu'au milieu des béotiques plaines,

Amphitrion ſon époux
Commande aux troupes thébaines,
Il en a pris la forme; & reçoit, là-deſſous,
Un ſoulagement à ſes peines,
Dans la poſſeſſion des plaiſirs les plus doux.
L'état des mariés à ſes feux eſt propice,
L'hymen ne les a joints que depuis quelques jours;
Et la jeune chaleur de leurs tendres amours
A fait que Jupiter, à ce bel artifice,
S'eſt aviſé d'avoir recours.
Son ſtratagême ici ſe trouve ſalutaire.
Mais, près de maint objet chéri,
Pareil déguiſement ſeroit pour ne rien faire;
Et ce n'eſt pas par tout un bon moyen de plaire,
Que la figure d'un mari.

LA NUIT.

J'admire Jupiter; & je ne comprends pas
Tous les déguiſemens qui lui viennent en tête.

MERCURE.

Il veut goûter par là toutes ſortes d'états;
Et c'eſt agir en Dieu qui n'eſt pas bête.
Dans quelque rang qu'il ſoit des mortels regardé,
Je le tiendrois fort miſérable,
S'il ne quittoit jamais ſa mine redoutable,
Et qu'au faîte des Cieux il fût toujours guindé.
Il n'eſt point, à mon gré, de plus ſotte méthode,
Que d'être empriſonné toujours dans ſa grandeur;
Et ſur tout, aux tranſports de l'amoureuſe ardeur,

La haute qualité devient fort incommode.
Jupiter qui, fans doute, en plaifirs fe connoît,
Sçait defcendre du haut de fa gloire fuprême.;
     Et, pour entrer dans tout ce qui lui plaît,
       Il fort tout à fait de lui-même,
Et ce n'eft plus alors Jupiter qui paroît.

LA NUIT.

Paffe encor de le voir, de ce fublime étage,
     Dans celui des hommes venir,
Prendre tous les tranfports que le cœur peut fournir,
     Et fe faire à leur badinage,
Si, dans les changemens où fon humeur l'engage,
A la nature humaine il s'en vouloit tenir ;
     Mais de voir Jupiter taureau,
     Serpent, cygne, ou quelqu'autre chofe,
     Je ne trouve point cela beau,
Et ne m'étonne pas fi, par fois, on en caufe.

MERCURE.

     Laiffons dire tous les cenfeurs.
     Tels changemens ont leurs douceurs
     Qui paffent leur intelligence.
Ce Dieu fçait ce qu'il fait aufli-bien là qu'ailleurs ;
Et, dans les mouvemens de leurs tendres ardeurs,
Les bêtes ne font pas fi bêtes que l'on penfe.

LA NUIT.

Revenons à l'objet dont il a les faveurs.
Si, par fon ftratagême, il voit fa flâme heureufe,
Que peut-il fouhaiter, & qu'eft-ce que je puis ?

MERCURE.

Que vos chevaux, par vous, au petit pas réduits,
Pour fatisfaire aux vœux de fon ame amoureufe,
   D'une nuit fi délicieufe,
   Faffent la plus longue des nuits;
  Qu'à fes tranfports vous donniez plus d'efpace;
Et retardiez la naiffance du jour,
    Qui doit avancer le retour
    De celui dont il tient la place.

LA NUIT.

   Voilà fans doute un bel emploi
   Que le grand Jupiter m'apprête;
   Et l'on donne un nom fort honnête
   Au fervice qu'il veut de moi.

MERCURE.

    Pour une jeune Déeffe,
    Vous étes bien du bon tems !
    Un tel emploi n'eft baffeffe
    Que chez les petites gens.
Lorfque, dans un haut rang, on a l'heur de paroître,
  Tout ce qu'on fait eft toujours bel & bon;
    Et, fuivant ce qu'on peut être,
    Les chofes changent de nom.

LA NUIT.

   Sur de pareilles matiéres
   Vous en fçavez plus que moi;
   Et, pour accepter l'emploi,
   J'en veux croire vos lumiéres.

        MERCURE.

PROLOGUE.

MERCURE.

Hé, là, là, madame la Nuit,
Un peu doucement, je vous prie ;
Vous avez dans le monde un bruit
De n'être pas fi renchérie.
On vous fait confidente en cent climats divers
De beaucoup de bonnes affaires ;
Et je crois, à parler à fentimens ouverts,
Que nous ne nous en devons guéres.

LA NUIT.

Laiffons ces contrariétés ;
Et demeurons ce que nous fommes.
N'apprêtons point à rire aux hommes,
En nous difant nos vérités.

MERCURE.

Adieu. Je vais là bas, dans ma commiffion,
Dépouiller promtement la forme de Mercure,
Pour y vêtir la figure
Du valet d'Amphitrion.

LA NUIT.

Moi, dans cet hémifphére, avec ma fuite obfcure,
Je vais faire une ftation.

MERCURE.

Bon jour, la Nuit.

LA NUIT.

Adieu, Mercure.

[*Mercure defcend de fon nuage, & la Nuit traverfe le théatre.*]

Fin du Prologue.

AMPHITRION,

COMÉDIE.

ACTE PREMIER.

SCENE PREMIERE.

SOSIE.

Qui va là? Hé? Ma peur à chaque pas s'accroît.
Messieurs, ami de tout le monde.
Ah! Quelle audace sans seconde,
De marcher à l'heure qu'il est!
Que mon maître couvert de gloire
Me jouë ici d'un vilain tour!
Quoi! Si pour son prochain il avoit quelque amour,
M'auroit-il fait partir par une nuit si noire?
Et, pour me renvoyer annoncer son retour,

Et le détail de fa victoire,
Ne pouvoit-il pas bien attendre qu'il fût jour?
Sofie, à quelle fervitude
Tes jours font-ils affujettis?
Notre fort eft beaucoup plus rude
Chez les grands que chez les petits.
Ils veulent que, pour eux, tout foit, dans la nature,
Obligé de s'immoler.
Jour & nuit, grêle, vent, péril, chaleur, froidure,
Dès qu'ils parlent, il faut voler.
Vingt-ans d'affidu fervice
N'en obtiennent rien pour nous;
Le moindre petit caprice
Nous attire leur courroux.
Cependant notre ame infenfée
S'acharne au vain honneur de demeurer près d'eux;
Et s'y veut contenter de la fauffe penfée
Qu'ont tous les autres gens, que nous fommes heureux.
Vers la retraite, en vain, la raifon nous appelle,
En vain notre dépit quelquefois y confent;
Leur vûë a fur notre zéle
Un afcendant trop puiffant,
Et la moindre faveur d'un coup d'œil careffant
Nous rengage de plus belle.
Mais enfin dans l'obfcurité
Je vois notre maifon, & ma frayeur s'évade.
Il me faudroit pour l'ambaffade
Quelque difcours prémédité.

Je dois aux yeux d'Alcméne un portrait militaire
Du grand combat qui met nos ennemis à bas;
    Mais comment diantre le faire,
    Si je ne m'y trouvai pas?
N'importe, parlons-en & d'eftoc & de taille,
    Comme oculaire témoin.
Combien de gens font-ils des récits de bataille,
    Dont ils fe font tenus loin?
    Pour jouer mon rôle fans peine,
    Je le veux un peu repaffer.
Voici la chambre où j'entre en courier que l'on méne,
    Et cette lanterne eft Alcméne,
    A qui je me dois adreffer.
    [*Sofie pofe fa lanterne à terre.*]
Madame, Amphitrion mon maître & votre époux...
Bon. Beau début! L'efprit toujours plein de vos charmes,
    M'a voulu choifir, entre tous,
Pour vous donner avis du fuccès de fes armes,
Et du défir qu'il a de fe voir près de vous.
    Ah! Vrayment, mon pauvre Sofie,
    A te revoir, j'ai de la joye au cœur.
    Madame, ce m'eft trop d'honneur,
    Et mon deftin doit faire envie.
Bien répondu! Comment fe porte Amphitrion?
    Madame, en homme de courage,
Dans les occafions où la gloire l'engage.
    Fort bien. Belle conception!
Quand viendra-t-il, par fon retour charmant,

Rendre mon ame fatisfaite?

Le plûtot qu'il pourra, Madame, affûrément;

Mais bien plus tard que fon cœur ne fouhaite.

Ah! Mais quel eft l'état où la guerre l'a mis?

Que dit-il? Que fait-il? Contente un peu mon ame.

Il dit moins qu'il ne fait, Madame,

Et fait trembler les ennemis.

Pefte! Où prend mon efprit toutes ces gentillefes?

Que font les révoltés? Di-moi, quel eft leur fort?

Ils n'ont pû réfifter, Madame, à notre effort;

Nous les avons taillés en piéces,

Mis Ptérélas leur chef à mort,

Pris Télébe d'affaut; & déjà, dans le port,

Tout retentit de nos prouefes.

Ah! Quel fuccès! O Dieux! Qui l'eût pû jamais croire?

Raconte-moi, Sofie, un tel événement.

Je le veux bien, Madame; &, fans m'enfler de gloire,

Du détail de cette victoire

Je puis parler très-fçavamment.

Figurez-vous donc que Télébe,

Madame, eft de ce côté;

[*Sofie marque les lieux fur fa main.*]

C'eft une ville, en vérité,

Auffi grande quafi que Thébe.

La riviére eft comme là.

Ici nos gens fe campérent,

Et l'efpace que voilà,

Nos ennemis l'occupérent.

Sur un haut, vers cet endroit,
Etoit leur infanterie;
Et plus bas, du côté droit,
Etoit la cavalerie.
Après avoir aux Dieux adreſſé les priéres,
Tous les ordres donnés, on donne le ſignal;
Les ennemis, penſant nous tailler des croupiéres,
Firent trois pelotons de leurs gens à cheval;
Mais leur chaleur par nous fut bien-tôt réprimée,
Et vous allez voir comme quoi.
Voilà notre avant-garde à bien faire animée;
Là, les archers de Créon notre roi;
Et voici le corps d'armée,
[*On fait un peu de bruit.*]
Qui d'abord... Attendez, le corps d'armée a peur,
J'entends quelque bruit ce me ſemble.

SCENE II.

MERCURE, SOSIE.

MERCURE *ſous la figure de Sofie, ſortant de la maiſon d'Amphitrion.*

SOus ce minois qui lui reſſemble,
Chaſſons de ces lieux ce cauſeur,
Dont l'abord importun troubleroit la douceur
Que nos amans goûtent enſemble.

SOSIE *fans voir Mercure.*

Mon cœur, tant foit peu, fe raffûre,
Et je penfe que ce n'eft rien.
Crainte pourtant de finiftre avanture,
Allons chez nous achever l'entretien.

MERCURE *à part.*

Tu feras plus fort que Mercure,
Ou je t'en empêcherai bien.

SOSIE *fans voir Mercure.*

Gette nuit, en longueur, me femble fans pareille.
Il faut, depuis le tems que je fuis en chemin,
Ou que mon maître ait pris le foir pour le matin,
Ou que, trop tard au lit, le blond Phœbus fommeille,
Pour avoir trop pris de fon vin.

MERCURE *à part.*

Comme avec irrévérence
Parle des Dieux ce maraud!
Mon bras fçaura bien tantôt
Châtier cette infolence;
Et je vais m'égayer avec lui comme il faut,
En lui volant fon nom avec fa reffemblance.

SOSIE *appercevant Mercure d'un peu loin.*

Ah! Par ma foi j'avois raifon;
C'eft fait de moi, chétive créature.
Je vois, devant notre maifon
Certain homme, dont l'encolure
Ne me préfage rien de bon.
Pour faire femblant d'affûrance,

Je

Je veux chanter un peu d'ici. [*Il chante.*]

MERCURE.

Qui donc eft ce coquin, qui prend tant de licence
Que de chanter, & m'étourdir ainfi ?
[*A mefure que Mercure parle, la voix de Sofie s'affoiblit peu à peu.*]
Veut-il qu'à l'étriller ma main un peu s'applique ?

SOSIE *à part.*

Cet homme, affûrément, n'aime pas la mufique.

MERCURE.

Depuis plus d'une femaine
Je n'ai trouvé perfonne à qui rompre les os ;
La vigueur de mon bras fe perd dans le repos,
Et je cherche quelque dos,
Pour me remettre en haleine.

SOSIE *à part.*

Quel diable d'homme eft-ce-ci ?
De mortelles frayeurs je fens mon ame atteinte.
Mais pourquoi trembler tant auffi ?
Peut-être a-t-il, dans l'ame, autant que moi de crainte ;
Et que le drôle parle ainfi,
Pour me cacher fa peur, fous une audace feinte.
Oui, oui, ne fouffrons point qu'on nous croye un oifon.
Si je ne fuis hardi, tâchons de le paroître.
Faifons-nous du cœur par raifon.
Il eft feul, comme moi ; je fuis fort ; j'ai bon maître ;
Et voilà notre maifon.

MERCURE.

Qui va là ?

Tome IV.   T t

SOSIE.

Moi.

MERCURE.

Qui, moi?

SOSIE.

[*à part.*]

Moi. Courage, Sofie.

MERCURE.

Quel eſt ton fort? Di-moi.

SOSIE.

D'être homme, & de parler.

MERCURE.

Es-tu maître, ou valet?

SOSIE.

Comme il me prend envie.

MERCURE.

Où s'adreſſent tes pas?

SOSIE.

Où j'ai deſſein d'aller.

MERCURE.

Ah! Ceci me déplaît.

SOSIE.

J'en ai l'ame ravie.

MERCURE.

Réſolument par force ou par amour,
Je veux ſçavoir de toi, traître,
Ce que tu fais, d'où tu viens avant jour,
Où tu vas, à qui tu peux être.

SOSIE.

Je fais le bien & le mal tour à tour,
Je viens de là, vais là, j'appartiens à mon maître.

MERCURE.

Tu montres de l'efprit, & je te vois en train
De trancher avec moi de l'homme d'importance.
Il me prend un défir, pour faire connoiffance,
De te donner un foufflet de ma main.

SOSIE.

A moi-même?

MERCURE.

A toi-même; & t'en voilà certain.

[*Mercure donne un foufflet à Sofie.*]

SOSIE

Ah, ah! C'eft tout de bon?

MERCURE.

Non, ce n'eft que pour rire,
Et répondre à tes quolibets.

SOSIE.

Tudieu! L'ami, fans vous rien dire,
Comme vous baillez des foufflets!

MERCURE.

Ce font là de mes moindres coups,
De petits foufflets ordinaires.

SOSIE.

Si j'étois auffi promt que vous,
Nous ferions de belles affaires.

MERCURE.

Tout cela n'eft encor rien,
Nous verrons bien autre chofe ;
Pour y faire quelque paufe ,
Pourfuivons notre entretien.

SOSIE.

Je quitte la partie.

[*Sofie veut s'en aller.*]

MERCURE *arrêtant Sofie.*

Où vas-tu ?

SOSIE.

Que t'importe ?

MERCURE

Je veux fçavoir où tu vas.

SOSIE.

Me faire ouvrir cette porte.
Pourquoi retiens-tu mes pas ?

MERCURE.

Si jufqu'à l'approcher tu pouffes ton audace,
Je fais fur toi pleuvoir un orage de coups.

SOSIE.

Quoi ! Tu veux, par ta menace,
M'empêcher d'entrer chez nous ?

MERCURE.

Comment chez nous ?

SOSIE.

Oui , chez nous.

MERCURE.

O le traître !

Tu te dis de cette maison ?

SOSIE.

Fort bien. Amphitrion n'en est-il pas le maître ?

MERCURE.

Hé bien ? Que fait cette raison ?

SOSIE.

Je suis son valet.

MERCURE.

Toi ?

SOSIE.

Moi.

MERCURE.

Son valet ?

SOSIE.

Sans doute.

MERCURE.

Valet d'Amphitrion ?

SOSIE.

D'Amphitrion, de lui.

MERCURE.

Ton nom est ?

SOSIE.

Sosie.

MERCURE.

Hé ? Comment ?

SOSIE.

Sofie.

MERCURE.

Ecoute.

Sçais-tu que de ma main je t'affomme aujourd'hui?

SOSIE.

Pourquoi? De quelle rage eft ton ame faifie?

MERCURE.

Qui te donne, di-moi, cette témérité

De prendre le nom de Sofie?

SOSIE.

Moi? Je ne le prends point, je l'ai toujours porté.

MERCURE.

O le menfonge horrible, & l'impudence extrême!

Tu m'ofes foutenir que Sofie eft ton nom?

SOSIE.

Fort bien. Je le foutiens par la grande raifon

Qu'ainfi l'a fait des Dieux la puiffance fuprême;

Et qu'il n'eft pas en moi de pouvoir dire non,

Et d'être un autre que moi-même.

MERCURE.

Mille coups de bâton doivent être le prix

D'une pareille effronterie.

SOSIE *battu par Mercure.*

Juftice, citoyens. Au fecours, je vous prie.

MERCURE.

Comment, boureau, tu fais des cris?

SOSIE.

De mille coups tu me meurtris,
Et tu ne veux pas que je crie?

MERCURE.

C'eſt ainſi que mon bras …

SOSIE.

L'action ne vaut rien.
Tu triomphes de l'avantage
Que te donne ſur moi mon manque de courage,
Et ce n'eſt pas en uſer bien.
C'eſt pure fanfaronnerie
De vouloir profiter de la poltronnerie
De ceux qu'attaque notre bras.
Battre un homme à jeu ſûr n'eſt pas d'une belle ame;
Et le cœur eſt digne de blâme,
Contre les gens qui n'en ont pas.

MERCURE.

Hé bien, es-tu Soſie à préſent? Qu'en dis-tu?

SOSIE.

Tes coups n'ont point en moi fait de métamorphoſe;
Et tout le changement que je trouve à la choſe,
C'eſt d'être Soſie battu.

MERCURE *menaçant Soſie.*

Encor? Cent autres coups pour cette autre impudence.

SOSIE.

De grace, fai tréve à tes coups.

MERCURE.

Fai donc tréve à ton inſolence.

SOSIE.

Tout ce qu'il te plaira, je garde le filence.
La difpute eft par trop inégale entre nous.

MERCURE.

Es-tu Sofie encor ? Di, traître.

SOSIE.

Hélas ! Je fuis ce que tu veux.
Difpofe de mon fort tout au gré de tes vœux,
Ton bras t'en a fait le maître.

MERCURE.

Ton nom étoit Sofie, à ce que tu difois ?

SOSIE.

Il eft vray, jufqu'ici j'ai crû la chofe claire ;
Mais ton bâton, fur cette affaire,
M'a fait voir que je m'abufois.

MERCURE.

C'eft moi qui fuis Sofie, & tout Thébes l'avouë ;
Amphitrion jamais n'en eut d'autre que moi.

SOSIE.

Toi, Sofie ?

MERCURE.

Oui, Sofie ; &, fi quelqu'un s'y jouë,
Il peut bien prendre garde à foi.

SOSIE *à part.*

Ciel ! Me faut-il ainfi renoncer à moi-même,
Et par un impofteur me voir voler mon nom ?
Que fon bonheur eft extrême
De ce que je fuis poltron !

Sans

Sans cela, par la mort....

MERCURE.

Entre tes dents, je penfe,
Tu murmures je ne fçais quoi?

SOSIE.

Non; mais, au nom des Dieux, donne-moi la licence
De parler un moment à toi.

MERCURE.

Parle.

SOSIE.

Mais promets-moi, de grace,
Que les coups n'en feront point.
Signons une tréve.

MERCURE.

Paffe;
Va, je t'accorde ce point.

SOSIE.

Qui te jette, di-moi, dans cette fantaifie?
Que te reviendra-t-il de m'enlever mon nom?
Et peux-tu faire enfin, quand tu ferois démon,
Que je ne fois pas moi, que je ne fois Sofie?

MERCURE *levant le bâton fur Sofie.*

Comment? Tu peux....

SOSIE.

Ah! Tout doux!
Nous avons fait tréve aux coups.

MERCURE.

Quoi! Pendard, impofteur, coquin....

Tome IV.   V u

SOSIE.

Pour des injures,
Di-m'en tant que tu voudras ;
Ce font légéres bleffures,
Et je ne m'en fâche pas.

MERCURE.

Tu te dis Sofie ?

SOSIE.

Oui. Quelque conte frivole....

MERCURE.

Sus, je romps notre tréve, & reprends ma parole.

SOSIE.

N'importe. Je ne puis m'anéantir pour toi,
Et fouffrir un difcours fi loin de l'apparence.
Etre ce que je fuis, eft-il en ta puiffance,
Et puis-je ceffer d'être moi ?
S'avifa-t-on jamais d'une chofe pareille,
Et peut-on démentir cent indices preffans ?
Rêvai-je ? Eft-ce que je fommeille ?
Ai-je l'efprit troublé par des tranfports puiffans ?
Ne fens-je pas bien que je veille ?
Ne fuis-je pas dans mon bon fens ?
Mon maître Amphitrion ne m'a-t-il pas commis
A venir en ces lieux vers Alcméne fa femme ?
Ne lui dois-je pas faire, en lui vantant fa flâme,
Un récit de fes faits contre nos ennemis ?
Ne fuis-je pas du port arrivé tout à l'heure ?
Ne tiens-je pas une lanterne en main ?

Ne te trouvai-je pas devant notre demeure?
Ne t'y parlai-je pas d'un esprit tout humain?
Ne te tiens-tu pas fort de ma poltronnerie?
   Pour m'empêcher d'entrer chez nous,
N'as-tu pas, sur mon dos, éxercé ta furie?
   Ne m'as-tu pas roué de coups?
  Ah! Tout cela n'est que trop véritable,
    Et, plût au Ciel, le fut-il moins!
Cesse donc d'insulter au sort d'un misérable;
Et laisse à mon devoir s'acquitter de ses soins.

     M E R C U R E.

Arrête; ou, sur ton dos, le moindre pas attire
Un assommant éclat de mon juste courroux.
    Tout ce que tu viens de dire
    Est à moi, hormis les coups.

      S O S I E.

Ce matin, du vaisseau, plein de frayeur en l'ame,
Cette lanterne sçait comme je suis parti.
Amphitrion, du camp, vers Alcméne sa femme
M'a-t-il pas envoyé?

     M E R C U R E.
    Vous en avez menti.
C'est moi qu'Amphitrion députe vers Alcméne;
Et qui, du port persique, arrive de ce pas.
Moi, qui viens annoncer la valeur de son bras
Qui nous fait remporter une victoire pleine;
Et de nos ennemis a mis le chef à bas.
C'est moi qui suis Sosie enfin, de certitude,
       V u ij

AMPHITRION,

Fils de Dave, honnête berger,
Frere d'Arpage, mort en pays étranger,
Mari de Cléanthis la prude,
Dont l'humeur me fait enrager;
Qui, dans Thébe, ai reçû mille coups d'étriviére,
Sans en avoir jamais dit rien;
Et jadis, en public, fus marqué par derriére
Pour être trop homme de bien.

SOSIE *bas à part.*

Il a raifon. A moins d'être Sofie,
On ne peut pas fçavoir tout ce qu'il dit;
Et, dans l'étonnement dont mon ame eft faifie,
Je commence, à mon tour, à le croire un petit.
En effet, maintenant que je le confidére,
Je vois qu'il a de moi taille, mine, action;
Faifons-lui quelque queftion,
Afin d'éclaircir ce myftére.

[*haut.*]

Parmi tout le butin fait fur nos ennemis,
Qu'eft-ce qu'Amphitrion obtient pour fon partage?

MERCURE.

Cinq fort gros diamans en nœud proprement mis,
Dont leur chef fe paroit comme d'un rare ouvrage.

SOSIE.

A qui deftine-t-il un fi riche préfent?

MERCURE.

A fa femme; &, fur elle, il le veut voir paroître.

SOSIE.

Mais où, pour l'apporter, eſt-il mis à préſent?

MERCURE.

Dans un coffret ſcellé des armes de mon maître.

SOSIE *bas à part.*

Il ne ment pas d'un mot, à chaque repartie;

Et, de moi, je commence à douter tout de bon.

Près de moi, par la force, il eſt déjà Soſie;

Il pourroit bien encor l'être par la raiſon.

Pourtant quand je me tâte, & que je me rappelle,

Il me ſemble que je ſuis moi.

Où puis-je rencontrer quelque clarté fidéle

Pour démêler ce que je voi?

Ce que j'ai fait tout ſeul, & que n'a vû perſonne,

A moins d'être moi-même, on ne le peut ſçavoir.

Par cette queſtion, il faut que je l'étonne;

C'eſt de quoi le confondre, & nous allons le voir.

[*haut.*]

Lorſqu'on étoit aux mains, que fis-tu dans nos tentes,

Où tu courus ſeul te fourrer?

MERCURE.

D'un jambon…

SOSIE *bas à part.*

L'y voilà!

MERCURE.

Que j'allai déterrer,

Je coupai bravement deux tranches ſucculentes,

Dont je ſçus fort bien me bourrer.

Et joignant à cela d'un vin que l'on ménage,
Et dont, avant le goût, les yeux se contentoient,
    Je pris un peu de courage
    Pour nos gens qui se battoient.

      SOSIE *bas à part.*
    Cette preuve sans pareille
    En sa faveur conclut bien;
    Et l'on n'y peut dire rien,
    S'il n'étoit dans la bouteille.

    [*haut.*]

Je ne sçaurois nier, aux preuves qu'on m'expose,
Que tu ne sois Sosie; & j'y donne ma voix.
Mais si tu l'es, di-moi qui tu veux que je sois;
Car encor faut-il bien que je sois quelque chose.

      MERCURE.
    Quand je ne serai plus Sosie,
    Sois-le, j'en demeure d'accord;
Mais, tant que je le suis, je te garantis mort,
    Si tu prends cette fantaisie.

      SOSIE.
Tout cet embarras met mon esprit sur les dents,
    Et la raison à ce qu'on voit s'oppose.
Mais il faut terminer enfin par quelque chose;
Et le plus court pour moi, c'est d'entrer là dedans.

      MERCURE.
Ah! Tu prends donc, pendard, goût à la bastonnade?

    SOSIE *battu par Mercure.*
Ah! Qu'est-ce-ci, grands Dieux! Il frappe un ton plus fort;

Et mon dos, pour un mois, en doit être malade.
Laiffons ce diable d'homme, & retournons au port.
O jufte Ciel! J'ai fait une belle ambaffade!

MERCURE *feul.*

Enfin, je l'ai fait fuir; &, fous ce traitement,
De beaucoup d'actions il a reçû la peine.
Mais je vois Jupiter, qui fort civilement
Reconduit l'amoureufe Alcméne.

SCENE III.

JUPITER *fous la figure d'Amphitrion* , **ALCMENE,**
CLEANTHIS, MERCURE.

JUPITER.

DEfendez, chere Alcméne, aux flambeaux d'approcher,
Ils m'offrent des plaifirs en m'offrant votre vûë;
Mais ils pourroient ici découvrir ma venuë
Qu'il eft à propos de cacher.
Mon amour, que gênoient tous ces foins éclatans
Où me tenoit lié la gloire de nos armes,
Aux devoirs de ma charge, a volé les inftans
Qu'il vient de donner à vos charmes.
Ce vol qu'à vos beautés mon cœur a confacré
Pourroit être blâmé dans la bouche publique;
Et j'en veux pour témoin unique
Celle qui peut m'en fçavoir gré.

AMPHITRION,

ALCMENE.

Je prends, Amphitrion, grande part à la gloire
Que répandent fur vous vos illuftres exploits ;
   Et l'éclat de votre victoire
Sçait toucher de mon cœur les fenfibles endroits ;
  Mais, quand je voi que cet honneur fatal
   Eloigne de moi ce que j'aime,
Je ne puis m'empêcher, dans ma tendreffe extrême,
   De lui vouloir un peu de mal ;
Et d'oppofer mes vœux à cet ordre fuprême,
   Qui des thébains vous fait le général.
C'eft une douce chofe, après une victoire,
Que la gloire où l'on voit ce qu'on aime élevé ;
Mais, parmi les périls mêlés à cette gloire,
Un trifte coup, hélas ! eft bien-tôt arrivé.
De combien de frayeurs a-t-on l'ame bleffée,
   Au moindre choc dont on entend parler ?
Voit-on, dans les horreurs d'une telle penfée,
   Par où jamais fe confoler
   Du coup dont elle eft menacée ?
Et, de quelque laurier qu'on couronne un vainqueur,
Quelque part que l'on ait à cet honneur fuprême,
Vaut-il ce qu'il en coûte aux tendreffes d'un cœur
Qui peut, à tout moment, trembler pour ce qu'il aime ?

JUPITER.

Je ne vois rien en vous, dont mon feu ne s'augmente ;
Tout y marque à mes yeux un cœur bien enflammé ;
Et c'eft, je vous l'avoue, une chofe charmante

          De

De trouver tant d'amour dans un objet aimé.

Mais, si je l'ose dire, un scrupule me gêne

Aux tendres sentimens que vous me faites voir;

Et, pour les bien goûter, mon amour, chere Alcméne,

Voudroit n'y voir entrer rien de votre devoir,

Qu'à votre seule ardeur, qu'à ma seule personne,

Je dûsse les faveurs que je reçois de vous;

Et que la qualité que j'ai de votre époux,

   Ne fût point ce qui me les donne.

ALCMENE.

C'est de ce nom, pourtant, que l'ardeur qui me brûle,

   Tient le droit de paroître au jour;

Et je ne comprends rien à ce nouveau scrupule,

   Dont s'embarrasse votre amour.

JUPITER.

Ah! Ce que j'ai pour vous d'ardeur & de tendresse,

   Passe aussi celle d'un époux;

Et vous ne sçavez pas, dans des momens si doux,

   Quelle en est la délicatesse.

Vous ne concevez point qu'un cœur bien amoureux

Sur cent petits égards s'attache avec étude,

   Et se fait une inquiétude

   De la maniére d'être heureux.

   En moi, belle & charmante Alcméne,

Vous voyez un mari, vous voyez un amant;

Mais l'amant seul me touche, à parler franchement,

Et je sens, près de vous, que le mari le gêne.

Cet amant, de vos vœux, jaloux au dernier point,

Tome IV.   X x

Souhaite qu'à lui feul votre cœur s'abandonne ;

Et fa paffion ne veut point

De ce que le mari lui donne.

Il veut, de pure fource, obtenir vos ardeurs ;

Et ne veut rien tenir des nœuds de l'hyménée,

Rien d'un fâcheux devoir qui fait agir les cœurs,

Et par qui, tous les jours, des plus chéres faveurs

La douceur eft empoifonnée.

Dans le fcrupule enfin dont il eft combattu,

Il veut, pour fatisfaire à fa délicateffe,

Que vous le fépariez d'avec ce qui le bleffe ;

Que le mari ne foit que pour votre vertu ;

Et que, de votre cœur de bonté revétu,

L'amant ait tout l'amour & toute la tendreffe.

ALCMENE.

Amphitrion, en vérité,

Vous vous moquez de tenir ce langage ;

Et j'aurois peur qu'on ne vous crût pas fage,

Si de quelqu'un vous étiez écouté.

JUPITER.

Ce difcours eft plus raifonnable,

Alcméne, que vous ne penfez ;

Mais un plus long féjour me rendroit trop coupable ;

Et, du retour au port, les momens font preffés.

Adieu. De mon devoir l'étrange barbarie

Pour un tems m'arrache de vous ;

Mais, belle Alcméne, au moins, quand vous verrez l'époux,

Songez à l'amant, je vous prie.

ALCMENE.

Je ne sépare point ce qu'unissent les Dieux;
Et l'époux & l'amant me sont fort précieux.

SCENE IV.

CLEANTHIS, MERCURE.

CLEANTHIS *à part.*

O Ciel! Que d'aimables caresses
D'un époux ardemment chéri!
Et que mon traître de mari
Est loin de toutes ces tendresses!

MERCURE *à part.*

La Nuit, qu'il me faut avertir,
N'a plus qu'à plier tous ses voiles;
Et, pour effacer les étoiles,
Le Soleil de son lit peut maintenant sortir.

CLEANTHIS *arrêtant Mercure.*

Quoi! C'est ainsi que l'on me quitte?

MERCURE.

Et comment donc? Ne veux-tu pas
Que de mon devoir je m'acquitte?
Et que d'Amphitrion j'aille suivre les pas?

CLEANTHIS.

Mais, avec cette brusquerie,
Traître, de moi te séparer?

X x ij

MERCURE.

Le beau fujet de fâcherie!
Nous avons tant de tems enfemble à demeurer.

CLEANTHIS.

Mais quoi! Partir ainfi d'une façon brutale,
Sans me dire un feul mot de douceur pour régale?

MERCURE.

Diantre! Où veux-tu que mon efprit,
T'aille chercher des fariboles?
Quinze ans de mariage épuifent les paroles;
Et, depuis un long-tems, nous nous fommes tout dit.

CLEANTHIS.

Regarde, traître, Amphitrion;
Voi combien pour Alcméne il étale de flâme;
Et rougis, là-deffus, du peu de paffion
Que tu témoignes pour ta femme.

MERCURE.

Hé, mon Dieu! Cléanthis, ils font encore amans.
Il eft certain âge où tout paffe;
Et ce qui leur fiéd bien dans ces commencemens,
En nous, vieux mariés, auroit mauvaife grace.
Il nous feroit beau voir attachés, face à face,
A pouffer les beaux fentimens.

CLEANTHIS.

Quoi! Suis-je hors d'état, perfide, d'efpérer
Qu'un cœur auprès de moi foupire?

MERCURE.

Non, je n'ai garde de le dire;

Mais je fuis trop barbon pour ofer foupirer,
      Et je ferois crever de rire.

CLEANTHIS.

Mérites-tu, pendard, cet infigne bonheur,
De te voir pour époufe une femme d'honneur?

MERCURE.

      Mon Dieu! Tu n'es que trop honnête;
      Ce grand honneur ne me vaut rien.
      Ne fois point fi femme de bien,
      Et me romps un peu moins la tête.

CLEANTHIS.

Comment? De trop bien vivre, on te voit me blâmer?

MERCURE.

La douceur d'une femme eft tout ce qui me charme;
      Et ta vertu fait un vacarme
      Qui ne ceffe de m'affommer.

CLEANTHIS.

Il te faudroit des cœurs pleins de fauffes tendreffes,
De ces femmes aux beaux & louables talens,
Qui fçavent accabler leurs maris de careffes,
Pour leur faire avaler l'ufage des galans.

MERCURE.

      Ma foi, veux-tu que je te dife?
Un mal d'opinion ne touche que les fots;
      Et je prendrois pour ma devife,
      Moins d'honneur, & plus de repos.

CLEANTHIS.

Comment! Tu fouffrirois, fans nulle répugnance,

Que j'aimaſſe un galant avec toute licence?

MERCURE.

Oui, ſi je n'étois plus de tes cris rebattu,
Et qu'on te vît changer d'humeur & de méthode.
J'aime mieux un vice commode,
Qu'une fatiguante vertu.
Adieu, Cléanthis, ma chére ame,
Il me faut ſuivre Amphitrion.

CLEANTHIS ſeule.

Pourquoi, pour punir cet infame,
Mon cœur n'a-t-il aſſez de réſolution ?
Ah! Que dans cette occaſion
J'enrage d'être honnête femme!

Fin du premier Aɛ̃e.

ACTE SECOND.

SCENE PREMIERE.

AMPHITRION, SOSIE.

AMPHITRION.

Ien-ça, bourreau, vien-çà. Sçai-tu, maître fripon,
Qu'à te faire aſſommer ton diſcours peut ſuffire ;
Et que, pour te traiter comme je le déſire,
Mon courroux n'attend qu'un bâton.

SOSIE.

Si vous le prenez ſur ce ton ;
Monſieur, je n'ai plus rien à dire ;
Et vous aurez toujours raiſon.

AMPHITRION.

Quoi ! Tu veux me donner pour des vérités, traître,
Des contes que je vois d'extravagance outrés ?

SOSIE.

Non, je ſuis le valet, & vous étes le maître ;
Il n'en ſera, Monſieur, que ce que vous voudrez.

AMPHITRION.

Çà, je veux étouffer le courroux qui m'enflamme,
Et, tout du long, t'oüir fur ta commiffion.
  Il faut, avant que voir ma femme,
Que je débrouille ici cette confufion.
Rappelle tous tes fens, rentre bien dans ton ame ;
Et réponds, mot pour mot, à chaque queftion.

SOSIE.

  Mais, de peur d'incongruité,
  Dites-moi, de grace, à l'avance,
De quel air il vous plaît que ceci foit traité.
Parlerai-je, Monfieur, felon ma confcience,
Ou comme, aüprès des grands, on le voit ufité ?
  Faut-il dire la vérité,
  Ou bien ufer de complaifance ?

AMPHITRION.

  Non, je ne te veux obliger
Qu'à me rendre de tout un compte fort fincére.

SOSIE.

  Bon. C'eft affez, laiffez-moi faire ;
  Vous n'avez qu'à m'interroger.

AMPHITRION.

Sur l'ordre que tantôt je t'avois fçû prefcrire . . . .

SOSIE.

Je fuis parti, les Cieux d'un noir crêpe voilés,
Peftant fort contre vous dans ce fâcheux martyre,
Et maudiffant vingt fois l'ordre dont vous parlez.

AMPHITRION.

AMPHITRION.

Comment ? Coquin.

SOSIE.

Monfieur, vous n'avez rien qu'à dire,
Je mentirai, fi vous voulez.

AMPHITRION.

Voilà comme un valet montre pour nous du zéle.
Paffons. Sur les chemins que t'eft-il arrivé ?

SOSIE.

D'avoir une frayeur mortelle
Au moindre objet que j'ai trouvé.

AMPHITRION.

Poltron.

SOSIE.

En nous formant, nature a fes caprices,
Divers panchans en nous elle fait obferver.
Les uns, à s'expofer, trouvent mille délices;
Moi, j'en trouve à me conferver.

AMPHITRION.

Arrivant au logis ....

SOSIE.

J'ai, devant notre porte,
En moi-même, voulu répéter un petit,
Sur quel ton, & de quelle forte
Je ferois du combat le glorieux récit.

AMPHITRION.

Enfuite ?

Tome IV.   Y y

SOSIE.

On m'eft venu troubler, & mettre en peine.

AMPHITRION.

Et qui?

SOSIE.

Sofie. Un moi, de vos ordres jaloux,
Que vous avez, du port, envoyé vers Alcméne;
Et qui, de nos fecrets, a connoiffance pleine,
Comme le moi qui parle à vous.

AMPHITRION.

Quels contes!

SOSIE.

Non, Monfieur, c'eft la vérité pure.
Ce moi, plûtôt que moi, s'eft au logis trouvé;
Et j'étois venu, je vous jure,
Avant que je fûffe arrivé.

AMPHITRION.

D'où peut procéder, je te prie,
Ce galimathias maudit?
Eft-ce fonge? Eft-ce yvrognerie?
Aliénation d'efprit?
Ou méchante plaifanterie?

SOSIE.

Non, c'eft la chofe comme elle eft,
Et point du tout conte frivole.
Je fuis homme d'honneur, j'en donne ma parole;
Et vous m'en croirez, s'il vous plaît.

Je vous dis que, croyant n'être qu'un seul Sofie,
Je me fuis trouvé deux chez nous,
Et que, de ces deux moi, piqués de jaloufie,
L'un eft à la maifon, & l'autre eft avec vous ;
Que le moi, que voici, chargé de laffitude,
A trouvé l'autre moi frais, gaillard, & difpos,
Et n'ayant d'autre inquiétude
Que de battre, & caffer des os.

AMPHITRION.

Il faut être, je le confeffe,
D'un efprit bien pofé, bien tranquille, bien doux,
Pour fouffrir qu'un valet de chanfons me repaiffe.

SOSIE.

Si vous vous mettez en courroux,
Plus de conférence entre nous ;
Vous fçavez que d'abord tout ceffe.

AMPHITRION.

Non, fans emportement je te veux écouter ;
Je l'ai promis. Mais dis ; en bonne confcience,
Au myftére nouveau que tu me viens conter,
Eft-il quelque ombre d'apparence ?

SOSIE.

Non, vous avez raifon ; & la chofe à chacun
Hors de créance doit paroître.
C'eft un fait à n'y rien connoître,
Un conte extravagant, ridicule, importun ;
Cela choque le fens commun ;
Mais cela ne laiffe pas d'être.

Y y ij

AMPHITRION.

Le moyen d'en rien croire, à moins qu'être infenfé?

SOSIE.

Je ne l'ai pas crû, moi, fans une peine extrême.
Je me fuis, d'être deux, fenti l'efprit bleffé ;
Et long-tems d'impofteur j'ai traité ce moi-même.
Mais à me reconnoître enfin il m'a forcé,
J'ai vû que c'étoit moi, fans aucun ftratagême ;
Des piéds, jufqu'à la tête, il eft comme moi fait,
Beau, l'air noble, bien pris, les maniéres charmantes,
        Enfin deux gouttes de lait
        Ne font pas plus reffemblantes ;
Et, n'étoit que fes mains font un peu trop pefantes,
        J'en ferois fort fatisfait.

AMPHITRION.

A quelle patience il faut que je m'exhorte !
Mais enfin, n'es-tu pas entré dans la maifon ?

SOSIE.

        Bon, entré ? Hé, de quelle forte ?
Ai-je voulu jamais entendre de raifon,
Et ne me fuis-je pas interdit notre porte ?

AMPHITRION.

        Comment donc ?

SOSIE.

                Avec un bâton,
Dont mon dos fent encore une douleur très-forte.

AMPHITRION.

On t'a battu ?

SOSIE.

Vrayment!

AMPHITRION.

Et qui?

SOSIE.

Moi.

AMPHITRION.

Toi, te battre?

SOSIE.

Oui, moi. Non pas le moi d'ici,
Mais le moi du logis qui frappe comme quatre.

AMPHITRION.

Te confonde le Ciel de me parler ainfi!

SOSIE.

Ce ne font point des badinages.
Le moi que j'ai trouvé tantôt,
Sur le moi qui vous parle, a de grands avantages;
Il a le bras fort, le cœur haut,
J'en ai reçû des témoignages,
Et ce diable de moi m'a roffé comme il faut;
C'eft un drôle qui fait des rages.

AMPHITRION.

Achevons. As-tu vû ma femme?

SOSIE.

Non.

AMPHITRION.

Pourquoi?

AMPHITRION,
SOSIE.
Par une raison assez forte.
AMPHITRION.
Qui t'a fait y manquer, maraud? Explique-toi.
SOSIE.
Faut-il le répéter vingt fois de même sorte ?
Moi, vous dis-je, ce moi plus robuste que moi,
Ce moi, qui s'est de force emparé de la porte,
  Ce moi, qui m'a fait filer doux,
  Ce moi, qui le seul moi veut être,
  Ce moi, de moi-même jaloux,
  Ce moi vaillant, dont le courroux
  Au moi poltron s'est fait connoître;
  Enfin ce moi, qui suis chez nous,
  Ce moi, qui s'est montré mon maître,
  Ce moi qui m'a roué de coups.
AMPHITRION.
Il faut que ce matin, à force de trop boire,
  Il se soit troublé le cerveau.
SOSIE.
Je veux être pendu, si j'ai bû que de l'eau;
  A mon serment, on m'en peut croire.
AMPHITRION.
Il faut donc qu'au sommeil tes sens se soient portés,
Et qu'un songe fâcheux, dans ses confus mystéres
  T'ait fait voir toutes les chiméres,
  Dont tu me fais des vérités.

SOSIE.

Tout auſſi peu. Je n'ai point ſommeillé ;
Et n'en ai même aucune envie.
Je vous parle bien éveillé,
J'étois bien éveillé ce matin, ſur ma vie ;
Et bien éveillé même étoit l'autre Soſie,
Quand il m'a ſi bien étrillé.

AMPHITRION.

Sui-moi, je t'impoſe ſilence.
C'eſt trop me fatiguer l'eſprit.
Et je ſuis un vray fou d'avoir la patience
D'écouter, d'un valet, les ſottiſes qu'il dit.

S O S I E *à part.*

Tous les diſcours ſont des ſottiſes,
Partant d'un homme ſans éclat.
Ce ſeroient paroles exquiſes,
Si c'étoit un grand qui parlât.

AMPHITRION.

Entrons ſans davantage attendre.
Mais Alcméne paroît avec tous ſes appas ;
En ce moment, ſans doute, elle ne m'attend pas,
Et mon abord la va ſurprendre.

SCENE II.

ALCMENE, AMPHITRION, CLEANTHIS, SOSIE.

ALCMENE *fans voir Amphitrion.*

ALlons, pour mon époux, Cléanthis, vers les Dieux,
    Nous acquitter de nos hommages ;
Et les remercier des fuccès glorieux,
Dont Thébes, par fon bras, goûte les avantages.
        [*appercevant Amphitrion.*]
O Dieux !

AMPHITRION.

Faffe le Ciel, qu'Amphitrion vainqueur,
    Avec plaifir foit revû de fa femme ;
    Et que ce jour, favorable à ma flâme,
Vous redonne à mes yeux avec le même cœur !
        Que j'y retrouve autant d'ardeur
        Que vous en rapporte mon ame !

ALCMENE.

Quoi ! De retour fi-tôt ?

AMPHITRION.

            Certes, c'eft, en ce jour,
Me donner de vos feux un mauvais témoignage,
        Et ce, Quoi fi-tôt de retour ?
En ces occafions, n'eft guéres le langage
        D'un cœur bien enflammé d'amour.

                            J'ofois

J'ofois me flater., en moi-même,
Que, loin de vous, j'aurois trop demeuré.
L'attente d'un retour ardemment défiré,
Donne à tous les inftans une longueur extrême;
Et l'abfence de ce qu'on aime,
Quelque peu qu'elle dure, a toujours trop duré.

ALCMENE.

Je ne vois....

AMPHITRION.

Non, Alcméne, à fon impatience
On mefure le tems en de pareils états;
Et vous comptez les momens de l'abfence
En perfonne qui n'aime pas.
Lorfque l'on aime comme il faut,
Le moindre éloignement nous tuë;
Et ce dont on chérit la vûë,
Ne revient jamais affez tôt.
De votre accueil, je le confeffe,
Se plaint ici mon amoureufe ardeur;
Et j'attendois, de votre cœur,
D'autres tranfports de joye & de tendreffe.

ALCMENE.

J'ai peine à comprendre fur quoi
Vous fondez les difcours que je vous entends faire;
Et, fi vous vous plaignez de moi,
Je ne fçais pas, de bonne foi,
Ce qu'il faut pour vous fatisfaire.
Hier au foir, ce me femble, à votre heureux retour,

On me vit témoigner une joye affez tendre ;

   Et rendre aux foins de votre amour,

Tout ce que de mon cœur vous aviez lieu d'attendre.

AMPHITRION.

Comment ?

ALCMENE.

   Ne fis-je pas éclater à vos yeux

Les foudains mouvemens d'une entiére allégreffe ?

Et le tranfport d'un cœur peut-il s'expliquer mieux,

Au retour d'un époux qu'on aime avec tendreffe ?

AMPHITRION.

Que me dites-vous là ?

ALCMENE.

      Que même votre amour,

Montra de mon accueil une joye incroyable ;

Et que, m'ayant quittée à la pointe du jour,

   Je ne vois pas qu'à ce foudain retour,

    Ma furprife foit fi coupable.

AMPHITRION.

Eft-ce que du retour que j'ai précipité,

Un fonge, cette nuit, Alcméne, dans votre ame

    A prévenu la vérité ?

Et que, m'ayant peut-être en dormant bien traité,

    Votre cœur fe croit, vers ma flâme,

   Affez amplement acquitté ?

ALCMENE.

Eft-ce qu'une vapeur, par fa malignité,

    Amphitrion, a dans votre ame,

Du retour d'hier au foir, brouillé la vérité ?
Et que, du doux accueil duquel je m'acquittai,
  Votre cœur prétend à ma flâme,
  Ravir toute l'honnêteté ?

AMPHITRION.

  Cette vapeur, dont vous me régalez,
  Eſt un peu, ce me ſemble, étrange.

ALCMENE.

  C'eſt ce qu'on peut donner pour change,
  Au ſonge dont vous me parlez.

AMPHITRION.

A moins d'un ſonge, on ne peut pas, ſans doute,
Excuſer ce qu'ici votre bouche me dit.

ALCMENE.

A moins d'une vapeur qui vous trouble l'eſprit,
On ne peut pas ſauver ce que de vous j'écoute.

AMPHITRION.

Laiſſons un peu cette vapeur, Alcméne.

ALCMENE.

Laiſſons un peu ce ſonge, Amphitrion.

AMPHITRION.

Sur le ſujet dont il eſt queſtion,
Il n'eſt guéres de jeu, que trop loin on ne méne.

ALCMENE.

  Sans doute ; &, pour marque certaine,
Je commence à ſentir un peu d'émotion.

AMPHITRION.

Eſt-ce donc que, par là, vous voulez eſſayer
       Z z ij

A réparer l'accueil dont je vous ai fait plainte ?

ALCMENE.

Eft-ce donc que, par cette feinte,
Vous défirez vous égayer ?

AMPHITRION.

Ah ! De grace, ceffons, Alcméne, je vous prie ;
Et parlons férieufement.

ALCMENE.

Amphitrion, c'eft trop pouffer l'amufement ;
Finiffons cette raillerie.

AMPHITRION.

Quoi ! Vous ofez me foutenir en face,
Que, plûtôt qu'à cette heure, on m'ait ici pû voir ?

ALCMENE.

Quoi ! Vous voulez nier avec audace,
Que, dès hier en ces lieux, vous vîntes fur le foir ?

AMPHITRION.

Moi, je vins hier ?

ALCMENE.

Sans doute ; &, dès devant l'aurore,
Vous vous en êtes retourné.

AMPHITRION à part.

Ciel ! Un pareil débat s'eft-il pû voir encore ?
Et qui, de tout ceci, ne feroit étonné,
Sofie ?

SOSIE.

Elle a befoin de fix grains d'ellébore,
Monfieur, fon efprit eft tourné.

AMPHITRION.

Alcméne , au nom de tous les Dieux ,
Ce difcours a d'étranges fuites ,
Reprenez vos fens un peu mieux ;
Et penfez à ce que vous dites.

ALCMENE.

J'y penfe mûrement auffi ,
Et tous ceux du logis ont vû votre arrivée.
J'ignore quel motif vous fait agir ainfi ;
Mais , fi la chofe avoit befoin d'être prouvée,
S'il étoit vray qu'on pût ne s'en fouvenir pas ,
De qui puis-je tenir , que de vous , la nouvelle
        Du dernier de tous vos combats ,
Et les cinq diamans que portoit Ptérélas
        Qu'a fait , dans la nuit éternelle ,
        Tomber l'effort de votre bras ?
En pourroit-on vouloir un plus fûr témoignage ?

AMPHITRION.

Quoi ! Je vous ai déja donné
Le nœud de diamans que j'eus pour mon partage ,
        Et que je vous ai deftiné ?

ALCMENE.

Affûrément. Il n'eft pas difficile
De vous en bien convaincre.

AMPHITRION.

        Et comment ?

ALCMENE *montrant , à fa ceinture , le nœud de diamans.*
        Le voici.

AMPHITRION.

Sofie?

S O S I E *tirant de fa poche un coffret.*

Elle fe moque, & je le tiens ici,

Monfieur ; la feinte eft inutile.

A M P H I T R I O N *regardant le coffret.*

Le cachet eft entier.

A L C M E N E *préfentant à Amphitrion le nœud de diamans.*

Eft-ce une vifion?

Tenez. Trouverez-vous cette preuve affez forte ?

AMPHITRION.

Ah Ciel ! O jufte Ciel !

ALCMENE.

Allez, Amphitrion,

Vous vous moquez d'en ufer de la forte ;

Et vous en devriez avoir confufion.

AMPHITRION.

Romps vîte ce cachet.

S O S I E *ayant ouvert le coffret.*

Ma foi, la place eft vuide.

Il faut que, par magie, on ait fçû le tirer,

Ou bien que, de lui-même, il foit venu, fans guide,

Vers celle qu'il a fçû qu'on en vouloit parer.

A M P H I T R I O N *à part.*

O Dieux, dont le pouvoir fur les chofes préfide,

Quelle eft cette avanture, & qu'en puis-je augurer,

Dont mon amour ne s'intimide ?

SOSIE *à Amphitrion.*

Si fa bouche dit vray, nous avons même fort ;
Et, de même que moi, Monfieur, vous étes double.

AMPHITRION.

Tai-toi.

ALCMENE.

Sur quoi vous étonner fi fort,
Et d'où peut naître ce grand trouble ?

AMPHITRION *à part.*

O Ciel ! Quel étrange embarras !
Je vois des incidens qui paffent la nature ;
Et mon honneur redoute une avanture,
Que mon efprit ne comprend pas.

ALCMENE.

Songez-vous, en tenant cette preuve fenfible,
A me nier encor votre retour preffé.

AMPHITRION.

Non ; mais, à ce retour, daignez, s'il eft poffible,
Me conter ce qui s'eft paffé.

ALCMENE.

Puifque vous demandez ce récit de la chofe,
Vous voulez dire donc que ce n'étoit pas vous.

AMPHITRION.

Pardonnez-moi ; mais j'ai certaine caufe,
Qui me fait demander ce récit entre nous.

ALCMENE

Les foucis importans, qui vous peuvent faifir,
Vous ont-ils fait fi vîte en perdre la mémoire ?

AMPHITRION.

Peut-être ; mais enfin vous me ferez plaisir
De m'en dire toute l'histoire.

ALCMENE.

L'histoire n'est pas longue. A vous je m'avançai,
Pleine d'une aimable surprise ;
Tendrement je vous embrassai,
Et témoignai ma joye, à plus d'une reprise.

AMPHITRION *à part.*

Ah ! D'un si doux accueil je me serois passé.

ALCMENE.

Vous me fites d'abord ce présent d'importance,
Que, du butin conquis, vous m'aviez destiné.
Votre cœur, avec véhémence,
M'étala de ses feux toute la violence,
Et les soins importuns qui l'avoient enchaîné,
L'aise de me revoir, les tourmens de l'absence,
Tout le souci que son impatience,
Pour le retour, s'étoit donné ;
Et jamais votre amour, en pareille occurrence,
Ne me parut si tendre & si passionné.

AMPHITRION *à part.*

Peut-on plus vivement se voir assassiné ?

ALCMENE.

Tous ces transports, toute cette tendresse,
Comme vous croyez bien, ne me déplaisoient pas ;
Et, s'il faut que je le confesse,
Mon cœur, Amphitrion, y trouvoit mille appas.

AMPHITRION.

AMPHITRION.

Enfuite, s'il vous plaît?

ALCMENE.

Nous nous entrecoupâmes
De mille queftions qui pouvoient nous toucher.
On fervit. Tête à tête, enfemble nous foupâmes;
Et, le foupé fini, nous nous fûmes coucher.

AMPHITRION.

Enfemble?

ALCMENE.

Affûrément. Quelle eft cette demande?

AMPHITRION à part.

Ah! C'eft ici le coup le plus cruel de tous,
Et dont à s'affûrer trembloit mon feu jaloux.

ALCMENE.

D'où vous vient, à ce mot, une rougeur fi grande?
Ai-je fait quelque mal de coucher avec vous?

AMPHITRION.

Non ce n'étoit pas moi, pour ma douleur fenfible;
Et qui dit qu'hier ici mes pas fe font portés,
Dit, de toutes les fauffetés,
La fauffeté la plus horrible.

ALCMENE.

Amphitrion?

AMPHITRION.

Perfide.

ALCMENE.

Ah! Quel emportement!

Tome IV. A a a

AMPHITRION.

Non, non, plus de douceur & plus de déférence.
Ce revers vient à bout de toute ma conftance ;
Et mon cœur ne refpire, en ce fatal moment,
  Et que fureur, & que vengeance.

ALCMENE.

De qui donc vous venger, & quel manque de foi
  Vous fait ici me traiter de coupable?

AMPHITRION.

  Je ne fçais pas ; mais ce n'étoit pas moi,
Et c'eft un défefpoir, qui de tout rend capable.

ALCMENE.

Allez, indigne époux, le fait parle de foi ;
  Et l'impofture eft effroyable.
  C'eft trop me pouffer là-deffus,
Et d'infidélité me voir trop condamnée.
  Si vous cherchez, dans ces tranfports confus,
Un prétexte à brifer les nœuds d'un hyménée
  Qui me tient à vous enchaînée,
  Tous ces détours font fuperflus ;
  Et me voilà déterminée
A fouffrir qu'en ce jour nos liens foient rompus.

AMPHITRION.

Après l'indigne affront que l'on me fait connoître,
C'eft bien à quoi, fans doute, il faut vous préparer.
C'eft le moins qu'on doit voir ; & les chofes, peut-être,
  Pourront n'en pas là demeurer.
Le déshonneur eft fûr, mon malheur m'eft vifible,

Et mon amour en vain voudroit me l'obſcurcir.
Mais le détail encor ne m'en eſt pas ſenſible ;
Et mon juſte courroux prétend s'en éclaircir.
Votre frere déjà peut hautement répondre,
Que, juſqu'à ce matin, je ne l'ai point quitté.
Je m'en vais le chercher, afin de vous confondre
Sur ce retour qui m'eſt fauſſement imputé.
Après, nous percerons juſqu'au fond d'un myſtére,
        Juſques à préſent inoui ;
Et, dans les mouvemens d'une juſte colére,
        Malheur à qui m'aura trahi.

SOSIE.

Monſieur....

AMPHITRION.

            Ne m'accompagne pas,
Et demeure ici pour m'attendre.

CLEANTHIS *à Alcméne.*

Faut-il.....

ALCMENE.

            Je ne puis rien entendre.
Laiſſe-moi ſeule, & ne ſui point mes pas.

SCENE III.

CLEANTHIS, SOSIE.

CLEANTHIS *à part.*

IL faut que quelque chose ait brouillé sa cervelle ;
Mais le frere sur le champ
Finira cette querelle.

SOSIE *à part.*

C'est ici, pour mon maître, un coup assez touchant ;
Et son avanture est cruelle.
Je crains fort, pour mon fait, quelque chose approchant ;
Et je m'en veux, tout doux, éclaircir avec elle.

CLEANTHIS *à part.*

Voyez s'il me viendra seulement aborder.
Mais je veux m'empêcher de rien faire paroître.

SOSIE *à part.*

La chose quelquefois est fâcheuse à connoître,
Et je tremble à la demander.
Ne vaudroit-il pas mieux, pour ne rien hazarder,
Ignorer ce qu'il en peut être ?
Allons, tout coup vaille, il faut voir,
Et je ne m'en sçaurois défendre.
La foiblesse humaine est d'avoir
Des curiosités d'apprendre
Ce qu'on ne voudroit pas sçavoir.
Dieu te gard, Cléanthis.

CLEANTHIS.

Ah, ah! Tu t'en avifes,
Traître, de t'approcher de nous.

SOSIE.

Mon Dieu! Qu'as-tu? Toujours on te voit en courroux;
Et fur rien tu te formalifes?

CLEANTHIS.

Qu'appelles-tu fur rien? Di?

SOSIE.

J'appelle fur rien,
Ce qui, fur rien, s'appelle en vers, ainfi qu'en profe;
Et rien, comme tu le fçais bien,
Veut dire rien, ou peu de chofe.

CLEANTHIS.

Je ne fçais qui me tient, infame,
Que je ne t'arrache les yeux,
Et ne t'apprenne où va le courroux d'une femme.

SOSIE.

Holà. D'où te vient donc ce tranfport furieux?

CLEANTHIS.

Tu n'appelles donc rien le procédé, peut-être,
Qu'avec moi ton cœur a tenu?

SOSIE.

Et quel?

CLEANTHIS.

Quoi! Tu fais l'ingénu?
Eft-ce qu'à l'exemple du maître,
Tu veux dire qu'ici tu n'es pas revenu?

SOSIE

Non, je fçais fort bien le contraire;
Mais je ne t'en fais pas le fin.
Nous avions bû de je ne fçais quel vin,
Qui m'a fait oublier tout ce que j'ai pû faire.

CLEANTHIS.

Tu crois, peut-être, excufer par ce trait....

SOSIE.

Non, tout de bon, tu m'en peux croire.
J'étois dans un état, où je puis avoir fait
Des chofes dont j'aurois regret;
Et dont je n'ai nulle mémoire.

CLEANTHIS.

Tu ne te fouviens point du tout de la maniére
Dont tu m'as fçû traiter étant venu du port?

SOSIE.

Non plus que rien; tu peux m'en faire le rapport.
Je fuis équitable & fincére,
Et me condamnerai, moi-même, fi j'ai tort.

CLEANTHIS.

Comment! Amphitrion m'ayant fçû difpofer,
Jufqu'à ce que tu vins, j'avois pouffé ma veille;
Mais je ne vis jamais une froideur pareille,
De ta femme il fallut moi-même t'avifer;
Et, lorfque je fus te baifer,
Tu détournas le néz, & me donnas l'oreille.

SOSIE.

Bon.

CLEANTHIS.

Comment, bon?

SOSIE.

Mon Dieu! Tu ne fçais pas pourquoi,
Cléanthis, je tiens ce langage.
J'avois mangé de l'ail, & fis en homme fage
De détourner un peu mon haleine de toi.

CLEANTHIS.

Je te fçûs exprimer des tendreffes de cœur;
Mais, à tous mes difcours, tu fus comme une fouche;
Et jamais un mot de douceur
Ne te put fortir de la bouche.

SOSIE *à part.*

Courage.

CLEANTHIS.

Enfin, ma flâme eut beau s'émanciper,
Sa chafte ardeur, en toi, ne trouva rien que glace;
Et, dans un tel retour, je te vis la tromper
Jufqu'à faire refus de prendre au lit la place
Que les loix de l'hymen t'obligent d'occuper.

SOSIE.

Quoi! Je ne couchai point?

CLEANTHIS.

Non, lâche.

SOSIE.

Eft-il poffible?

CLEANTHIS.

Traître, il n'eft que trop affûré;

C'eſt de tous les affronts l'affront le plus ſenſible ;
Et, loin que ce matin ton cœur l'ait réparé,
Tu t'es d'avec moi ſéparé
Par des diſcours chargés d'un mépris tout viſible.

SOSIE *à part.*

Vivat, Soſie.

CLEANTHIS.

Hé quoi ! Ma plainte a cet effet ?
Tu ris après ce bel ouvrage ?

SOSIE.

Que je ſuis de moi ſatisfait !

CLEANTHIS.

Exprime-t-on ainſi le regret d'un outrage ?

SOSIE.

Je n'aurois jamais crû que j'euſſe été ſi ſage.

CLEANTHIS.

Loin de te condamner d'un ſi perfide trait,
Tu m'en fais éclater la joye en ton viſage.

SOSIE.

Mon Dieu ! Tout doucement. Si je parois joyeux,
Croi que j'en ai, dans l'ame, une raiſon très-forte ;
Et que, ſans y penſer, je ne fis jamais mieux,
Que d'en uſer tantôt avec toi de la ſorte.

CLEANTHIS.

Traître, te moques-tu de moi ?

SOSIE.

Non, je te parle avec franchiſe.
En l'état où j'étois, j'avois certain effroi

Dont

Dont , avec ton difcours, mon ame s'eſt remiſe.
Je m'appréhendois fort , & craignois qu'avec toi
  Je n'euſſe fait quelque ſottiſe.

CLEANTHIS.

Quelle eſt cette frayeur , & ſçachons donc pourquoi ?

SOSIE.

  Les médecins diſent , quand on eſt yvre,
  Que , de ſa femme, on ſe doit abſtenir ;
Et que , dans cet état , il ne peut provenir
Que des enfans peſans , & qui ne ſçauroient vivre.
Voi, ſi mon cœur n'eût ſçû de froideur ſe munir,
Quels inconvéniens auroient pû s'en enſuivre.

CLEANTHIS.

  Je me moque des médecins
  Avec leurs raiſonnemens fades.
  Qu'ils réglent ceux qui ſont malades ,
Sans vouloir gouverner les gens qui ſont bien ſains,
  Ils ſe mêlent de trop d'affaires ,
De prétendre tenir nos chaſtes feux gênés ;
  Et , ſur les jours caniculaires,
Ils nous donnent encore , avec leurs loix ſévéres,
  De cent ſots contes par le néz.

SOSIE.

Tout doux.

CLEANTHIS.

  Non , je ſoutiens que cela conclut mal ;
Ces raiſons ſont raiſons d'extravagantes têtes.
Il n'eſt ni vin , ni tems qui puiſſe être fatal

Tome IV.   B b b

A remplir le devoir de l'amour conjugal ;
Et les médecins font des bêtes.

SOSIE.

Contr'eux, je t'en fupplie, appaife ton courroux ;
Ce font d'honnêtes gens, quoique le monde en dife.

CLEANTHIS.

Tu n'es pas où tu crois. En vain tu files doux.
Ton excufe n'eft point une excufe de mife ;
Et je me veux venger, tôt ou tard, entre nous,
De l'air dont, chaque jour, je vois qu'on me méprife.
Des difcours de tantôt je garde tous les coups,
Et tâcherai d'ufer, lâche & perfide époux,
De cette liberté que ton cœur m'a permife.

SOSIE.

Quoi ?

CLEANTHIS.

Tu m'as dit tantôt que tu confentois fort,
Lâche, que j'en aimaffe un autre.

SOSIE.

Ah ! Pour cet article, j'ai tort,
Je m'en dédis ; il y va trop du nôtre.
Garde-toi bien de fuivre ce tranfport.

CLEANTHIS.

Si je puis une fois pourtant
Sur mon efprit gagner la chofe....

SOSIE.

Fais à ce difcours quelque paufe,
Amphitrion revient, qui me paroît content.

SCENE IV.

JUPITER, CLEANTHIS, SOSIE.

JUPITER *à part.*

JE viens prendre le tems de rappaiser Alcméne,
De bannir les chagrins que son cœur veut garder;
Et donner à mes feux, dans ce soin qui m'améne,
Le doux plaisir de se raccommoder.

[*à Cléanthis.*]

Alcméne est là-haut, n'est-ce pas?

CLEANTHIS.

Oüi, pleine d'une inquiétude,
Qui cherche de la solitude;
Et qui m'a défendu d'accompagner ses pas.

JUPITER.

Quelque défense qu'elle ait faite,
Elle ne sera pas pour moi.

SCENE V.

CLEANTHIS, SOSIE.

CLEANTHIS.

SOn chagrin, à ce que je voi,
A fait une promte retraite.

SOSIE.

Que dis-tu, Cléanthis, de ce joyeux maintien,

Bbb ij

Après fon fracas effroyable ?

CLEANTHIS.

Que, fi toutes nous faifions bien,
Nous donnerions tous les hommes au diable ;
Et que le meilleur n'en vaut rien.

SOSIE.

Cela fe dit dans le courroux.
Mais, aux hommes, par trop vous étes accrochées ;
Et vous feriez, ma foi, toutes bien empêchées,
Si le diable les prenoit tous.

CLEANTHIS.

Vrayment....

SOSIE.

Le voici. Taifons-nous.

SCENE VI.

JUPITER, ALCMENE, CLEANTHIS, SOSIE.

JUPITER.

Voulez-vous me défefpérer ?
Hélas! Arrêtez, belle Alcméne.

ALCMENE.

Non, avec l'auteur de ma peine,
Je ne puis du tout demeurer.

JUPITER.

De grace....

ALCMENE.

Laiffez-moi.

JUPITER.

Quoi.....

ALCMENE.

Laiffez-moi, vous dis-je.

JUPITER *bas à part.*

Ses pleurs touchent mon ame, & fa douleur m'afflige.

[*haut.*]

Souffrez que mon cœur....

ALCMENE.

Non, ne fuivez point mes pas.

JUPITER.

Où voulez-vous aller?

ALCMENE.

Où vous ne ferez pas.

JUPITER.

Ce vous eft une attente vaine.

Je tiens à vos beautés par un nœud trop ferré,

Pour pouvoir un moment en être féparé.

Je vous fuivrai par tout, Alcméne.

ALCMENE.

Et moi par tout je vous fuirai.

JUPITER.

Je fuis donc bien épouvantable?

ALCMENE.

Plus qu'on ne peut dire, à mes yeux.

Oui, je vous vois comme un monftre effroyable,

Un monftre cruel, furieux,

Et dont l'approche eft redoutable ;

Comme un monftre à fuir en tous lieux.

Mon cœur fouffre, à vous voir, une peine incroyable,

C'eft un fupplice qui m'accable ;

Et je ne vois rien fous les Cieux

D'affreux, d'horrible, d'odieux,

Qui ne me fût plus que vous fupportable.

JUPITER.

En voilà bien, hélas ! que votre bouche dit.

ALCMENE.

J'en ai dans le cœur davantage ;

Et, pour l'exprimer tout, ce cœur a du dépit

De ne point trouver de langage.

JUPITER.

Hé ! Que vous a donc fait ma flâme,

Pour me pouvoir, Alcméne, en monftre regarder ?

ALCMENE.

Ah, jufte Ciel ! Cela fe peut-il demander ?

Et n'eft-ce pas pour mettre à bout une ame ?

JUPITER.

Ah ! D'un efprit plus adouci ....

ALCMENE.

Non, je ne veux, du tout, vous voir, ni vous entendre.

JUPITER.

Avez-vous bien le cœur de me traiter ainfi ?

Eft-ce-là cet amour fi tendre,

Qui devoit tant durer quand je vins hier ici ?

ALCMENE.

Non, non, ce ne l'eſt pas ; & vos lâches injures
En ont autrement ordonné.
Il n'eſt plus, cet amour, tendre & paſſionné ;
Vous l'avez, dans mon cœur, par cent vives bleſſures,
Cruellement aſſaſſiné.
C'eſt, en ſa place, un courroux infléxible,
Un vif reſſentiment, un dépit invincible,
Un déſeſpoir d'un cœur juſtement animé
Qui prétend vous haïr pour cet affront ſenſible,
Autant qu'il eſt d'accord de vous avoir aimé ;
Et c'eſt haïr autant qu'il eſt poſſible.

JUPITER.

Hélas ! Que votre amour n'avoit guéres de force,
Si de ſi peu de choſe on le peut voir mourir !
Ce qui n'étoit que jeu, doit-il faire un divorce,
Et d'une raillerie a-t-on lieu de s'aigrir ?

ALCMENE.

Ah ! C'eſt cela dont je ſuis offenſée,
Et que ne peut pardonner mon courroux.
Des véritables traits d'un mouvement jaloux
Je me trouverois moins bleſſée.
La jalouſie a des impreſſions,
Dont bien ſouvent la force nous entraîne ;
Et l'ame la plus ſage, en ces occaſions,
Sans doute, avec aſſez de peine,
Répond de ſes émotions.
L'emportement d'un cœur qui peut s'être abuſé

A dequoi ramener une ame qu'il offenfe;

Et, dans l'amour qui lui donne naiffance

Il trouve au moins, malgré toute fa violence,

Des raifons pour être excufé.

De femblables tranfports contre un reffentiment,

Pour défenfe, toujours ont ce qui les fait naître;

Et l'on donne grace aifément

A ce dont on n'eft pas le maître.

Mais que, de gayeté de cœur,

On paffe aux mouvemens d'une fureur extrême;

Que, fans caufe, l'on vienne, avec tant de rigueur,

Bleffer la tendreffe & l'honneur

D'un cœur qui chérement nous aime;

Ah! C'eft un coup trop cruel en lui-même,

Et que jamais n'oubliera ma douleur.

JUPITER.

Oui, vous avez raifon, Alcméne, il fe faut rendre.

Cette action, fans doute, eft un crime odieux,

Je ne prétends plus le défendre.

Mais fouffrez que mon cœur s'en défende à vos yeux;

Et donne au vôtre à qui fe prendre

De ce tranfport injurieux.

A vous en faire un aveu véritable,

L'époux, Alcméne, a commis tout le mal,

C'eft l'époux qu'il vous faut regarder en coupable;

L'amant n'a point de part à ce tranfport brutal,

Et, de vous offenfer, fon cœur n'eft point capable.

Il a pour vous, ce cœur, pour y jamais penfer,

Trop

Trop de refpe& & de tendreffe ;
Et, fi de faire rien à vous pouvoir bleffer
Il avoit eu la coupable foibleffe,
De cent coups, à vos yeux, il voudroit le percer.
Mais l'époux eft forti de ce refpe& foumis
Où pour vous l'on doit toujours être ;
A fon dur procédé l'époux s'eft fait connoître ;
Et, par le droit d'hymen, il s'eft crû tout permis.
Oui, c'eft lui qui, fans doute, eft criminel vers vous,
Lui feul a maltraité votre aimable perfonne ;
Haïffez, déteftez l'époux,
J'y confens ; & vous l'abandonne.
Mais, Alcméne, fauvez l'amant de ce courroux.
Qu'une telle offenfe vous donne ;
N'en jettez pas fur lui l'effet,
Démêlez-le un peu du coupable ;
Et, pour être enfin équitable,
Ne le puniffez point de ce qu'il n'a pas fait.

ALCMENE.

Ah ! Toutes ces fubtilités
N'ont que des excufes frivoles ;
Et, pour les efprits irrités,
Ce font des contre-tems, que de telles paroles.
Ce détour ridicule eft en vain pris par vous.
Je ne diftingue rien en celui qui m'offenfe,
Tout y devient l'objet de mon courroux ;
Et, dans fa jufte violence,
Sont confondus & l'amant & l'époux.

Tome IV.   C c c

Tous deux, de même forte, occupent ma pênfée;
Et, des mêmes couleurs, par mon ame bleffée,
  Tous deux ils font peints à mes yeux,
Tous deux font criminels, tous deux m'ont offenfée;
  Et tous deux me font odieux.

JUPITER.

  Hé bien, puifque vous le voulez,
  Il faut donc me charger du crime.
Oui, vous avez raifon, lorfque vous m'immolez
A vos reffentimens, en coupable victime.
Un trop jufte dépit contre moi vous anime;
Et tout ce grand courroux qu'ici vous étalez,
Ne me fait endurer qu'un tourment légitime.
  C'eft, avec droit, que mon abord vous chaffe,
   Et que, de me fuir en tous lieux,
   Votre colére me menace.
  Je dois vous être un objet odieux,
Vous devez me vouloir un mal prodigieux,
Il n'eft aucune horreur que mon forfait ne paffe;
   D'avoir offenfé vos beaux yeux,
C'eft un crime à bleffer les hommes & les Dieux;
Et je mérite enfin, pour punir cette audace,
  Que, contre moi, votre haine ramaffe
   Tous fes traits les plus furieux.
   Mais mon cœur vous demande grace;
Pour vous la demander je me jette à genoux;
Et la demande au nom de la plus vive flâme,
  Du plus tendre amour dont une ame

Puiſſe jamais brûler pour vous.

Si votre cœur, charmante Alcméne,
Me refuſe la grace où j'oſe recourir;

Il faut qu'une atteinte ſoudaine
M'arrache, en me faiſant mourir,
Aux dures rigueurs d'une peine
Que je ne ſçaurois plus ſouffrir.
Oui, cet état me déſeſpére,
Alcméne; ne préſumez pas

Qu'aimant, comme je fais, vos céleſtes appas,
Je puiſſe vivre un jour avec votre colére.
Déjà de ces momens la barbare longueur

Fait, ſous des atteintes mortelles,
Succomber tout mon triſte cœur;

Et, de mille vautours, les bleſſures cruelles
N'ont rien de comparable à ma vive douleur.
Alcméne, vous n'avez qu'à me le déclarer;
S'il n'eſt point de pardon que je doive eſpérer,
Cette épée auſſi-tôt, par un coup favorable,
Va percer à vos yeux le cœur d'un miſérable,
Ce cœur, ce traître cœur trop digne d'expirer,
Puiſqu'il a pû fâcher un objet adorable.
Heureux, en deſcendant au ténébreux ſéjour,
Si, de votre courroux, mon trépas vous raméne;
Et ne laiſſe en votre ame, après ce triſte jour,

Aucune impreſſion de haine,
Au ſouvenir de mon amour.

C'eſt tout ce que j'attends pour faveur ſouveraine.

ALCMENE.

Ah! Trop cruel époux!

JUPITER.

Dites, parlez, Alcméne.

ALCMENE.

Faut-il encor pour vous conferver des bontés,
Et vous voir m'outrager par tant d'indignités?

JUPITER.

Quelque reffentiment qu'un outrage nous caufe,
Tient-il contre un remords d'un cœur bien enflammé?

ALCMENE.

Un cœur bien plein de flâme à mille morts s'expofe,
Plûtôt que de vouloir fâcher l'objet aimé.

JUPITER.

Plus on aime quelqu'un, moins on trouve de peine...

ALCMENE.

Non, ne m'en parlez point, vous méritez ma haine.

JUPITER.

Vous me haïffez donc?

ALCMENE.

J'y fais tout mon effort;
Et j'ai dépit de voir que toute votre offenfe
Ne puiffe de mon cœur, jufqu'à cette vengeance,
Faire encore aller le tranfport.

JUPITER.

Mais pourquoi cette violence,
Puifque, pour vous venger, je vous offre ma mort?
Prononcez-en l'arrêt, & j'obéïs fur l'heure.

ALCMENE.

Qui ne fçauroit haïr, peut-il vouloir qu'on meure?

JUPITER.

Et moi, je ne puis vivre, à moins que vous quittiez
Cette colére qui m'accable ;
Et que vous m'accordiez le pardon favorable,
Que je vous demande à vos piéds.

[Sofie & Cléanthis fe mettent aufi à genoux.]

Réfolvez ici l'un des deux,
Ou de punir, ou bien d'abfoudre.

ALCMENE.

Hélas ! Ce que je puis réfoudre
Paroît bien plus que je ne veux.
Pour vouloir foutenir le courroux qu'on me donne,
Mon cœur a trop fçû me trahir ;
Dire qu'on ne fçauroit haïr,
N'eft-ce pas dire qu'on pardonne?

JUPITER.

Ah! Belle Alcméne, il faut que comblé d'allégreffe....

ALCMENE.

Laiffez. Je me veux mal de mon trop de foibleffe.

JUPITER.

Va, Sofie, & dépêche-toi,
Voi, dans les doux tranfports dont mon ame eft charmée,
Ce que tu trouveras d'officiers de l'armée,
Et les invite à dîner avec moi.

[bas à part.]

Tandis que d'ici je le chasse,

Mercure remplira sa place.

SCENE VII.

CLEANTHIS, SOSIE.

SOSIE.

HE bien, tu vois, Cléanthis, ce ménage.

Veux-tu qu'à leur exemple, ici,

Nous fassions, entre nous, un peu de paix aussi,

Quelque petit rapatriage?

CLEANTHIS.

C'est pour ton néz, vrayment. Cela se fait ainsi.

SOSIE.

Quoi! Tu ne veux pas?

CLEANTHIS.

Non.

SOSIE.

Il ne m'importe guére,

Tant pis pour toi.

CLEANTHIS.

Là, là, revien.

SOSIE.

Non, morbleu. Je n'en ferai rien;

Et je veux être, à mon tour, en colére.

CLEANTHIS.

Va, va, traître, laisse-moi faire ;
On se lasse, par fois, d'être femme de bien.

Fin du second Acte.

Blondel Inuent.   Fouillain Sculpsit.

ACTE TROISIÉME.

SCENE PREMIERE.

AMPHITRION.

 Ui, sans doute, le fort tout exprès me le
    cache ;
Et, des tours que je fais, à la fin, je suis las.
Il n'est point de destin plus cruel, que je
    sçache.
Je ne sçaurois trouver, portant par tout mes pas,
    Celui qu'à chercher je m'attache ;
Et je trouve tous ceux que je ne cherche pas.
Mille fâcheux cruels, qui ne pensent pas l'être,
De nos faits avec moi, sans beaucoup me connoître,
Viennent se réjouir pour me faire enrager.
Dans l'embarras cruel du souci qui me blesse,
De leurs embrassemens, & de leur allégresse,
Sur mon inquiétude ils viennent tous charger.
    En vain à passer je m'apprête
    Pour fuir leurs persécutions,
Leur tuante amitié de tous côtés m'arrête ;

Et

Et, tandis qu'à l'ardeur de leurs expreffions,
          Je réponds d'un gefte de tête,
Je leur donne, tout bas, cent malédictions.
Ah! Qu'on eft peu flaté de louange, d'honneur,
Et de tout ce que donne une grande victoire,
Lorfque, dans l'ame, on fouffre une vive douleur!
Et que l'on donneroit volontiers cette gloire
          Pour avoir le repos du cœur!
          Ma jaloufie à tout propos
          Me proméne fur ma difgrace;
          Et plus mon efprit y repaffe,
Moins j'en puis débrouiller le funefte cahos.
Le vol des diamans n'eft pas ce qui m'étonne,
On leve les cachets, qu'on ne l'apperçoit pas;
Mais le don qu'on veut qu'hier j'en vins faire en perfonne,
Eft ce qui fait ici mon cruel embarras.
La nature par fois produit des reffemblances,
Dont quelques impofteurs ont pris droit d'abufer;
Mais il eft hors de fens que, fous ces apparences,
Un homme pour époux fe puiffe fuppofer;
Et, dans tous ces rapports, font mille différences,
Dont fe peut une femme aifément avifer.
          Des charmes de la Theffalie
On vante de tout tems les merveilleux effets;
Mais les contes fameux qui par tout en font faits,
Dans mon efprit toujours ont paffé pour folie;
Et ce feroit du fort une étrange rigueur,
          Qu'au fortir d'une ample victoire,
Tome IV.   D d d

Je fûſſe contraint de les croire,

  Aux dépens de mon propre honneur.

Je veux la retâter ſur ce facheux myſtére,

Et voir ſi ce n'eſt point une vaine chimére

Qui, ſur ſes ſens troublés, ait ſçû prendre crédit.

  Ah! Faſſe le Ciel équitable

  Que ce penſer ſoit véritable;

Et que, pour mon bonheur, elle ait perdu l'eſprit!

SCENE II.

MERCURE, AMPHITRION.

MERCURE *ſur le balcon de la maiſon d'Amphitrion,*

ſans être vû, ni entendu par Amphitrion.

Comme l'amour ici ne m'offre aucun plaiſir,

 Je m'en veux faire au moins qui ſoient d'autre nature;

Et je vais égayer mon ſérieux loiſir

A mettre Amphitrion hors de toute meſure.

Cela n'eſt pas d'un Dieu bien plein de charité;

Mais auſſi ce n'eſt pas ce dont je m'inquiéte;

  Et je me ſens, par ma planette,

  A la malice un peu porté.

  AMPHITRION *ſans voir Mercure.*

D'où vient donc qu'à cette heure on ferme cette porte?

  MERCURE.

Holà, tout doucement. Qui frappe?

  AMPHITRION.

    Moi.

MERCURE.

Qui, moi?

AMPHITRION *appercevant Mercure qu'il prend pour Sofie.*

Ah! Ouvre.

MERCURE.

Comment, ouvre? Et qui donc es-tu toi
Qui fais tant de vacarme, & parles de la sorte?

AMPHITRION.

Quoi! Tu ne me connois pas?

MERCURE.

Non;

Et n'en ai pas la moindre envie.

AMPHITRION *à part.*

Tout le monde perd-il aujourd'huy la raison?
Est-ce un mal répandu? Sofie, holà, Sofie.

MERCURE.

Hé bien, Sofie; oui, c'est mon nom,
As-tu peur que je ne l'oublie?

AMPHITRION.

Me vois-tu bien?

MERCURE.

Fort bien. Qui peut pousser ton bras
A faire une rumeur si grande?
Et que demandes-tu là bas?

AMPHITRION.

Moi, pendard, ce que je demande?

MERCURE.

Que ne demandes-tu donc pas?

Parle, fi tu veux qu'on t'entende.

AMPHITRION.

Attend, traître. Avec un bâton
Je vais là haut me faire entendre ;
Et, de bonne façon, t'apprendre
A m'ofer parler fur ce ton.

MERCURE.

Tout beau. Si pour heurter tu fais la moindre inftance,
Je t'envoyerai d'ici des meffagers fâcheux.

AMPHITRION.

O Ciel ! Vit-on jamais une telle infolence ?
La peut-on concevoir d'un ferviteur, d'un gueux ?

MERCURE.

Hé bien ? Qu'eft-ce ? M'as-tu tout parcouru par ordre ?
M'as-tu de tes gros yeux affez confidéré ?
Comme il les écarquille & paroît effaré !
    Si, des regards, on pouvoit mordre,
    Il m'auroit déjà déchiré.

AMPHITRION.

Moi-même je frémis de ce que tu t'apprêtes
    Avec ces impudens propos.
Que tu groffis pour toi d'effroyables tempêtes !
Quels orages de coups vont fondre fur ton dos !

MERCURE.

L'ami, fi, de ces lieux, tu ne veux difparoître,
Tu pourras y gagner quelque çontufion.

AMPHITRION.

Ah ! Tu fçauras, maraud, à ta confufion,

Ce que c'eſt qu'un valet qui s'attaque à ſon maître.

MERCURE.

Toi, mon maître ?

AMPHITRION.

Oui, coquin. M'oſes-tu méconnoître ?

MERCURE.

Je n'en reconnois point d'autre qu'Amphitrion.

AMPHITRION.

Et cet Amphitrion, qui, hors moi, le peut être ?

MERCURE.

Amphitrion ?

AMPHITRION.

Sans doute.

MERCURE.

Ah ! Quelle viſion !
Di nous un peu. Quel eſt le cabaret honnête,
Où tu t'es coëffé le cerveau ?

AMPHITRION.

Comment ! Encore ?

MERCURE.

Etoit-ce un vin à faire fête ?

AMPHITRION.

Ciel !

MERCURE.

Etoit-il vieux, ou nouveau ?

AMPHITRION.

Que de coups !

MERCURE.

Le nouveau donne fort dans la tête,
Quand on le veut boire fans eau.

AMPHITRION.

Ah! Je t'arracherai cette langue, fans doute.

MERCURE.

Paffe, mon pauvre ami, croi-moi,
Que quelqu'un ici ne t'écoute.
Je refpecte le vin. Va-t'en, retire-toi,
Et laiffe Amphitrion dans les plaifirs qu'il goûte.

AMPHITRION.

Comment! Amphitrion eft là-dedans?

MERCURE.

Fort bien;
Qui, couvert de lauriers d'une victoire pleine,
Eft auprès de la belle Alcméne,
A jouir des douceurs d'un aimable entretien.
Après le démêlé d'un amoureux caprice,
Ils goûtent le plaifir de s'être rajuftés.
Garde-toi de troubler leurs douces privautés,
Si tu ne veux qu'il ne puniffe
L'excès de tes témérités.

SCENE III.

AMPHITRION *seul.*

AH! Quel étrange coup m'a-t-il porté dans l'ame ?
En quel trouble cruel jette-t-il mon esprit ?
Et, si les choses sont comme le traître dit,
Où vois-je ici réduits mon honneur & ma flâme ?
A quel parti me doit résoudre ma raison ?
  Ai-je l'éclat, ou le secret à prendre ?
Et dois-je, en mon courroux, renfermer ou répandre
  Le déshonneur de ma maison ?
Ah! Faut-il consulter, dans un affront si rude ?
Je n'ai rien à prétendre, & rien à ménager;
  Et toute mon inquiétude
  Ne doit aller qu'à me venger.

SCENE IV.

AMPHITRION, SOSIE, NAUCRATES & POLIDAS
dans le fond du théatre.

SOSIE *à Amphitrion.*

MOnsieur, avec mes soins, tout ce que j'ai pû faire,
C'est de vous amener ces messieurs que voici.

AMPHITRION.

Ah! Vous voilà.

AMPHITRION,

SOSIE.

Monſieur.

AMPHITRION.

Inſolent, téméraire.

SOSIE.

Quoi ?

AMPHITRION.

Je vous apprendrai de me traiter ainſi.

SOSIE.

Qu'eſt-ce donc ? Qu'avez-vous ?

AMPHITRION *mettant l'épée à la main.*

Ce que j'ai, miſérable ?

SOSIE *à Naucratès & à Polidas.*

Holà, Meſſieurs, venez donc tôt.

NAUCRATES *à Amphitrion.*

Ah ! De grace, arrêtez.

SOSIE.

De quoi ſuis-je coupable ?

AMPHITRION.

Tu me le demandes, maraud ?

[*à Naucratès.*]

Laiſſez-moi ſatisfaire un courroux légitime.

SOSIE.

Lorſque l'on pend quelqu'un, on lui dit pourquoi c'eſt.

NAUCRATES *à Amphitrion.*

Daignez nous dire au moins quel peut être ſon crime.

SOSIE.

Meſſieurs, tenez bon, s'il vous plaît.

AMPHITRION.

AMPHITRION.

Comment ! Il vient d'avoir l'audace
De me fermer la porte au néz ;
Et de joindre encor la menace
A mille propos effrenés.

[*mettant l'épée à la main.*]
Ah ! Coquin.

SOSIE *tombant à genoux.*

Je suis mort.

NAUCRATES *à Amphitrion.*

Calmez cette colére.

SOSIE.

Messieurs.

POLIDAS *à Sosie.*

Qu'est-ce ?

SOSIE.

M'a-t-il frappé ?

AMPHITRION.

Non, il faut qu'il ait le salaire
Des mots où, tout à l'heure, il s'est émancipé.

SOSIE.

Comment cela se peut-il faire,
Si j'étois, par votre ordre, autre part occupé ?
Ces messieurs sont ici pour rendre témoignage,
Qu'à dîner avec vous je les viens d'inviter.

NAUCRATES.

Il est vray qu'il nous vient de faire ce message ;
Et n'a point voulu nous quitter.

Tome IV. E e e

AMPHITRION.

Qui t'a donné cet ordre?

SOSIE.

Vous.

AMPHITRION.

Et quand?

SOSIE.

Après votre paix faite,

Au milieu des transports d'une ame satisfaite

D'avoir, d'Alcméne, appaisé le courroux.

[*Sosie se reléve.*] AMPHITRION.

O Ciel! Chaque instant, chaque pas,

Ajoûte quelque chose à mon cruel martyre;

Et, dans ce fatal embarras,

Je ne sçais plus que croire, ni que dire.

NAUCRATES.

Tout ce que, de chez vous, il vient de nous conter,

Surpasse si fort la nature,

Qu'avant que de rien faire, & de vous emporter,

Vous devez éclaircir toute cette avanture.

AMPHITRION.

Allons. Vous y pourrez seconder mon effort;

Et le Ciel à propos ici vous a fait rendre.

Voyons quelle fortune en ce jour peut m'attendre.

Débrouillons ce myftére, & sçachons notre sort.

Hélas! Je brûle de l'apprendre;

Et je le crains plus que la mort.

[*Amphitrion frappe à la porte de sa maison.*]

S C E N E V.

JUPITER, AMPHITRION, NAUCRATES, POLIDAS, SOSIE.

JUPITER.

Quel bruit à defcendre m'oblige,
Et qui frappe en maître où je fuis ?

AMPHITRION.

Que vois-je, juftes Dieux !

NAUCRATES.

Ciel ! Quel eft ce prodige !

Quoi ? Deux Amphitrions ici nous font produits ?

AMPHITRION *à part.*

Mon ame demeure tranfie.

Hélas ! Je n'en puis plus, l'avanture eft à bout,
Ma deftinée eft éclaircie ;
Et ce que je vois me dit tout.

NAUCRATES.

Plus mes regards fur eux s'attachent fortement,
Plus je trouve qu'en tout l'un à l'autre eft femblable.

SOSIE *paffant du côté de Jupiter.*

Meffieurs, voici le véritable.

L'autre eft un impofteur digne de châtiment.

POLIDAS.

Certes, ce rapport admirable
Sufpend içi mon jugement.

E e e ij

AMPHITRION.

C'eſt trop être éludés par un fourbe éxécrable;
Il faut avec ce fer rompre l'enchantement.

NAUCRATES *à Amphitrion qui a mis l'épée à la main.*

Arrêtez,

AMPHITRION.

Laiſſez-moi.

NAUCRATES,

Dieux! Que voulez-vous faire?

AMPHITRION.

Punir d'un impoſteur les lâches trahiſons.

JUPITER.

Tout beau. L'emportement eſt fort peu néceſſaire;
Et, lorſque, de la ſorte, on ſe met en colére,
On fait croire qu'on a de mauvaiſes raiſons.

SOSIE.

Oui, c'eſt un enchanteur, qui porte un caractére,
Pour reſſembler aux maîtres des maiſons,

AMPHITRION *à Soſie.*

Je te ferai, pour ton partage,
Sentir, par mille coups, ces propos outrageans,

SOSIE.

Mon maître eſt homme de courage,
Et ne ſouffrira point que l'on batte ſes gens.

AMPHITRION.

Laiſſez-moi m'aſſouvir dans mon courroux extrême;
Et laver mon affront au ſang d'un ſcélérat.

NAUCRATES *arrêtant Amphitrion.*

Nous ne souffrirons point cet étrange combat
    D'Amphitrion contre lui-même.

AMPHITRION.

Quoi! Mon honneur de vous reçoit ce traitement,
Et mes amis d'un fourbe embraffent la défenfe ?
Loin d'être les premiers à prendre ma vengeance,
Eux-mêmes font obftacle à mon reffentiment?

NAUCRATES.

    Que voulez-vous qu'à cette vûë
    Faffent nos réfolutions,
    Lorfque, par deux Amphitrions,
Toute notre chaleur demeure fufpenduë?
A vous faire éclater notre zéle aujourd'hui,
Nous craignons de faillir, & de vous méconnoître.
Nous voyons bien en vous Amphitrion paroître,
Du falut des thébains le glorieux appui ;
Mais nous le voyons tous auffi paroître en lui ;
Et ne fçaurions juger dans lequel il peut être.
    Notre parti n'eft point douteux,
Et l'impofteur par nous doit mordre la pouffiére ;
Mais ce parfait rapport le cache entre vous deux ;
    Et c'eft un coup trop hazardeux
    Pour l'entreprendre fans lumiére.
    Avec douceur laiffez-nous voir
De quel côté peut être l'impofture ;
Et, dès que nous aurons démêlé l'avanture,
Il ne nous faudra point dire notre devoir.

JUPITER.

Oui, vous avez raifon; & cette reffemblance,
A douter de tous deux, vous peut autorifer.
Je ne m'offenfe point de vous voir en balance;
Je fuis plus raifonnable, & fçais vous excufer.
L'œil ne peut entre nous faire de différence;
Et je vois qu'aifément on s'y peut abufer.
Vous ne me voyez point témoigner de colére,
     Point mettre l'épée à la main,
C'eft un mauvais moyen d'éclaircir ce myftére,
Et j'en puis trouver un plus doux & plus certain.
     L'un de nous eft Amphitrion;
Et tous deux, à vos yeux, nous le pouvons paroître.
C'eft à moi de finir cette confufion;
Et je prétends me faire à tous fi bien connoître,
Qu'aux preffantes clartés de ce que je puis être,
Lui-même foit d'accord du fang qui m'a fait naître,
Et n'ait plus, de rien dire, aucune occafion.
C'eft aux yeux des thébains que je veux avec vous
De la vérité pure ouvrir la connoiffance;
Et la chofe, fans doute, eft affez d'importance,
     Pour affecter la circonftance,
     De l'éclaircir aux yeux de tous.
Alcméne attend de moi ce public témoignage,
Sa vertu, que l'éclat de ce défordre outrage,
Veut qu'on la juftifie; & j'en vais prendre foin.
C'eft à quoi mon amour envers elle m'engage;
Et des plus nobles chefs je fais un affemblage

Pour l'éclairciffement dont fa gloire a befoin.

Attendant avec vous ces témoins fouhaités,

Ayez, je vous prie, agréable

De venir honorer la table,

Où vous a Sofie invités.

SOSIE.

Je ne me trompois pas, Meffieurs, ce mot termine

Toute l'irréfolution;

Le véritable Amphitrion

Eft l'Amphitrion où l'on dîne.

AMPHITRION.

O Ciel! Puis-je plus bas me voir humilié?

Quoi? Faut-il que j'entende ici, pour mon martyre,

Tout ce que l'impofteur à mes yeux vient de dire;

Et que, dans la fureur que ce difcours m'infpire,

On me tienne le bras lié!

NAUCRATES *à Amphitrion.*

Vous vous plaignez à tort. Permettez-nous d'attendre

L'éclairciffement, qui doit rendre

Les reffentimens de faifon.

Je ne fçais pas s'il impofe;

Mais il parle fur la chofe

Comme s'il avoit raifon.

AMPHITRION.

Allez, foibles amis, & flatez l'impofture.

Thébes en a pour moi de tout autres que vous;

Et je vais en trouver qui, partageant l'injure,

Sçauront prêter la main à mon jufte courroux.

JUPITER.

Hé bien, je les attends ; & sçaurai décider
　　Le différend en leur présence.

AMPHITRION.

Fourbe, tu crois par là peut-être t'évader ;
Mais rien ne te sçauroit sauver de ma vengeance.

JUPITER.

　　A ces injurieux propos
　　Je ne daigne à présent répondre ;
　　Et tantôt je sçaurai confondre
　　Cette fureur avec deux mots.

AMPHITRION.

Le Ciel même, le Ciel ne t'y sçauroit souftraire ;
Et, jusques aux enfers, j'irai suivre tes pas.

JUPITER.

　　Il ne sera pas nécessaire ;
Et l'on verra tantôt que je ne fuirai pas.

AMPHITRION à part.

Allons, courons, avant que d'avec eux il sorte,
Assembler des amis qui suivent mon courroux ;
　　Et chez moi venons, à main forte,
　　Pour le percer de mille coups.

SCENE

SCENE VI.

JUPITER, NAUCRATES, POLIDAS, SOSIE.

JUPITER.

POint de façons, je vous conjure ;
Entrons vîte dans la maison.

NAUCRATES.

Certes toute cette avanture
Confond le sens & la raison.

SOSIE.

Faites tréve, Messieurs, à toutes vos surprises ;
Et, pleins de joye, allez tabler jusqu'à demain.

[*seul.*]

Que je vais m'en donner ; & me mettre en beau train
De raconter nos vaillantises !
Je brûle d'en venir aux prises ;
Et jamais je n'eus tant de faim.

SCENE VII.

MERCURE, SOSIE.

MERCURE.

ARrête. Quoi ! Tu viens ici mettre ton néz,
Impudent flaireur de cuisine ?

Tome IV. F ff

SOSIE.

Ah! De grace, tout doux.

MERCURE.

Ah! vous y retournez?
Je vous ajusterai l'échine.

SOSIE.

Hélas! Bravé & généreux moi,
Modére-toi, je t'en supplie.
Sosie, épargne un peu Sosie;
Et ne te plais point tant à frapper dessus toi.

MERCURE.

Qui, de t'appeller de ce nom,
A pû te donner la licence?
Ne t'en ai-je pas fait une extrême défense,
Sous peine d'essuyer mille coups de bâton?

SOSIE.

C'est un nom que tous deux nous pouvons, à la fois,
Posséder sous un même maître.
Pour Sosie, en tous lieux, on sçait me reconnoître;
Je souffre bien que tu le sois,
Souffre aussi que je le puisse être.
Laissons aux deux Amphitrions
Faire éclater des jalousies;
Et, parmi leurs contentions,
Faisons, en bonne paix, vivre les deux Sosies.

MERCURE.

Non, c'est assez d'un seul; & je suis obstiné
A ne point souffrir de partage.

SOSIE.

Du pas devant, fur moi, tu prendras l'avantage;
Je ferai le cadet, & tu feras l'aîné.

MERCURE.

Non, un frere incommode, & n'eft pas de mon goût;
Et je veux être fils unique.

SOSIE.

O cœur barbare & tyrannique!
Souffre qu'au moins je fois ton ombre.

MERCURE.

Point du tout.

SOSIE.

Que d'un peu de pitié ton ame s'humanife;
En cette qualité, fouffre-moi près de toi.
Je te ferai par tout une ombre fi foumife,
Que tu feras content de moi.

MERCURE.

Point de quartier; immuable eft la loi.
Si, d'entrer là-dedans, tu prends encor l'audace,
Mille coups en feront le fruit.

SOSIE.

Las! A quelle étrange difgrace,
Pauvre Sofie, es-tu réduit!

MERCURE.

Quoi! Ta bouche fe licencie
A te donner encore un nom que je défends?

SOSIE.

Non, ce n'eft pas moi que j'entends;
Fff ij

Et je parle d'un vieux Sofie,

Qui fut jadis de mes parens,

Qu'avec très-grande barbarie,

A l'heure du dîné, l'on chaffa de céans.

MERCURE.

Prend garde de tomber dans cette frénéfie,

Si tu veux demeurer au nombre des vivans.

SOSIE *à part.*

Que je te rofferois, fi j'avois du courage,

Double fils de putain, de trop d'orgueil enflé !

MERCURE.

Que dis-tu ?

SOSIE.

Rien.

MERCURE.

Tu tiens, je crois, quelque langage ?

SOSIE.

Demandez, je n'ai pas foufflé.

MERCURE.

Certain mot de fils de putain

A pourtant frappé mon oreille ;

Il n'eft rien de plus certain.

SOSIE.

C'eft donc un perroquet que le beau tems réveille.

MERCURE.

Adieu. Lorfque le dos pourra te démanger,

Voilà l'endroit où je demeure.

COMEDIE. 413

SOSIE *seul.*

O Ciel! Que l'heure de manger
Pour être mis dehors est une maudite heure!
Allons, cédons au sort dans notre affliction,
Suivons-en aujourd'hui l'aveugle fantaisie;
Et, par une juste union,
Joignons le malheureux Sosie
Au malheureux Amphitrion.
Je l'apperçois venir en bonne compagnie.

SCENE VIII.

AMPHITRION, ARGATIPHONTIDAS, POSICLES, SOSIE *dans un coin du théatre sans être vû.*

AMPHITRION *à plusieurs autres officiers qui l'accompagnoient.*

ARrêtez-là, Messieurs. Suivez-nous d'un peu loin,
Et n'avancez tous, je vous prie,
Que quand il en sera besoin.

POSICLES.

Je comprends que ce coup doit fort toucher votre ame.

AMPHITRION.

Ah! De tous les côtés, mortelle est ma douleur;
Et je souffre pour ma flâme,
Autant que pour mon honneur.

POSICLES.

Si cette ressemblance est telle que l'on dit,
Alcméne, sans être coupable...

AMPHITRION.

Ah! Sur le fait dont il s'agit,
L'erreur fimple devient un crime véritable;
Et, fans confentement, l'innocence y périt.
De femblables erreurs, quelque jour qu'on leur donne,
Touchent des endroits délicats;
Et la raifon bien fouvent les pardonne,
Que l'honneur & l'amour ne les pardonnent pas.

ARGATIPHONTIDAS.

Je n'embarraffe point là-dedans ma penfée;
Mais je hais vos meffieurs de leurs honteux délais,
Et c'eft un procédé dont j'ai l'ame bleffée,
Et que les gens de cœur n'approuveront jamais.
Quand quelqu'un nous employe, on doit, tête baiffée,
Se jetter dans fes intérêts.
Argatiphontidas ne va point aux accords.
Ecouter, d'un ami, raifonner l'adverfaire,
Pour des hommes d'honneur n'eft point un coup à faire;
Il ne faut écouter que la vengeance alors.
Le procès ne me fçauroit plaire,
Et l'on doit commencer toujours, dans fes tranfports,
Par bailler, fans autre myftére,
De l'épée au travers du corps.
Oui, vous verrez, quoiqu'il avienne,
Qu'Argatiphontidas marche droit fur ce point;
Et, de vous, il faut que j'obtienne
Que le pendard ne meure point
D'une autre main que de la mienne.

AMPHITRION.

Allons.

SOSIE *à Amphitrion.*

Je viens, Monſieur, ſubir, à deux genoux,
Le juſte châtiment d'une audace maudite.
Frappez, battez, chargez, accablez-moi de coups,
    Tuez-moi dans votre courroux,
    Vous ferez bien, je le mérite ;
Et je n'en dirai pas un ſeul mot contre vous.

AMPHITRION.

Léve-toi. Que fait-on ?

SOSIE.

      L'on m'a chaſſé tout net ;
Et, croyant à manger m'aller comme eux ébattre,
    Je ne ſongeois pas qu'en effet
    Je m'attendois là pour me battre.
Oui, l'autre moi, valet de l'autre vous, a fait
    Tout de nouveau le diable à quatre.
    La rigueur d'un pareil deſtin,
    Monſieur, aujourd'hui nous talonne ;
    Et l'on me deſ-Soſie enfin,
    Comme on vous deſ-Amphitrionne.

AMPHITRION.

Sui-moi.

SOSIE.

N'eſt-il pas mieux de voir s'il vient perſonne ?

SCENE IX.

CLEANTHIS, AMPHITRION,
ARGATIPHONTIDAS, POLIDAS,
NAUCRATES, POSICLES, SOSIE.

CLEANTHIS.

O Ciel!

AMPHITRION.

Qui t'épouvante ainsi ?
Quelle est la peur que je t'inspire ?

CLEANTHIS.

Las! Vous étes là haut, & je vous vois ici.

NAUCRATES à *Amphitrion.*

Ne vous pressez point, le voici,
Pour donner, devant tous, les clartés qu'on désire ;
Et qui, si l'on peut croire à ce qu'il vient de dire,
Sçauront vous affranchir de trouble & de souci.

SCENE

SCENE X.

MERCURE, NAUCRATES, POLIDAS, AMPHITRION, ARGATIPHONTIDAS, POSICLES, CLEANTHIS, SOSIE.

MERCURE.

Oui, vous l'allez voir tous ; & fçachez, par avance,
  Que c'eft le grand maître des Dieux,
Que, fous les traits chéris de cette reffemblance,
Alcméne a fait du Ciel defcendre dans ces lieux.
  Et quant à moi, je fuis Mercure,
Qui, ne fçachant que faire, ai roffé tant foit peu
  Celui dont j'ai pris la figure ;
Mais, de s'en confoler, il a maintenant lieu ;
  Et les coups de bâton d'un Dieu
  Font honneur à qui les endure.

SOSIE.

Ma foi, monfieur le Dieu, je fuis votre valet.
Je me ferois paffé de votre courtoifie.

MERCURE.

Je lui donne à préfent congé d'être Sofie,
Je fuis las de porter un vifage fi laid ;
Et je m'en vais au Ciel, avec de l'ambrofie,
  M'en débarbouiller tout-à-fait.

[*Mercure s'envole dans le Ciel.*]
Tome IV.   G g g

SOSIE.

Le Ciel, de m'approcher, t'ôte à jamais l'envie !
Ta fureur s'eft par trop acharnée après moi ;
Et je ne vis de ma vie
Un Dieu plus diable que toi.

SCENE DERNIERE.

JUPITER, NAUCRATES, AMPHITRION,
ARGATIPHONTIDAS, POLIDAS,
POSICLES, CLEANTHIS, SOSIE.

JUPITER *annoncé par le bruit du tonnerre, armé de fon*
foudre, dans un nuage fur fon aigle.

REgarde, Amphitrion, quel eft ton impofteur ;
Et, fous tes propres traits, voi Jupiter paroître.
A ces marques, tu peux aifément le connoître ;
Et c'eft affez, je crois, pour remettre ton cœur
Dans l'état auquel il doit être,
Et rétablir chez toi la paix & la douceur.
Mon nom, qu'inceffamment toute la terre adore,
Etouffe ici les bruits qui pouvoient éclater.
Un partage avec Jupiter
N'a rien du tout qui déshonore ;
Et, fans doute, il ne peut être que glorieux,
De fe voir le rival du fouverain des Dieux.
Je n'y vois, pour ta flâme, aucun lieu de murmure ;
Et c'eft moi, dans cette avanture,

Qui, tout Dieu que je fuis, dois être le jaloux.

Alcméne eft toute à toi, quelque foin qu'on employe;

Et ce doit, à tes feux, être un objet bien doux,

De voir que, pour lui plaire, il n'eft point d'autre voye,

Que de paroître fon époux,

Que Jupiter orné de fa gloire immortelle,

Par lui-même n'a pû triompher de fa foi;

Et que ce qu'il a reçû d'elle,

N'a, par fon cœur ardent, été donné qu'à toi.

SOSIE.

Le feigneur Jupiter fçait dorer la pillule.

JUPITER.

Sors donc des noirs chagrins, que ton cœur a foufferts;

Et rends le calme entier à l'ardeur qui te brûle;

Chez toi doit naître un fils qui, fous le nom d'Hercule,

Remplira de fes faits tout le vafte univers.

L'éclat d'une fortune en mille biens féconde,

Fera connoître à tous, que je fuis ton fupport;

Et je mettrai tout le monde

Au point d'envier ton fort.

Tu peux hardiment te flater

De ces efpérances données.

C'eft un crime, que d'en douter.

Les paroles de Jupiter

Sont des arrêts des deftinées.

[*Il fe perd dans les nuës.*]

NAUCRATES.

Certes, je fuis ravi de ces marques brillantes . . .

AMPHITRION,

SOSIE.

Messieurs, voulez-vous bien suivre mon sentiment?

Ne vous embarquez nullement

Dans ces douceurs congratulantes,

C'est un mauvais embarquement;

Et d'une & d'autre part, pour un tel compliment,

Les phrases sont embarrassantes.

Le grand Dieu Jupiter nous fait beaucoup d'honneur,

Et sa bonté, sans doute, est pour nous sans seconde;

Il nous promet l'infaillible bonheur

D'une fortune, en mille biens féconde,

Et chez nous il doit naître un fils d'un très-grand cœur,

Tout cela va le mieux du monde;

Mais enfin coupons aux discours;

Et que chacun chez soi doucement se retire.

Sur telles affaires toujours,

Le meilleur est de ne rien dire.

FIN DU TOME QUATRIÈME.

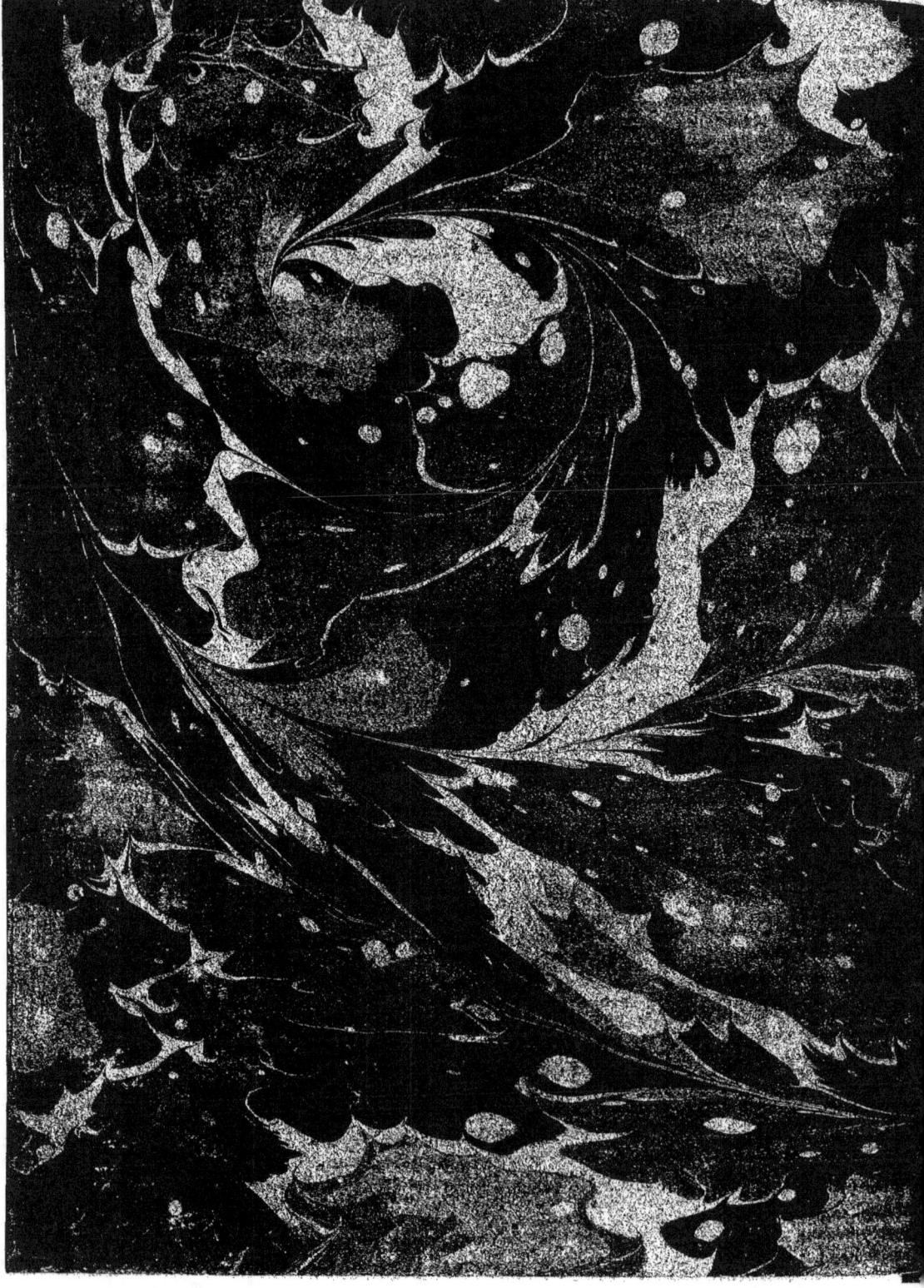

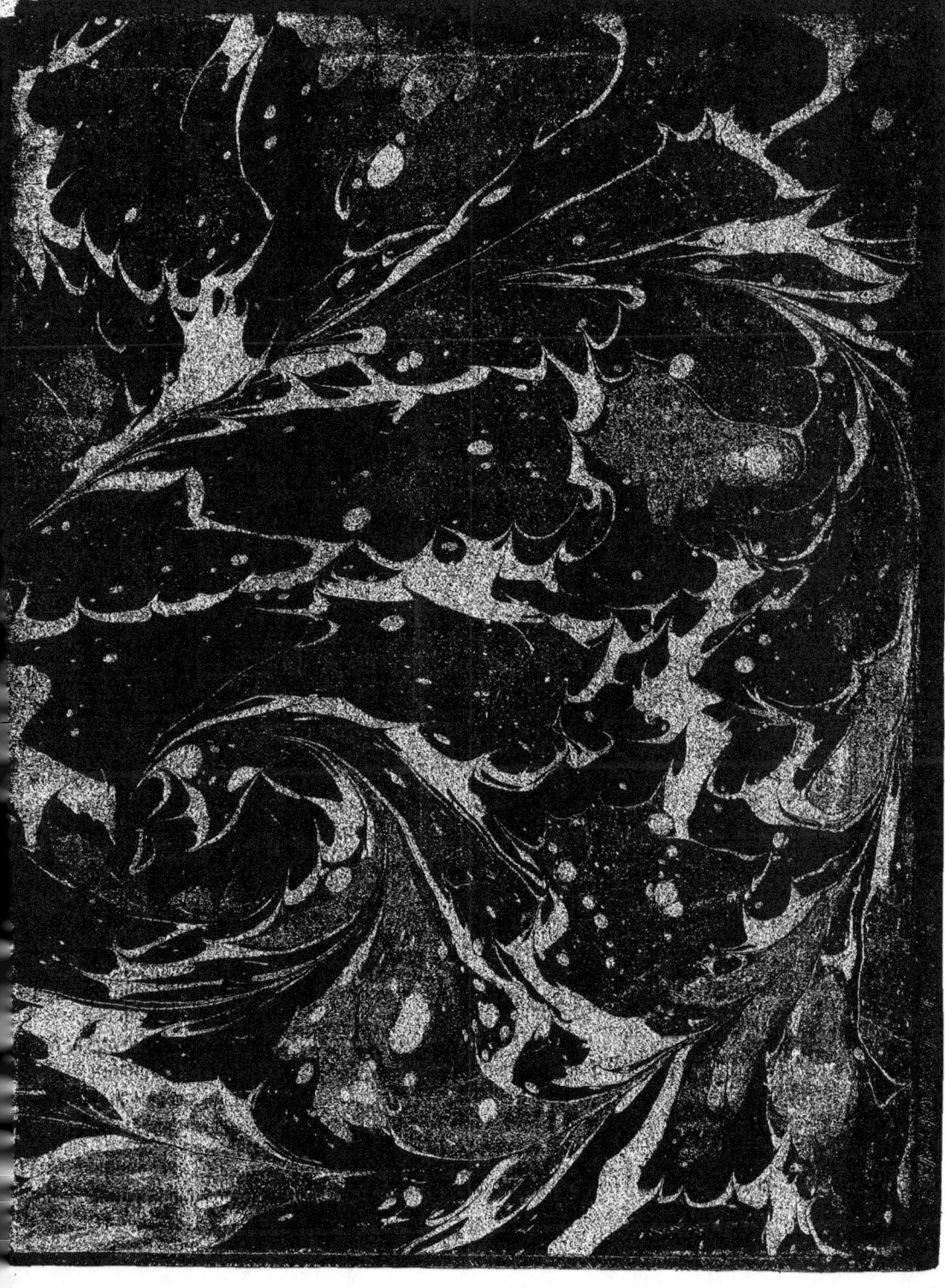

www.ingramcontent.com/pod-product-compliance
Lightning Source LLC
Chambersburg PA
CBHW070758030726
47504CB00003B/597